임어당 산문선

공자의 유머

공자의 유머

초판 인쇄   2010년 2월 1일
초판 발행   2010년 2월 8일

지은이   임어당
옮긴이   김영수

펴낸이   유연식
펴낸곳   도서출판 아이필드
등록일   2001년 11월 6일
등록번호   2001-52호
주 소   121-840 서울 마포구 서교동 357-1 서교오피스텔 407호
전 화   02-323-9491
팩 스   02-323-9492
이메일   ifieldpub@hanmail.net

ISBN 978-89-89938-99-6 (03820)

◎ 人文의 눈으로 유머 읽기

임어당 산문선

공자의 유머

김영수 옮김

잠자리에 들어서도 시계처럼
꼿꼿하면 제대로 밤일이 될까?
혼자 집에 있을 때마저 폼 잡고 있으면
갑갑해서 어찌 살꼬?

아이필드

Part 3

Part 4

Part
1

01 유머를 제창한 초기 문장 두 편*

1. 산문 번역과 아울러 '유머'를 제창함

(앞부분 생략)

일찍이 나는 '유머'(Humour)[1]에 관한 글을 써서 중국 문학사 및 오늘날 문학계의 가장 유감스러운 점을 말해보려 했다. ―유머는 중국어로 유묵(幽默) 또는 회모(詼摹)로 음역할 수 있는데, 대체로 독일어나 프랑스어에 가깝다.

중국인은 본래 유머가 풍부하지만 문학에서 그것을 운용하고 음미할 줄 모른다. 그래서 점잖은 말[正經話]과 우스운 말[笑話]이

---

* 원래 제목은 '조기제창유묵적양편문장'(早期提倡幽默的兩篇文章)이다. '산문 번역과 아울러 유머를 제창함'(徵譯散文幷提倡幽默)으로 1924년 5월 23일 〈신보부간(晨報副刊)〉에 발표되었다. 또 하나는 '유머 잡담(幽默雜話)'인데, 1924년 6월 9일 같은 잡지에 발표되었다가 1935년 〈논어(論語)〉(임어당이 창간한 잡지 이름) 75기에 다시 실렸다.

뚜렷하게 구분되어 따로따로 제 갈 길을 걸어왔다. 점잖은 말은 너무 점잖고 그렇지 못한 말은 예의와 체통이 너무 없었다. 도덕이니 의리니 치국평천하니 하는 따위의 말들은 그 이치가 지나치게 무겁다. (이 폐단은 꽤 오래된 것인데, 그러다 보니 시에서도 모시(毛詩)니 한시(韓詩)니 신배시(申培詩)[2]니 하는 것들이 생겨났고, 《좌전》[3] 중에도 도학선생 유흠(劉歆)[4]이 튀어나오게 된 것이다.) 그렇지 않으면 반대로 요상하고 괴이하며 차마 듣기 민망한 음탕한 말들이다. (이 폐단도 오래된 것이다. 《잡사비신》[5]이니 《비연외전》[6]이니 《한무제내전》[7]이니 하는 따위의 이루 다 꼽을 수 없는 '걸작'들이 나왔다.)

의리니 도덕이니 하는 것들은 너무 무겁고 찬바람이 쌩쌩 돌아 사람을 주눅들게 하며, 이성철학의 등받이의자라는 것은 너무 불편하다. 때문에 가끔씩 '자연인'을 좌절시키고 제약하는 가면을 벗어던지고 한가롭게 소일함으로써 우리의 마음이 메말라버리거나 변태로 흐르는 것을 막아야 한다. 사실 자연은 도학선생을 대신해서 그것을 막아주곤 하지만 도학선생은 이를 깨닫지 못한다.

오늘날 상해의 삼마로(三馬路)나 북경의 동안(東安) 시장에서는 《흑막대관》이니 《중국 5천년 비사》니 《부녀백면관》이니 《구미귀》니 하는 따위가 잘나가고 있다. 또한 모 신문의 구락부에는 '삼하현의 노마(老媽)' '여관 생활' '화장실에서의 혼인문제' '신문화의 개 같은 남녀' '한 침대에서 같이 자다' 따위의 선정적인 제목을 빼면 함께 즐길 거리가 없다. 나잇살 먹은 노인네들이 콩

큉거리며 성욕을 발동하지 않고도 말할 수 있음에도, 잡사는 역시 은밀하고 신랄해야 한다는 것을 빼고 나면 함께 소일할 길이 없는 것이다. 바꾸어 말해 서양인 제임스[9]의 심리학 서적이나 실러[10]의 휴머니즘에 관한 책들은 예순 살 노인이라도 정신적 소일거리로 삼을 만한 것들이다.

이렇게 말하고 저렇게 말한들 아무래도 중국인이 손해 보는 것임에는 틀림없다. 그 까닭은 서양인의 학술서적에서는 흔히 우스갯소리가 한두 마디는 예사로 들어 있는데 그 우스개라는 것이 '삼하현 노마' 따위와는 전혀 질이 다른 유머라는 사실이다. (유머가 뭐 하는 물건인지에 대해서는 다소 신비감을 남겨놓고 별도로 그 묘미를 파헤치려 한다.)

우리는 이렇게 제창할 것이다. 고상한 학술서나 언론사 주필의 고매한 사론 속에도 느슨하고 즐거운 얘기들을 거리낌 없이 끼워 넣어 생활이 무미건조해지는 것을 피해보자고. 이 말이 무슨 말인지 알 만한 사람은 척 보면 알겠지만, 모르는 사람은 백 번을 들여다봐도 무슨 소린지 모를 것이다. 전에 진독수(陳獨秀)[11]가 그 예리한 붓끝으로 거침없이 몇몇 노(老) 선생들을 통렬하게 비판했는데, 어떤 면에서 보면 나는 그가 '유머 불감증'이란 생각이 든다. 그저 웃자는데 왜 초조해 하고 조급해 하는 것인지.

최근 '잡담' 코너에 실린 몇몇 사람들의 글은 꽤 좋았지만 별도로 실은 소품문[12]들은 희기(稀奇)하지 못하다는 느낌이 들었다. 만약 노신(魯迅)[13]이 우스갯소리를 한다면 그것은 중국 본래의 관례가 될 것이고, 당당한 북경대 교수이신 주작인(周作人)[14] 선생이 이 사회에 대해 고상한 소리를 한다면 비로소 '유머' 스타일에 맞아떨어지는 것이 될 것이다. (유머는 천박한 것이 아니므로 주 선생에 대해 이렇게 말하는 것이 그리 체면을 깎아내리는 일은 아닐 성싶다.) 만약 주 선생이 별 신경 쓰지 않고 '상관없는 말'들을 〈신보부간〉[15]에 싣는다면 나는 비로소 신문학이 서양화되었다고 인정할 것이다. 왜냐? 이런 관념이 늘 내 머릿속에 자리 잡고 있었기 때문이다.

오늘 아침에 〈동방시보〉 영문판 제1면 첫 단을 보니까 길옆에 말을 매어두는 곳에 관한 글이 실려 있었다. 말에 관해 적잖게 내용을 할애했고 사진도 다섯 장이나 실려 있었다. 게다가 기사도 재미있었다. 순간 내 머리를 스치는 생각은, 이런 '점잖지 않은' 짓은 중문판 데스크 선생들에게는 가치 없는 일로 받아들여지지 않겠나 하는 것이었다. 오늘 영문판 기사는 매우 좋았고, 또 그리 '점잖지 않은' 말로도 체면이 깎이지 않은 사례를 보여주었다. 우리의 생활을 무미건조하지 않게 할 수 있는가를 보여주는 좋은 본보기라는 생각이 들어 그것을 가지고 번역의 문제를 두루 얘기해보려 한다.

(뒷부분 생략)

2. 유머 잡담

지난번에 유머를 소개하면서 "유머가 뭐 하는 물건인지에 대해서는 다소 신비감을 남겨놓고 별도로 그 묘미를 파헤치려 한다"고 했는데, 최근 이 말이 점점 인용되는 바람에 나로서는 너무 성급하게 이 새로운 이름을 소개한 것 같아 독자들에게 미안하고, 특히 유머에 대해서도 미안한 마음을 갖지 않을 수 없었다.

내가 유머를 '신비하고 이상하게' 소개한 것은 원래 유머라는 것이 어디서부터 실타래를 끄집어낼 수 있는 것이 아니라서 분명하게 밝히지 못할 바에는 차라리 말하지 않은 편이 나을 것이라 생각한 때문이다. 그래서 감히 "이 말이 무슨 말인지 알 만한 사람은 척 보면 알겠지만, 모르는 사람은 백 번을 들여다봐도 무슨 소린지 모를 것이다"라고 했던 것인데, 지금도 나는 그렇게 믿고 있고 아울러 "별도로 그 묘미를 파헤치려 한다"고 한 말도 믿는다. 정식으로 서양의 유머를 논한 책을 들추어서 '유머설'이니 '유머론'이니 해봤자 독자들은 그것이 옳은 방법이라 생각하지도 않을 것이고 나 자신도 번거로움을 견딜 수 없을 것 같다. 게다가 유머를 지나치게 무겁게 소개하는 것은 재미를 모르는 일이 될 것이다.(프랑스의 재미를 모르는 한 연설가가 침묵의 이치에 대해 끊임없이 잔소리를 늘어놓았는데 그것으로 30권이나 되는 책을 엮었다고 한다.)

유머학을 연구하려는 사람은 철학자 베르그송이나 희곡작가 메리디스[16], 심리학자 립스 및 프로이트의 저술이나 글을 보면 된다. 그러니 여기에서는 학설은 그만두고, 지난번 유머에 대해 소개한 몇 마디를 통해 직간접적으로 발생할 수 있는 의문에 대해서 그저 손 가는 대로 편하게 얘기해보려 한다. 어쩌면 그 편이 유머를 이해하고 흥미를 가지는 데 도움이 될지도 모르겠다.

幽默이란 번역어는 어디서 뜻을 따왔나?

이 두 글자는 순전히 영어의 humour라는 단어의 음역으로, 심각하게 생각하고 따져본 다음 고른 것이 아니고 무슨 오묘한 뜻이 숨겨져 있는 것도 아니다. 유머는 우스갯소리나 해학, 익살과는 다르다. 만약 그 뜻을 꼭 번역해야 한다면 재미와 해학과 익살이 어우러진 스타일 정도가 어떨까싶다.(사실 유머는 작가 또는 작품의 스타일만을 가리키는 경우가 많다.) 어찌되었건 단순명쾌하게 음역해서 여러 사람들의 오해를 줄이는 쪽이 낫겠다.

굳이 갖다 붙이자면 幽默(yōu-mò. 유묵)뿐 아니라 朽木(xiǔ-mù. 후목) 蟹蟆(xiè-má. 해마) 黑幕(hēi-mù. 흑막) 詼摹(huī-mó. 회모) 등도 모두 가능할 것이다. 내가 幽默을 쓰자고 한 것도 내 나름대로 그럴듯하게 만들어본 것이 지나지 않는다. 유머러스한 사람은 해학과 익살이 좀더 그윽하고 은근하다고 하며, 유머를 잘 감상할 줄 아는 사람은 차분히 그것을 이해하고 받아들이므로 말로는 다할 수 없는 남다른 맛이 있다. 노골적이고 거칠며 천박한 우스개와는 격이 다르다. 유머는 그윽할수록 또 은근할수록 묘미를 갖는다. 비록 음만 따왔다고 했지만 두 단어는 의미도 통한다. 굳이 말하자면 그렇다는 것이다.

| 그윽할수록 은근할수록 더 묘미가 넘친다는 것은? |

마시는 차를 가지고 얘기를 해보자. 무이소종(武夷小種. 복건성 무이산[武夷山]에서 나는 차)이건 철관음(鐵觀音. 오룡차의 일종. 역시 무이산의 명차)이건 철나한(鐵羅漢. 무이산의 명차)이건, 좋은 차는 처음 마실 때는 그 맛을 모르지만 차분히 음미하면서 3분쯤 지나면 뭐라 표현할 수 없는 깊은 맛을 느끼게 된다. 이 철관음의 맛이 그다지 강하지 않다고 생각해 우유와 설탕을 넣고 마신다면 차를 마실 자격이 없는 것 아닌가. 유머도 우아함과 통속 사이에 정도의 차이가 있어서 그윽할수록 더욱 우아하며 은근할수록 더욱 통속적이다. 유머가 모두 심오하고 품위가 넘칠 필요까지는 없지만, 그래도 예술론에 있어서는 심오함이 뚜렷할수록 좋다. 유머는 의미심장하게 웃게도 하고, 큰소리로 웃게도 하며, '입안에 든 밥알이 튀어나가게 하거나' '배꼽을 잡고' 웃게도 한다. 그러나 가장 감상하기 좋은 유머는 아무래도 사람들에게 가벼운 미소를 돌게 하는 유머다.

> 도연(陶然) 선생은 유머 또는 아이러니에 대해 중국인은
> 이해할 수 있는 능력이 전혀 없다고 했는데……

그건 천진난만한 소리다. 양수명(梁漱溟. 1920년대 중국사상계에 혜성같이 등장한 교육가·사상가) 선생의 '동서 문화 및 그 철학' 제1장 서론에 이런 에피소드가 소개되어 있다. 당시 북경대학 교직원들이 채혈민[17] 선생의 유럽 유학을 환송하는 모임을 열었는데, 이 모임이 끝난 다음 양 선생이, 도맹화(陶孟和. 미국식 사회 조사를 중국에 도입한 사회학자) 호적[18]이 말하는 중국문화가 무엇을 뜻하는 것이냐고 묻자 두 사람은 "오늘 날씨가 매우 덥군"이라고 대꾸했단다. 이는 그다지 점잖지 않은 유머식 대답인데, 양 선생은 이를 너무 진지하게 받아들여 급기야는 및 두 사람이 중국문화에 대해 진실한 견해가 없고, 그들이 말하는 문화란 "완전히 허위이며 의례적인 소리이자 대단히 무미건조하고 매우 고약하다!"라고 여기게 되었다. 사실 양 선생의 이 말은 푸념일 것이다. 양 선생은, 내가 존경하는 분이지만, 솔직히 말해 유머 불감증이 있는 것 같다. 지난달에는 〈부간(副刊)〉의 기자가 쓴 '호적론'(胡適論)과 '담미시'(痰迷詩. '담미'는 가래가 차서 정신이 흔미해진다는 뜻으로 '지랄병'을 말한다)에 대한 혐오감을 드러낸 이도 있고, 며칠 전에는 그 기사에 대한 남공무[19]의 편지가 도착했다. 이런 유머 불감증 독자들은 여기저기 널려 있는 것 같다.

중국인들의 천성이 원래 그런 건가? 아니라면 왜 전국적으로 유머 불감증 독자들이 양성되었을까?

유머 불감증 독자들이 양성된 것은, 약간 꾸며서 말하면 예교 (禮教)에만 의존하다 보니 그것에 물든 측면이 있을 것이고, 간단히 말하면 위엄을 내세우는 도학선생들의 정색을 한 얼굴에 그 공을 돌려야 할 것이다. 정색을 한 얼굴로 문학을 하면 그것은 유머 문학이 아니다. 사실 정색을 하면 할수록 그것을 유지하기는 더 힘들어지며 그럴수록 꽉 막힌 수재(秀才. 생원[生員]의 별칭)[20]에 가깝다는 혐오감마저 든다.

당신은 내내 유머 이야기를 하다가 왜 갑자기 '정색한 얼굴'을 공격하고 나서는가?

그것이 문제의 핵심이다. '정색을 한 얼굴'을 하루아침에 없앨 수도 없고 유머 문학을 하루아침에 발전시킬 수도 없다. 그리고 '정색한 얼굴'을 한 여러 선생들이 드러내놓고 삼하현 노마와 같은 우스개를 보거나 담미시를 지을 수도 없는 노릇이다. 중국인은 천성적으로 유머가 풍부하다. 그 점은 전에 내가 얘기한 적이 있다. 그럼에도 유머의 풍취를 고상한 책이나 논설 중에 감히 인용하지 못하는 까닭은 그 '정색한 얼굴'을 버리지 못하기 때문이다. 사실 내가 볼 때 그들은 너무 완고하다. 지나치게 정색할 필요도, 비속할 필요도 없는 것이다. 우리가 무슨 주의(主義)니 관(觀)이니 하며 심오한 말을 자주 할 필요도 없지만 그렇다고 삼하현 노마 따위를 굳이 할 필요가 있을까?

'정색한 얼굴'을 내려놓는 일이 존엄성을 잃는 것이라 여긴다면 그것은 완고하기 짝이 없는 그릇된 생각이다. 성실하게, 그러면서도 웃으면서 학문과 논리를 이야기하면 좋을 텐데 무엇 때문에 '정색한 얼굴'을 내세워야 하는가? 이 인생관을 유머 인생관으로 바꾸지 않으면 유머 문학은 실현될 수 없다. 반대로 유머 인생관을 지닌 사람에게 '정색한 얼굴'을 한 노부자(老夫子. 나이 먹은 학자나 연장자를 말하나 여기에서는 '꼰대' 정도의 의미)가 되라고 하면 아마 때려 죽여도 못할 것이다.

그렇다면 유머 인생관에 대해 말해줄 수 있나?

물론이다. 유머 인생관은 진실하고 너그럽고 동정적이다. 유머는 사람들이 뭐뭐인 척 가장해도 웃을 수 있는 것이다. 3천 조항에 달하는 곡례(曲禮.《예기》의 한 편을 말하나 여기에서는 번잡한 예의범절을 뜻한다), 13가지나 되는 경서, 너나 할 것 없이 체면만 차리는 황제와 신하들, 정색을 하고 대하는 엄친과 효자, 스승과 제자…… . 이런 것들과 이런 사람들이 아무리 떼를 지어 예교를 감싸고 편든다 해도 유머의 웃음소리에는 상대가 되지 못한다. 유머가 저들의 인생관이 허위라는 것을 꿰뚫어보는 순간, 그 웃음소리를 막아낼 순 없다. 그래서 유머의 인생관은 진실하다고 하는 것이며 좀더 신선한 표현으로 '사실적'이라 해도 괜찮겠다.

유머의 너그러움과 동정에 대해서도 얘기해야겠다. 장창이 아내를 위해 눈썹을 그려주었다는 고사가 있다. 한 선제가 이 소문을 듣고 장창에게 정말 그랬느냐고 물었다. 그러자 장창은 "여자들 방안에서 일어나는 일이나 부부 사이에 일어나는 사사로운 일들이 어디 눈썹 그려주는 정도에 그치겠습니까?" 대답했다. 이에 대해 선제는 "그의 재능을 아끼어 그를 나무라지 않았다"고 사서는 전한다.[21] 이 고사는 장창의 유머도 잘 보여주고 있지만 임금 선제의 너그러운 유머가 있어서 더욱 좋다. 두 사람 사이에 체면만 내세웠다면 무슨 말을 했어도 좋은 말이 오가지 않았을 것이고, 필경 장창은 제명에 죽지 못했을 것이다. 상대를 나무라지 않고 자신에 대해서도 가벼운 마음을 가졌던 것, 이것이 선제의 유머다.

유머는 동정을 품고 있기에 아이러니와 다르다. 내가 유머는 떠들면서도 아이러니에 대해서는 별로 말을 하지 않는 이유가 바로 이 동정 때문이다. 유머는 체면 차리기도 아니고, 정색한 얼굴로 트집을 잡거나 비꼬는 것도 아니며, 상대의 아픈 곳을 긁어대는 쌀쌀맞고 각박한 것이 아니다. 나는 유머란 이런 각박하고 조롱하는 것을 싫어한다고 감히 말한다. 유머는 이 사회의 발악하는 듯한 말들을 약점도 좀 있고 편견도 좀 있고 좀 덜 깨우쳤고 또 속된 욕심도 좀 가지고 있는 그런 것으로 본다. 그렇기 때문에 웃고, 가련하다고 여기고, 가련하기에 사랑스럽다고 느끼는 것이다. 셰익스피어가 자신의 희극에 나오는 인물을 바라보듯, 디킨스가 런던 사회를 바라보듯, 또 올림포스 신들이 인간세상을 내려다보듯 유머는 많이 웃게도 만들지만 그 안에는 동정심으로 가득 차 있다. 단번에 모든 폐단을 메울 수는 없다 해도 예술성이 가득 찬 글로 발표되어 인류에게 제공되고 있는 것이다. 어찌 보면 유머의 인생관은 부처가 말하는 자비 인생관과 비슷하다.

이렇듯 유머는 인류의 동정심을 일깨워서 모두가 한 배를 타고 강을 건넌다는 생각을 갖도록 하는 데 도움을 준다. 사회에 무슨 일이 일어나면 사람들은 어느 한 사람의 명예에 대해 '대중이 그를 버렸다'는 명목으로 내팽개쳐버리고는 자신이 무슨 대단한 정인군자인 것처럼 여긴다. 남을 비웃고 자신을 대단한 인물로 여기는 것은 곧 '유머러스하지 못한 죄'를 저지르는 것이다.

이제 이쯤해서 잔소리를 끝내야 할 것 같다. 본래는 무미건조한 생활이 무엇인지, 유머와 우스개는 어떻게 다른지, 유머감각이란 무엇인지, 도학선생들이 《금병매》를 보지 않으면 안 되는 이유는 무엇인지, 예교가 어째서 유머의 웃음거리가 되는지 등등 자질구레한 문제들을 이야기할까 했는데 말이 너무 길어졌고 또 오늘이 일요일이라 이 정도로 그친다. 다음에 기회가 되면 계속 얘기하기로 하자. 아, 나는 유머러스한 글을 쓸 줄 모르는 사람이란 사실을 밝혀두어야 할 것 같다. 저도 못하는 주제에 무슨 잔소리가 그리 많으냐고 비꼰다면 나는 그저 "유머는 억지로 되는 것이 아니지요"라는 말 외에 다른 대답을 못 찾겠다. 그런데 그런 질문도 혹시 유머 불감증이 아닐는지……

아무튼 좋다. 이쯤에서 작별하도록 하자. 멋진 태양의 계절이 멀지 않았다. 다행히 쥐꼬리만한 월급이라도 나온다면 날마다 흑판과 분필가루와 씨름하는 친구들과 함께 한바탕 스트레스를 푼 다음 다시 도학선생들과 전에 했던 장난스러운 대화를 계속해볼까 한다.

02 유머. 아이러니, 골계, 위트, 풍자, 외설*

| 유머 |

본 내용에 들어가기에 앞서 유머에 관해 좀더 설명을 덧붙여야 할 것 같다. 임어당은 '유머 대사(大師)'라는 별명을 얻을 정도로 유머에 대해 조예가 깊었고 또 많은 글을 남겼다. 따라서 문학에서 말하는 유머의 의미에 대해 알아보고 넘어가는 쪽이 임어당의 글을 이해하는 데 도움이 되지 않을까 한다.

유머는 희극미(the comic)라고 할 수 있는 '골계'(滑稽)의 여러 형태, 즉 기지(機智. wit), 풍자(諷刺. satire), 반어(反語. irony)들 가운데 하나로, 가장 높은 미적 가치를 지닌 것으로 평가받고 있다. 일찍이 헤겔은 이른바 낭만적 예술의 최후에는 주관의 힘에 의해서 객관 세계를 초월하여 유머의 경지에 도달한다고 말했다. 유머

*이 글은 옮긴이가 작성한 것이다.

는 세계관과의 관련에 의해서 깊은 형이상학적 의의를 가지며, 주관적 세계에 대한 근본적인 태도의 차이에 따라 낙천주의적 유머와 염세주의적 유머로 구분되기도 한다.

대체로 유머는 우리들의 관조(觀照) 방식으로 존재함과 동시에 시적 표현 방식으로 나타나며, 표현된 대상, 특히 인물 속에 객관화된다. 따라서 유머는 '인식과 통찰로 향하는 경향을 가진 유일한 미적 유형'이라 할 수 있다. 이 밖에 유머와 관련한 용어들에 관해서도 임어당은 비교적 자세하고 설명하고 있는데, 이들에 대해서는 각 해당 부분에서 유머와 관련지어 살펴보면 좋을 것이다.

아이러니

아이러니는 본래의 뜻과는 반대되는 것을 말하여 표면적으로는 대상을 치켜세우는 척하면서 오히려 그 가치를 떨어뜨리기 위한 의도나, 부정적·소극적 언사로 오히려 긍정적 뜻을 나타내는 야유하는 듯한 표현법을 가리키는 말이다.

그리스 희극에서 에이론(eirōn)이라 불리는 등장인물은 '능청떠는 사람'이었는데 '줄여 말하기'(understatement)가 그의 특징이었으며, 덜 영리한 척 딴전을 피우지만 자기를 기만하는 어리석은 허풍선이 알라존(alzōn)을 이긴다.

아이러니란 용어의 여러 비평적 용법 속에는 대부분 위장의 어원적 의미, 즉 주장과 사실 사이의 괴리라는 뜻이 남아 있다. 아이러니의 개념이나 범주는, 전통적으로 비유(trope)의 하나로 분류되는 언어상의 아이러니인 반어(反語. verbal irony), 문학작품에서 지속적인 아이러니를 보여주는 구조적 아이러니, 표면적 의미를 처리하는 입장에 따른 안정된 아이러니와 불안정한 아이러니 등으로 구분되기도 한다. 또 아이러니는 문학의 구성 기교와 방법을 의미하는 말로도 쓰이는데, 그 종류로는 소크라테스적 아이러니, 극적 아이러니, 우주적 아이러니, 낭만적 아이러니 등이 있다. 아이러니는 이와 관련된 언어의 사용법들과 구별되는데, 경멸적인 형용사를 사용하여 직접적으로 공공연히 비난하는 욕설(invective), 가끔 모든 아이러니의 대용으로 쓰이지만 욕하기 위해 조잡하게 뻔한 칭찬에 국한되는 야유(sarcasm)가 있다.

임어당은 아이러니를 야유(揶揄) 또는 암풍(暗諷)으로 번역하고 있는데, 우리는 흔히 반어(反語)라 한다.

| 골계 |

골계란 말은 해학, 익살 등을 모두 포괄하는 단어인데 여기서는 대체로 익살로 옮긴다. 사마천은 그의 저서 《사기》 열전 중에 '골계열전'(滑稽列傳)을 소개하면서 이렇게 시작하고 있다.

"천도(天道)는 넓고도 넓도다. 어찌 위대하다고 하지 않겠는가! 말도 은미(隱微. 겉으로 드러나는 것이 전혀 없거나 작아서 알기 어려운 것) 함 속에도 이치에 맞아서, 또한 이것으로써 일의 얽힌 것을 풀 수 있다."

위트

위트는 짧고 교묘하고 희극적인 놀라움을 일으키도록 계획적으로 고안된 언어적 표현을 의미한다. 그 놀라움은 흔히 단어들이나 개념 사이의 예견치 못했던 관계나 구별의 결과로 나타나는데, 그 것을 듣는 사람의 기대를 좌절시키는 것이지만 결과적으로는 다른 방식으로 충족시킨다. 프로이트는 악의 없이 웃음이나 미소를 자아내는 '무해한 위트'와, 공격적이고 상대를 해치는 '저의가 있는 위트'로 구분했다.

"여러분들의 돈을 배로 늘리는 단 한 가지 확실한 방법은 그것을 접어 뒷주머니에 넣는 것입니다."_에이브 마틴(Abe Matin)

풍자

풍자는 어떤 대상을 우스꽝스럽게 만들고 그것에 대하여 재미있어 하는 태도나, 경멸이나 분노나 조소의 태도를 일부러 불러일으킴으로써 그 대상을 깎아내리는 문학상의 기교다. 풍자가 우스개와 다른 점은, 후자는 웃음을 자아내는 것 자체가 주된 목적인데 반하여 풍자는 '조롱'에 그 목적이 있다. 이것은 다시 말해 웃음을 하나의 무기로, 그것도 작품 자체의 외부에 존재하는 목표물을 공격하는 무기로 사용한다는 데 있다. 풍자는 흔히 인간의 악

덕과 운둔함을 교정하는 수단으로, 그것을 활용하는 사람들에 의해 정당화되어왔다. 비평가들은 흔히 풍자를 직접풍자와 간접풍자로 크게 나눈다.

"그 밖에 다른 것을 부끄러워하지 않는 사람들도 우스꽝스럽게 보이는 것은 부끄러워한다."_알렉산더 포프(Alexander Pope)

| 외설 |

외설(猥褻. pornography)은 '매춘부에 관한 글'이란 뜻에서 어원하며, 사창가 밖에 걸렸던 간판에서 유래했을 것으로 본다. 정상적이거나 변태적인 성욕을 자극하는 것을 목적으로 한다. 물론 여기에는 진지하거나 심미적인 요소는 없다. 무엇이 외설인가 하는 문제는 극히 주관적이어서 개인마다 크게 다르고, 시대마다 나라마다 다르게 나타난다. 사회가 점차 개방화됨에 따라 외설 개념도 그만큼 유연성을 가지게 되었다. 따라서 외설문학에 관한 합리적인 정의는, 보상할 만한 큰 장점도 없이, 그리고 상업적인 동기를 지니고 성행위를 노골적으로 다룬 것과, 그 당시의 사회가 외설적인 의도가 있다고 판단한 것 정도가 될 것이다.

이와 관련하여 에로 문학(Erotic Literature. 호색문학[好色文學])은 성애에 대한 다소 분명한 세부 묘사를 그 특징으로 삼고 있지만, 외설문학과 관련된 특정한 성적 묘사는 피하는 것이 통례다. 즉 에로 문학에는 성적 소재 그 자체를 목적으로 사용하는 외설문학이 포함되지 않는다는 것이 일반적인 견해다. 요컨대 에로 문학은 성적인 요소를 작품의 미적·주제적·도덕적인 면의 일부로 삼는다. 사랑과 성적인 표현은 문학의 영원한 중심 문제들이기 때문에 문학에서의 에로틱한 요소는 상당히 중요하다.

Part
2

03 공자의 유머*

공자의 유머는 자연스럽다. 《논어》에는 유머러스한 공자의 말이 많이 나온다. 공자는 실제로 많은 곳을 돌아다니며 정감 넘치고 이치에 합당한 얘기를 많이 했다. 다만 안타깝게도 이학(理學)의 기세가 너무 강했던 공자 이후 사람들이 알지 못했을 따름이다.

공자는 14년 동안 전국을 돌아다니면서 여의치 않은 경우가 열에 아홉이었지만 그때마다 늘 의연하게 대처했다. 또 세상에 대해 상심하는 말을 하기도 했는데 고향인 노나라에서 계환자²²와 양화²³ 같은 인물을 만나는 바람에 위나라로 가려다 뜻을 이루지 못하고 황하 가에서 "아름답구나, 물이여! 양양하도다. 내가 여길 못 건너는 것도 운명인가 보구나!"²⁴라며 탄식한 대목이 그런 경

---

* 이 글의 원래 제목은 '논공자적유묵'(論孔子的幽默)으로 《못할 말 없다(無所不談合集)》(합집)에 실려 있다.

우였다. 한편 환퇴란 자가 자신을 해치려 하자 "환퇴 그자가 나를 어쩌겠는가?"[25]라고 말하기도 했다. 이 말은 강한 자신감을 나타내는 것이기도 하지만 만족하고 유유자적하는 군자의 두려움 없는 기세라 해야 할 것이다.

공자의 침착하고 유유자적한 태도를 잘 보여주는 사례는 진나라에서 먹을 것이 떨어져 무려 일주일을 굶었을 때의 일이다. 제자들이 불평을 터트렸다. 그러나 공자는 거문고를 타고 노래를 부르면서 침착하고 유머러스한 태도를 잃지 않았다. 그는 제자들에게 "우리가 외뿔 소도 아니고 호랑이도 아닌데 어쩌다 이곳에 버려졌을꼬?"[26]라며 몇 번이고 물었다. 이 대목은 내가 가장 좋아하는 대목이며 공자에게 가장 탄복하는 대목이기도 하다.[27] 또 한번은 공자와 제자들이 흩어져 서로를 잃어버렸다. 잠시 후 누군가가 동문에서 공자를 보았다며 그 행색이 마치 상갓집 개 같더라고 했다. 이 얘기를 전해들은 공자는 "다른 건 몰라도 상갓집 개라는 말은 그럴듯하다"며 대꾸했다.

공자는 인정에 가장 가까운 사람이었다는 사실을 알았으면 한다. 그는 공손하면서도 편안했고 위엄이 있으면서도 사납지 않았다. 천리 밖에까지 찬바람이 쌩쌩 도는 점잔을 빼는 그런 인물이 아니었다.

정자나 주자 같은 송나라 때 유학자들의 손을 거치면서 공자의 모습이 바뀌어버렸다. 도학적 관점에서 공자를 논하게 되면 공자

본래의 모습을 잃어버린다. 그들은 마치 보통 사람들이 하는 행동을 성인은 하지 않는 것처럼 꾸몄다. 도학적인 송대 유학자들이 감히 할 수 없는 말과 행동을 공자는 거침없이 해댔다는 것을 그들은 모른다.

유비(孺悲)라는 사람이 공자를 만나러 왔다. 공자는 병을 핑계 대며 그를 만나주지 않았고 문지기를 시켜 집에 없다고 하라 했다. 그런데도 유비가 가지 않고 문 앞에서 얼쩡거리자 공자는 거문고를 연주했다.[28] 왜 그랬을까? 이것은 활달한 공자의 모습을 잘 보여주는 대목이다. 후세 도학자들은 이 모습을 잘 해석하지 못한다. 너무 지나친 것 아닌가, 하며. 주희(朱熹)는 그래도 제대로 이해한 것 같다. 그는 공자가 유비를 무척 싫어했기 때문이라고 보았다. 잘 본 것이다.

그러나 최동벽(崔東壁. 청나라 때의 학자. 이름은 술[述])에 이르면 주희의 이런 해석은 용납이 안 된다. 어떤 사람은 최동벽의《수사고신록(洙泗考信錄)》(洙泗는 洙水와 泗水를 말함. 공자가 이 근처에서 제자들을 가르쳤으므로 '공자의 문하'의 뜻으로 쓰임. 산동성 곡부현에서 발원한다. 공맹의 학문을 '洙泗學'이라고도 함)을 매우 칭찬하기도 하는데, 내가 읽어보니 도를 칭찬하려는 마음이 지나치고 고증의 표준도 이만저만 차이가 나는 것이 아니었다. 그는 공자의 이 대목이 후세 사람이 제멋대로 갖다 붙인 것이라며 성인께서 어떻게 그런 행동을 할 수 있겠냐고 묻는다. 이런 관점은 현대 전기문학(傳記文

學)의 태도—예를 들어 리턴 스트래치가 쓴《빅토리아 여왕 전기》는 인정을 잘 보여준다—와는 거리가 한참 멀다. 공자의 활기찬 모습이 도학의 이상과 맞아떨어지지 않으면, 다시 말해 송대의 유학자들로서는 감히 상상할 수 없는 말이나 행동을 공자가 했을 때 성인이 그럴 리 없다며 위작으로 배척하거나 후세 사람들이 제멋대로 갖다 붙인 것이라고 단정해버렸다. 특히 최동벽이 그랬다.

예컨대 공자가 친구 원양(原壤)을 꾸짖으면서 "늙어서도 죽지 않으면 그건 도둑이야!"라고 말한 대목이나, 원양의 정강이를 후려친 장면(우리식으로 표현하면 쪼인트를 깐 것) 등이 그것이다.(논어 헌문편) "고힐강(顧頡剛 : 1893~?. 실증주의 역사학자. 1926년 잡지 〈고사변(古史辨)〉을 간행했고 역사학의 대중화와 민간 문학의 채집에 힘썼다)은 최동벽의 이런 견해에 불만을 나타내며 "경서와 공맹을 신봉하는 기운이 지나쳐서 선입견과 주관이 도처에 물들어 있다"고 비판했다.

《논어》를 이렇게 읽어서는 안 된다.《논어》는 좋은 책이다. 비록 편집은 형편없지만. 어쩌면 근본적으로 편집하려는 사람이 없었는지도 모른다.《논어》에는 공자의 인간미가 물씬 풍긴다.《논어》의 멋을 알려면 먼저 공자가 제자들에게 한 말을 음미해야 한다. 그 안에는 유유자적하면서 한 말, 솔직담백한 말, 다른 사람을 전혀 신경 쓰지 않고 한 말, 그냥 나오는 대로 뱉은 말, 유머러스한 말, 심지어는 농담과 욕까지 다양하기 짝이 없다.

《논어》는 공자와 제자들이 사적으로 나눈 대화체 실록이다. 진지함과 입담이 적당히 섞여 있는 차분한 실록이다. 가장 귀중한 사실은 공자의 진면목을 음미할 수 있다는 점이다. 이 한적한 실록에서 우리는 공자의 진짜 성품을 발견할 수 있는 것이다.

그게 바로 나야!

공자는 제자들을 대할 때 격이 전혀 없었다. 철학과 종교를 강의하면서도 후대의 정자처럼 스승과 제자 사이의 예의에 집착하는 꼴사나운 태도를 보이지 않았다.

"너희들은 내가 너희들한테 숨기는 것이 있는 줄 아는 모양인데, 나 숨기는 것 하나 없다. 지금까지 너희들에게 알려주지 않은 적이 단 한 번도 없어. 그게 바로 나야."(《논어》 술이편)

어떤가? 정겹지 않은가?

농담이야, 농담!

공자는 자신의 농담을 스스럼없이 인정한다. 한번은 제자 자유(子游)가 성 책임자로 있는 무성(武城) 지방을 방문했는데 집집마다 책 읽는 소리와 거문고 타는 소리가 들렸다. 공자는 싱긋이 웃으며 "닭 잡는 데 소 잡는 칼이 뭔 필요여?" 했다. 자유가 공자의 말에 반박했다. "아니, 선생님께서 이렇게 가르치지 않으셨습니까? 군자가 도를 배우면 사람을 사랑하고, 소인이 도를 배우면 부리기 쉽다고 말입니다." 그러자 공자가 꼬리를 내리며 이렇게 말했다. "그려, 네 말이 옳다. 방금 내가 한 말은 농담이었어, 농담."
(양화편)

공자가 한가하게 제자들과 나눈 말투는 이런 식이었다. 만약 도덕군자인 양 점잔을 빼는 고증 문장이었다면 '어찌 성인께서 그런 희롱하는 말씀을 하실 수 있단 말인가! 못 믿겠다, 의롭지 못하다, 성인께서 그럴 리 없으니 이는 분명 거짓이다' 따위로 말했을 것이 뻔하다. 이런 '근엄한' 도학선생들이 공자의 우스갯소리를 받아들일 수 있을까?

《논어》를 보다 보면 이런 말투가 곳곳에 눈에 띈다. 이런 관점으로 보아야만 공자의 면모를 이해하고 받아들일 수 있는 것이다. 보이는 대로 몇 가지 더 살피자.

| 난 점이를 따라갈 테다 |

공자가 제자들에게 각자의 희망사항을 물어보는 대목이다. 공자는 은은한 정을 담은 말로 분위기를 이끌었고 제자들은 자신의 포부를 즐겁게 얘기한다. 여러 사람들 얘기가 끝나고 증석(曾晳)의 차례가 되었다. 그는 관직을 얻고 싶은 마음도 없었고 조정과 종묘 사이에 위태롭게 서 있는 것도 아니어서 선뜻 말을 하지 못했다. 그러자 공자는 "너무 구애 받지 말거라. 나는 그저 너희들 바람을 듣고 싶을 뿐이니까." 했다. 증석은 비파 줄을 한 번 퉁기더니 내려놓고는 천천히 일어섰다. "3월과 4월 사이에 새 옷을 입

고 어른 대여섯이서 애들 예닐곱쯤 데리고 나지막한 산에 올라 개울에서 헤엄도 치고 시원한 나무 그늘 아래 쉬면서 노래도 부르며 놀다 오고 싶습니다." 공자가 큰 숨을 내쉬고는 이렇게 말했다. "난 점(點. 증석의 이름)이 너를 따라갈 테다."

염유(冉有)와 공서화(公西華)의 진지한 발언이 있고 난 후 증석이 느긋하게 분위기를 풀어버리니 자연스럽게 유머가 작용한 것이다. (선진편)

《논어》를 읽는다 해도 많은 사람들이 이런 느낌을 제대로 알지 못한다. 사제 사이의 이런 분위기를 이해하고 논어를 읽으면 재미가 한결 더 있을 것이다. 다음 대목은 어떤가?

| 말을 탈꺼나, 활을 쏠꺼나 |

누군가 공자를 두고 이렇게 비꼬았다. "과연 그는 대단하신 양반이야. 그렇게 박학다식하면서도 특기 하나 없으니 말일세." 공자가 이 말을 들었다. "나에게 무슨 특기를 가르쳐주려나 보지? 그렇담 말을 타볼까, 활을 쏴볼까? 아무래도 말이 낫겠네."(자한편)

이 대목은 진짜 유머의 멋이 물씬 느껴진다. 유머러스하게 다소 멍청한 말투로 읽으면 더 맛이 난다. 이 대목 어디에 점잖은 말투가 느껴지는가?

│ 어찌 그럴 수가! │

공자가 공명가(公明賈)에게 물었다. "공숙문자(公叔文子) 그 사람은 정말로 말하지도 웃지도 욕심을 부리지도 않더냐?" 그러자 공명가는 "그 소문은 부풀려졌습니다. 그 양반은 말할 줄도 웃을 줄도 아는데 다만 그럴만한 때라야 말을 하고 웃기 때문에 모두들 그를 싫어하지 않습니다"라고 대답했다. 공자가 되물었다. "그러냐? 정말 그러더냐?"(헌문편)

이런 중첩된 말투는《논어》에서 흔히 보이는 장면이다.

│ 사야, 네 능력 밖이다 │

자공은 아주 말을 잘했다. 한번은 그가 "다른 사람이 저를 모욕하는 걸 원치 않듯 저 역시 다른 사람을 모욕하지 않으렵니다." 했다. 공자가 대답하길 "사(賜, 자공의 이름)야, (말은 쉽게 한다만) 내 보기에 넌 그 정도 수준은 안 되었다."(공야장편)

이 역시 제자의 이름을 다정하게 부르며 한가롭게, 다정하게, 그간 옆에서 쭉 지켜보며 가르쳤던 스승의 입장에서 한 말이다.

│ 세 번 냄새 맡고는 그냥 일어서다 │

이 대목은 해석하기 가장 어려운 대목인데, 최동벽은 또 위작이라고 했다. 그러나 사실 별것 아닌 대목이다. 그저 공자가 꿩 냄새를 맡아보고는 구역질이 나 먹지 않으려 했다는 얘기에 지나지 않는다. 이 대목은 '향당편'에 보이는데, 향당편은 주로 먹는 것에 관한 애기들로 이루어져 있다. 애긴즉 이렇다. 새 한 마리가 공중에서 빙글빙글 돌다가 내려앉았다. 자로가 가만히 다가가서 "들새로구먼. 마침 잘 내려앉았다"며 잡아서 음식을 만들어 공자에게 드렸는데 공자는 서너 번 냄새를 맡아보더니 먹지 않고 그냥 일어섰다.

원래 들새는 2, 3일 말렸다가 먹는 게 좋다. 이 대목에서 무슨 거창한 도리를 찾아내려 할 필요가 있을까?

| 여럿이 하루 종일 죽치다 |

공자가 말했다. "여럿이 하루 종일 함께 있으면서 좋은 말 한 마디 없이 사사로운 꾀나 부리고 있으니, 잘하는 짓이다!"(위령공편)

주자는 공자의 맨 뒤의 말 '잘하는 짓이다'를 '장차 근심과 해가 있을 것이다'라고 풀이했다. 천만의 말씀이다. 주자는 공자의 한적한 말투를 이해하지 못한 것이다. 왜냐하면 이와 똑같은 말투가 '양화편'에 한 번 더 나오는데, "하루 종일 배불리 먹고 마음 쓰는 일 하나 하지 않는구나. 정말 잘하는 짓이다! 거, 바둑 장기라도 있잖니. 그거라도 하면 머리를 사용하는 짓이야. 멍하니 있는 것보다는 나을 것이다."

유머는 이런 것이다. 조용한 방에서 벗과 자연스레 나누는 한담 같은 것이다. 꾸미지 않고 허세가 없어야 한다. 이것이 공자의

《논어》다. 또 공자는 이런 말도 했다. "내가 어찌 담에 매달려 있기만 하고 먹지도 못하는 표주박과 같을 수 있나?"(양화편) "팔아야지 암, 팔아야지. 난 누군가 나를 사줄 사람을 기다리고 있다." (자한편) 이 구절은 현군이 자기를 등용해주길 기다린다는 뜻으로, 속에서 나오는 대로 뱉은 말이지 누군가에게 들려주기 위해 미리 준비해둔 말이 아니다. 이런 대화는 친근한 벗과 스스럼없이 나눈다면 오해할 것이 아무것도 없다. 오히려 너무 진지하게 받아들이면 그 맛이 사라지고 만다.

공자가 사람 욕한 구절도 적지 않다. 요즘 정치하는 사람들 평을 해달라는 자공의 부탁에 공자는 "쩨쩨한 자들이라 인간들 축에 끼지도 못한다"고 답한다.(자로편) 한 마디로 '밥만 축내는 그 밥통들을 어디다 쓰겠느냐'라는 뜻이다. 원양(原壤)을 나무라는 장면을 보면 "늙어서도 죽지 않으면 그건 도둑이야!" 일갈하고는 그것도 성에 안 찼던지 몽둥이를 들고 원양의 정강이를 후려쳤다. 또 염구를 혼내면서 "넌 이제 내 제자가 아니다. 얘들아, 북을 울리고 저 아이를 성토해도 좋다!"라고까지 했다. 정말이지 거리낌이 없다. 제자 염구를 이렇게 야단친 것은 염구가 권력자 계씨의 앞잡이 노릇을 하며 세금을 징수한 때문이다. 더 험한 말도 했다. "유(由. 자로의 이름)는 제 명에 못 죽을 것이다."(선진편) 결국 자로는 정변에 가담해 횡사하고 말았다.

독자들은 공자의 유머 넘치는 말에 별로 주의를 기울이지 않는다. 가장 좋은 본보기가 《공자가어(孔子家語)》[29]에 나오는 다음 대목이다. 자공이 물었다. "죽은 자에게도 감각이 있을까요?" 공자가 대뜸 대답했다. "죽어보면 알게 될 거야." 이 대답은 자로가 비슷한 질문을 했을 때 "삶도 모르는데 죽음을 알아서 무엇 하려고?"(선진편)라고 답한 것에 비해 한결 위트가 넘친다. 비슷한 경우가 여러 곳에 있다. "말하지 않겠다는데 어쩔 건가? 어쩌겠는가? 그런 사람은 정말이지 어찌해야 할지 모르겠다."(위령공편) "아는 걸 안다 하고 모르는 걸 모른다고 하여라. 그것이 아는 것이다."(위정편) "잘못하고도 고치지 않는 것, 그것이 바로 잘못하는 것이다."(위령공편)

'알 지(知)' 자를 가지고 공자가 남긴 유명한 말들이 《논어》에는 여러 군데 있는데 위트로 사람의 마음을 움직이는 구절들이다. "남이 나를 몰라준다고 걱정하지 말고 알아줄 만한 사람이 되기 위해 힘써라."(이인편) "남이 나를 몰라준다고 걱정하지 말고 내가 남을 몰라주는 것을 걱정하라."(학이편) "군자는 자기 능력이 없음을 걱정해야지 남이 알아주지 않는다고 걱정해서는 안 된다."(위령공편)

한 마디로 말해서 공자는 화통한 사람이었다. 나오는 대로 말을 해도 모두 이치에 합당했다. 그는 직접 여러 군데를 돌아다니며 눈높이를 맞춰 쉽고 친근한 언어로 사람들과 접촉했다. 자유(子

游)가 효도에 대해 묻자 부모를 섬길 때는 봉양만 해서는 안 되고 존경해야 한다면서, "봉양이야 개나 말도 다 할 수 있는 것"이라고 답했다.(위정편) 참으로 당돌한 말이다. "부자가 될 수 있다면 나더러 마부가 되어 수레를 몰게 해도 기꺼이 하련다"는 말도 했다.(술이편) 정말 꾸밈없는 말이다. 하루는 계문자(李文子)가 세 번 생각하고 나서 행동한다는 소문을 듣고는 이렇게 대꾸했다. "두 번이면 충분할 텐데."(공야장편) 좀 까칠하지만 음미해보면 정말 솔직하고 자연스러운 유머다.

04 공자를 생각하며*

유가의 책들 중에서는 《맹자》가 가장 웅변적인데, 때로는 예리함 속에 싸늘하면서도 심오한 유머가 번득인다. 반면 공자의 언행은 유머러스한 태도를 보이기도 하지만 따뜻하면서도 도타운 정이 묻어난다. 세상 사람들이 거들떠보지 않았을 뿐이지만.

공자의 유머는 덕성이 자연스럽게 표출되어 전혀 번지르르하거나 유들유들하지도, 교만하지도 않다. 늠름하고 자연스러우며 사람의 감정에 잘 맞아떨어진다. 감정에 잘 맞아떨어지면 의도하지 않아도 유머는 저절로 나타나 언행이 그렇게 된다. 나는 공자의 유머 태도를 잘 표현한 말이 《사기》에 나오는 '온온무소시'(溫溫無所試) 다섯 글자라고 생각한다. 안습재(顏習齋)[30]가 이를 잘 풀이

---

*이 글은 《나의 말(我的話)》 중 《피형집(披荊集)》에서 가려 뽑은 것으로 원래 제목은 '사공자'(思孔子)이다.

해놓았다.

> '온온무소시라'는 말은 참으로 아름답다. 사람이 궁색해지면 비분강개해서 비가(悲歌)를 부르게 되는데, 그 수준이 높으면 굴원이나 가의처럼 되겠지만, 수준이 낮은 비가는 시간이 지나면 변절하게 된다. (《안씨학기》권7)

이 말은 인정을 깊이 깨달은 사람이 아니고서는 할 수 없다. 나는 이 말에 덧붙여 이렇게 말하고 싶다. 비분강개하여 비가를 부르면서 유머를 모르더라도 온온하기만 하면 평생 비굴하거나 거만하지 않을 것이다. 굴원과 가의가 유머를 몰랐지만 변절하지 않은 것처럼.

공자가 온온무소시 하면서도 유머 태도를 보일 수 있었던 것은 이상과 현실의 거리가 너무 멀어 세상이 그를 쓰지 못했기 때문이다. 광읍(匡邑)을 지나다 구금당하고, 채(蔡)에서 곤경에 빠지기도 했다. 그러나 초(楚)로 가는 도중 깨달은 바가 있어 고향으로 돌아와 시를 편집하고 음악을 바로잡고 《춘추》를 지으면서 일생을 마칠 수 있었다.[31] 이것이 바로 온온무소시의 태도다. 공자는 재주를 가지고도 세상을 못 만났던 사람이다. 그러나 비분강개하지 않았다. 바로 이 점이 공자 유머의 특별한 점이자 그 출발점이기도 하다.

세상 사람들은 공자를 성인으로 보지 한 인간으로 보려 하지 않는다. 그러다 보니 공자의 인지상정은 가려지게 된다. 그러나 생각해보면 공자가 융통성 없고 찬바람 쌩쌩 부는 도학자 패거리들과 어떻게 같을 수 있겠나. 유가에서는 인정을 말하고는 있으나 유독 공자의 인정은 말하지 않는다. 공자를 숭배하는 이치와 공자의 인격을 인식하는 이치가 어찌 이 모양인지. 공자는 다정다감한 인물이었다. 웃고 화내고 기뻐하고 미워하고 음악 좋아하고 노래 잘 부르고 심지어 잘 울기까지 했다. 이 모두는 살아 꿈틀거리는 인간의 표시다.

공자가 얼마나 음악을 좋아했는지 석 달 동안 고기 맛을 잊을 정도였다.(술이편) 다른 사람이 노래를 잘 부르면 앙코르 하고 외친 다음 그와 함께 노래 불렀다.(술이편) 또 공자는 울기도 잘 했다. 제자 안회(顔回)가 죽었을 때 "하늘이 날 버렸도다! 하늘이 날 버렸도다!" 하며 통곡했음은 잘 알려진 이야기다. 《단궁(檀弓)》[32]에는 이런 일화가 나온다.

공자가 위나라에 갔는데 예전에 묵었던 여관주인이 상을 당했다. 공자는 그들이 슬퍼하는 모습을 보고는 그만 울고 말았다. 자공에게 수레에서 말을 풀어 매어놓게 하고는 이렇게 말했다. "상가에 들어가 곡을 하는데 슬퍼하는 저들의 모습을 보고는 그만 눈물을 흘리고 말았다. 무단히 눈물 흘리는 걸 싫어하는데도 말이다."

조문하러 간 공자는 본래 울 생각이 없었는데 상주의 슬퍼하는 모습을 보고 그만 눈물을 흘리고 만 것이다. 무단히 눈물을 흘린 자신을 쑥스러워하는 공자를 대하면 참으로 정이 깊은 사람이라는 감탄이 절로 나온다.

　공자는 증오심도 거리낌 없이 드러냈다. 유비(孺悲)가 공자를 만나려 했으나 몸이 안 좋다며 사양했다. 사람을 시켜 문 밖에 대기하던 유비에게 그 뜻을 전달하고는, 곧 이어서 거문고를 뜯으며 노래를 불러제꼈다. 유비 그 사람 들으라고.(양화편) 이 대목은 '내가 진짜로 병이 난 게 아니라 다만 너를 만나고 싶지 않다'고 말하는 것 같다. 공자는 희로애락을 느낄 줄 아는 대장부이지 그것을 얼굴에 나타내지 않는 위선적인 군자가 아니었다. 희로애락을 느낄 줄 알아야 칠정(七情)이 있는 것이고 칠정이 있어야 만세의 스승다움을 보여줄 수 있다. 희로애락을 느낄 줄 모르는 성인에게서 무엇을 배울 것이며, 또 그것을 배우지 못한다면 어찌 스승이라 할 수 있겠나.

　나는 《논어》의 구석구석을 꼼꼼히 읽고 또 읽어보았다. 성인의 말 가운데 유머가 없는 구절은 한 구절도 없었다. 공자의 제자들 가운데 도의 이치를 논하는 자가 몇이나 될까? 그들과 어울려 천지를 논하지 못함을 아쉬워할 뿐이다. 《논어》를 보면 공자는 "아까 한 말은 농담"이라는 고백도 하고 있다.(양화편) 재삼 밝힐 필요도 없지만 누가 감히 성인은 농담을 하지 않는다고 말할 수 있나.

누가 《논어》에는 유머가 없다고 말할 수 있나. 공자의 언행 중 유머가 돋보이는 부분이 《사기》 공자세가에 나온다.

공자가 정나라에 갔다가 제자들과 길이 어긋나 잃어버리고 말았다. 공자는 홀로 동문에 서 있었다. 정나라 사람 하나가 자공에게 말했다. "동문에 웬 사람이 서 있는데, 이마는 요 임금 같고 목은 고도(皐陶. 순 임금의 신하) 같으며 어깨는 자산(子産. 정나라 재상) 같았습니다. 다만 허리 아래로는 우 임금보다 세 치쯤 못 미친 것 같았는데, 그 초라한 몰골이 영락없는 상갓집 개 같아 보였습니다." 그 이야기를 전해들은 공자는 껄껄 웃으며 "모습은 아니다만 상갓집 개 같다는 말은 그럴듯하다, 그럴듯해!"라고 했다.

이 얼마나 유머 넘치는 모습인가. 내 그의 발밑에 무릎을 꿇고 절을 올리리라. 요즘 대학생들이 교수한테 "사람들이 선생님을 상갓집 개 같다고 합니다"라고 전할 수 있겠는가. 그 옛날 자공은 참으로 당돌하게 스승에게 들은 그대로를 전했다. 그러나 공자는 담담하게 그것을 받아들이고 화내지 않았다. 이것이 바로 최고의 유머다. 전혀 찬바람이 돌지 않는 유머, 옆 사람도 웃고 자신도 웃는 유머. 그 모습은 마주 앉아 식사를 할 때처럼 평화롭다. 유생은 위선을 하지만 공자는 그렇지 않았다. 교수는 학생을 딱딱하게 대할 수 있으나 공자는 자공을 그렇게 대하지 않았다. 공자가 허세를 부리는 인간이었다면 자공이 들은 대로 말할 수 있었겠나. 다음의 대화를 보자.

> 자공 : 여기 좋은 옥이 있다면 상자 속에 감추어두시겠습니까, 아니면 좋은 장사치를 찾아 파시겠습니까?
> 공자 : 팔아야지. 팔고말고. 나는 나를 사갈 사람을 기다리고 있단다. (자한편)

'팔아야지. 팔고말고.' 이 말이 무슨 소리일까. 나를 사줄 사람을 기다리고 있다는 말은 공자 자신에 대한 웃음일 것이다. 나는 이 문장이 점잖은 경서나 정사 외에는 인용되지 않았다고 본다. 촌구석 학구파들이 내가 공자를 깎아내린다고 할까봐 찜찜하지만, 이 대목이 《논어》에서 나왔다는 것은 부정할 수 없을 것이다. 또 공자가 제자들과 한가하게 나눈 익살과 해학 넘치는 대화를 어떻게 받아들일지 궁금하다. 다음 대목을 보자.

> 필힐(佛肹)³³이 공자를 초청하자 공자가 가려 했다.
> 자로 : 전에 선생님께서 '군자는 몸소 좋지 않은 일을 하는 자에게 가지 않는다'라고 말씀하신 것을 들었습니다. 필힐이 중모(中牟) 땅에서 반란을 일으켰는데 선생님께서 가시려고 하니 이 어찌 된 영문입니까?

공자 : 그렇다. 그런 말을 한 적이 있었지. 하지만 갈아도 얇아지지 않는다면 단단하다고 할 수 있고, 검은 물감을 들여도 검어지지 않는다면 희다고 할 수 있잖니. 내가 담에 매달려 있기만 하고 먹지도 못하는 표주박과 같을 수 있나? (양화편)

위 대목과 "부자가 될 수 있다면 나더러 마부가 되어 수레를 몰게 해도 기꺼이 하겠다"(술이편)는 말은 같은 종류의 유머다. 위 인용문에 대해 설명을 하려면 수천 마디를 갖고도 모자라겠지만 이정도로도 팔이 시큰거리니 그만두겠다.

내가 하고 싶은 말은 공자의 특별한 유머인데, 공자가 일부러 멍청한 체했다는 사실이다. 공자는 '그래 맞아' '바로 그거야' 라는 감탄사를 자주 내뱉었다. 영어로 말하자면 'Oh, Yes'쯤에 해당된다고나 할까? 옛사람들은 지혜가 넘쳐 붓을 들어 그것을 기록했고 지금 사람들은 지혜가 모자라 그냥 느낄 뿐이다.

양화라는 자가 돼지고기를 보내면서 공자가 없을 때 와서 인사를 하고 갔다. 공자도 양화가 부재중일 때 찾아가 답례를 하고 돌아왔다. 공자는 일부러 멍청한 체하며 양화를 멀리하려 했던 것이다. 마치 어린아이의 장난 같기도 하다. 그런데 답례를 하고 돌아오다 그만 양화와 마주치고 말았다. 딱히 숨을 곳도 없고. 공자의 심정이 어땠을까? 결국 얼굴을 마주 대할 수밖에 없었는데, 그때 공자는 일부러라도 멍청한 척하지 않을 수 없었을 것이다.

양화가 공자를 보고자 했으나 공자는 만나주지 않았다. 양화가 공자에게 돼지고기를 보냈다. 공자는 그가 없는 틈을 타서 찾아가 사례를 하고 돌아오는 길에 공교롭게도 그와 마주쳤다.

양화 : 자, 이리 오시지요. 내가 당신과 얘기 좀 할까 합니다. 보물을 품속에 지니고 있으면서도 나라가 어지러운 것을 그냥 두고 있다면 그것을 인(仁)이라고 할 수 있겠습니까?

공자 : 할 수 없겠지요.

양화 : 일에 종사하기를 좋아하면서도 자주 기회를 놓친다면 지혜롭다고 할 수 있겠습니까?

공자 : 없지요.

양화 : 날이 가고 달이 가고 있습니다. 세월은 우리를 기다려주지 않습니다.

공자 : 알았습니다. 내 한자리 하리다. (양화편)

'알았습니다. 내 한자리 하리다'는 대답은 공자가 양화의 추궁에 못 이겨 그냥 해본 소리다. 두 사람의 문답을 보면 양화는 열나게 들뜬 반면 공자는 마지못해 응대하고 있다. 양화의 추궁에 그저 냉랭하게 '그렇지 않다'는 말만 하고 있다. 이러쿵저러쿵 논할 만한 가치가 없다는 뜻인 것 같다. 그리고 마지막 대목에서 양화가 열을 내며 이야기를 진행시키자 시끄럽게 떠드느니 귀찮은 혹을 떨어내는 것이 낫겠다 싶어 '한자리 하겠다'고 건성으로 멍청

하게 대답해버리고 만 것이다. 이 부분을 읽을 때마다 나는 감탄
사를 연발하곤 한다. 일종의 어수룩한 유머라고나 할까?

나는 공자가 제자들과 대화를 나누면서 보여준 그 정신을 매우
좋아한다. 진과 채 사이에서 곤경에 처했을 때 제자들과 나눈 대
화를 특히 좋아하는데, 차분히 음미할수록 처연한 감정에 사로잡
히곤 한다. 당시의 공자는 소정묘를 죽일 때의 패기만만한 왕년의
그가 아니었다. 그는 위나라로 가서 영공(靈公)을 만났을 때 영공
은 그저 고개를 쳐들고는 하늘을 나는 기러기를 보면서 '공자를
거들떠보지 않는' 바람에 공자를 난감하게 만들었다. 조나라로
가다가 황하를 건너게 되었는데 공자는 "아름답구나, 물이여. 양
양하도다. 구(丘. 공자의 이름)가 여길 못 건너는 것도 운명인가 보
구나!"라며 탄식했다.(《사기》 공자세가) 이 두 가지만 놓고 보더라
도 공자는 이미 낙화유수 같은 어려운 처지에 있었음을 알 수 있
다. 몇 번이나 위나라로 가려 했고, 위나라에서 돌아왔다가 다시
갔다. 진, 채, 섭(葉), 포(蒲) 등 가는 곳마다 허무와 처량함을 잔뜩
안고 발길을 돌려야 했다. 제자들의 불만은 쌓여갔으나 공자는 내
색 않고 거문고를 켜면서 노래를 불렀다.

《사기》에 기록되어 있는 진, 채 지방에서의 고난 와중에 제자들
과 대화를 나누는 공자의 모습은 '온온무소시'라는 제목을 붙여
도 좋을 한 폭의 그림을 연상케 한다. 예수가 겟세마네 동산에서
제자들과 이별하는 장면보다 감동적이며 여성스러운 애틋한 분

위기가 넘쳐난다.

공자는 제자들이 짜증나 있음을 알았다. 그래서 자로를 불렀다. "《시경》에 보면 '외뿔 소가 아니고 호랑이도 아닌데 광야를 헤매고 있구나'라는 구절이 마치 지금 우리의 처지를 말하는 것 같은데, 나의 도가 잘못되어서일까? 어째서 우리 처지가 이 지경일까?" 자로가 대답했다. "우리가 사람들의 신뢰를 얻지 못하는 것은 인자(仁者)로서 아직 부족하기 때문입니다. 또 우리의 길이 사람들에게 받아들여지지 않는 것은 지자(知者)로서 부족하기 때문입니다." 그러자 공자가 이렇게 되물었다. "그럴까? 유야, 인자가 반드시 신뢰를 얻는다면 어째서 백이·숙제와 같은 비극이 있는 것일까? 또 지자의 도가 반드시 행해진다면 어째서 왕자 비간(比干)의 불행이 생겨났을까?"[34]

이번에는 자공을 불러 같은 질문을 했다. 《시경》에 보면 '외뿔소가 아니고 호랑이도 아닌데 광야를 헤매고 있구나'라는 구절이 마치 지금 우리의 처지를 말하는 것 같은데, 나의 도가 잘못되어서일까? 어째서 우리 처지가 이 지경일까?" 자공이 대답했다. "선생님의 도는 너무나 높고 멉니다. 그래서 천하는 선생님을 받아들이지 못하고 있는 것입니다. 사람들이 받아들이게끔 조금만 낮추시지요." 공자가 응답했다. "훌륭한 농부가 농작물을 잘 심었다 해서 반드시 수확이 좋을 것이라 확신할 수 없고, 훌륭한 장인은 좋은 그릇을 만들지만 모든 사람들의 기호에 맞출 수는 없는 법이다. 마찬가지로 군자는 도를 닦고 천하를 다스릴 수 있는 규범을 만들지만 천하가 반드시 그를 받아들인다고 할 수 없지 않겠느냐?"

자공이 나가고 안회가 들어왔다. "《시경》에 보면 '외뿔 소가 아니고 호랑이도 아닌데 광야를 헤매고 있구나'라는 구절이 마치 지금 우리의 처지를 말하는 것 같은데, 나의 도가 잘못되어서일까? 어째서 우리 처지가 이 지경일까?" 안회가 대답했다. "선생님의 도는 너무나 높고 멉니다. 그래서 천하는 선생님을 받아들이지 못하고 있는 것입니다. 하지만 계속 밀고나가셔야 합니다. 받아들여지느냐 않느냐는 문제가 아닙니다. 만일 우리가 게을러서 도를 닦지 못한다면 그것은 우리의 수치입니다. 그러나 도를 충분히 닦았는데도 쓰이지 못한다면 그것은 정치하는 사람들의 수치입니다. 쓰이지 않은 다음에라야 비로소 군자의 진가가 드러나는 법입니다." 이 말을 들은 공자는 회심의 미소를 지었다. "네가 옳다! 만일 네가 돈을 많이 번다면 내 기꺼이 네 밑에서 벼슬이라도 하겠다."

오! 공자는 궁지에 몰려도 지나침이 없었다. 세 제자와 한 스승의 신세가 이랬으니 강호의 유랑자나 마찬가지였다. 공자는 자신을 빗대 '외뿔 소도 아니고 호랑이도 아닌데 광야를 헤매고 있다'면서 자기가 걸어온 길이 무엇이 잘못 되었나 스스로 의심하고, 제자들을 불러 하나하나 물어보는데 그 질문이 똑같았다. 자로나 안회 모두 공자를 사랑하는 마음은 한 가지로 그 마음이 차고 흘러넘친다. 안회의 말이 가장 가슴 아픈데, 사제 간의 정이 넘치고 그 뜻 또한 처연하기 그지없다. 그런데 공자는 "네 밑에서 벼슬이라도 하겠다"며 유머로 전체 분위기를 묘하게 만들어놓았다.

05 다시 공자의
정(情)을 말한다*

　지난번에 '공자의 유머'란 글을 발표했는데, 그 주된 요지는 공자가 제자들과 나눈 대화가 모두 솔직담백하고 흥미진진하게 사람을 감동시킨다는 것, 제자들과 사사로이 나눈 다정다감한 대화에는 꾸밈없이 입에서 나오는 그대로 내뱉은 말도 있다는 것이었다. 대화 상대, 시간, 장소, 상황을 잘 살펴서 《논어》를 읽다 보면 별미를 맛볼 수 있을 것이다.

　선인들이 《논어》를 읽으면서 공자가 한 말을 진지하게 추구할 수 없는 대목에 이를 때 그 문장의 뜻이 분명한데도 온갖 방법을 동원해 그 뜻을 억지로 바꾸어 공자를 변호하고 성스러운 현인의 표준에 들어맞도록 뜯어고쳤다. 특히 이학(理學)의 잣대로 들이대서 맞아야만 비로소 안심했다. 이렇게 꽉 막힌 자들이 《논어》를

* 이 글의 원래 제목은 '재론공자근정'(再論孔子近情)이며 《못할 말 없다》(함집)에 실렸다.

이리저리 주무르다 보니 온화한 성품에 여유 있고 자기 식으로 살며 언행이 걸출했던 공자가 근엄하고 무게만 잡는 옹졸한 늙은이가 되어버렸다. 그리하여 공자의 인정미는 마침내 다시 볼 수 없게 되었다.

보통의 인정으로 성인을 논하는 것은 현대인이 역사를 연구하는 자연스러운 관점이다. 오로지 성인의 가르침을 펼치려는 경전 이해와는 다른 점이다. 사람에게는 잘못이 있을 수 있고 그 잘못을 보고 어짊을 알 수 있는 것이다. 성인과 나는 같은 부류이다(《맹자》 고자장[상]), 성인과 내 마음이 똑같다는 생각이 선 다음에라야 성인을 더욱 이해하고 동정할 수 있는 것이다. 이름난 위인들은 개성이라는 면에 있어서 남들과 다른 점이 분명히 있다. 그러나 위인들도 인지상정에서 벗어날 수 없으며, 또 인성(人性)의 단련도 필요하다. 올리버 크롬웰이 말한 "나를 그리려면 이 얼룩점까지 그려라!"는 말이 바로 이 뜻이다. 이렇게 말하면 공자를 헐뜯는다고 의심할지도 모르겠다. 공자는 비방의 대상이 아니라고 하면서 말이다.

그러나 우리가 공자를 제대로 이해하면 할수록 더욱 그에게 빠져들게 되어 있다. 공자가 남자(南子. 위 영공의 부인. 막강한 권력을 쥐고 품행에 문제가 많았다)를 만나려 하자 자로가 불쾌한 기색을 보였다. 공자가 맹세하면서 말하길 "내가 만일 도리에 어긋나는 일을 했다면 하늘이 나를 버릴 것이다. 하늘이 나를 버릴 것이다"라고

했다. (옹야편)

이 사건에 대해서는 경학자들 중 열이면 여덟아홉이 곡해하고 있다. 모기령(毛奇齡. 청나라 때의 고전학자)[35]은 공자가 음탕하고 권력을 탈취한 남자를 만나려는 것이 아니라 그저 "잠시 몸을 굽혀 도를 행하려 했을 뿐"이라고 풀이했다. 혹자는 공자가 맹세했다는 뜻의 '시'(矢)는 맹세가 아니라 가리킨다는 뜻의 '지(指)'와 같으며 이는 하늘을 가리키며 말했다고 해석한다. 다른 이는 矢에는 말하다는 뜻의 '진(陳)'이라며, 맹세가 아니라 그저 말했을 뿐이라는 식으로 풀이했다. 또 어떤 이는 '하늘이 나를 버릴 것이다'는 문구에 하늘은 '남자'를 가리킨다고 보았다. 그녀가 당시의 권력자이기 때문이란다. 이 해석대로 하면 다음과 같은 것이 된다. '나를 부르는데도 남자를 보러 가지 않으면 남자는 분명 화가 나 나를 싫어할 것이다. 싫어할 것이다.' 또 어떤 사람은 남자는 남괴(南蒯)를 오기한 것으로 여자가 아니라 남성, 즉 나라를 수복하려는 태자라고 한다. 정말이지 온갖 설이 난무했다. ─이것에 대해 상세한 상황에 대해서는 청나라 때《논어》를 집중적으로 연구한 유보남(劉寶楠)의《논어정의(論語正義)》를 참조하기 바란다. (유보남은 청대의 고증학자로 주희의 주석에서 이[理] 자가 들어간 것은 모두 부정하고, 원래의 뜻 그대로 읽을 것을 주장했다.)

그러나《논어》와《사기》공자세가에 따르면 공자는 남자를 '분명히' 만났다. 공자의 이런 인정 넘치는 품성은 매번 자로를 화나게 했고 후대 도학자들의 마음을 상하게 만들었다.

최근 발표된 몇 편의 글을 훑어보니 공자에 대한 나의 해석에 이의가 많은 모양이다. 일일이 대답하기는 좀 그렇고, 일전에 밝혔던 내 뜻을 다시 한 번 되풀이할까 한다. 여기 실로 기가 막힌 유머 문장이 있다. 이 문장은 아름다움을 잃지 않고 있고 또 그 아름다움을 가릴 수도 없으므로 칭찬하기에 충분하다. 증석(曾晳. 증자의 아버지. 이름은 점[點]이다)이 대여섯 명의 어른과 예닐곱 명의 아이들을 데리고 헤엄을 치고 노래를 부르며 오겠다고 하자 공자가 "나는 점이 너를 따라갈 테다"며 칭찬한 대목이다.(선진편) 양차여(梁次如) 선생은 이 부분에 대해 어린애들과 헤엄치는 것이 그다지 우아하지 못하다고 생각해서 공자가 꼭 증석의 말에 찬성하지 않았을 것이라고 말한다. 그는 이 구절이 반의(反意)를 띤 문장이라고 보았다. 즉 '나도 점이를 따라가겠다'는 말은 '나는 점이를 따라가지 않겠다'고 보아야 한다는 것이다. 나와 양 선생은 보는 각도가 다를 뿐이다. 그렇다고 한들 내가 공자처럼 이렇게 자연스럽고 자신도 모르는 사이에 우러나오는 유머러스한 글을 쓸 수 있을까? 절대 못할 것이다.

또 어떤 사람은 공자가 자신에게 "내가 아는 것이 있을까? 나는 아는 것이 없다"라고 한 대목을 가장 이해할 수 없다고 했다. 성인이 너무 조급하지 않느냐는 것이다. 어찌 성인이 무지하겠느냐, 아마 이런 생각에서 나온 말 같다. 이 내용은 '하찮은 사람(비부[鄙

夫])의 질문'에 나오는데, 공자는 먼저 자신의 무지함을 밝히고는 다시 이 사람의 질문을 예로 들어 그의 무지를 입증하고 있다. 공자는 이 사람이 질문해온다면 "공공여야(空空如也) 아고기양단이갈언(我叩其兩端而竭焉), 즉 그 질문이 비록 어리석다 하더라도 나는 그 양끝을 두드려 밝혀준다"라고 말한다.(자한편)[36] 이전의 경학자들은 성인이 스스로 무지하다고 한 말의 속뜻을 풀고자 무던히 애를 썼다. 그래서 혹자는 공공여야(空空如也)를 '공공여야(控控如也)'로 바꾸어야 한다는 것이다. 이 말의 주체를 공자가 아닌 '하찮은 사람'으로 돌려 그 질문이 어리석다는 식으로 해석해보자는 것이다. 그러면 뒷부분과 연결되어 공자가 솔직하고 성실하게 있는 힘을 다해 대답하려 했다는 뜻이 된다. 주자는 공자의 대답이 궁색해졌다는 것으로 해석하지 않고, 성인이 온힘을 다해 대답하려 했을 뿐이라고 했다.

어떤 선생은 대단히 독창적인 견해를 비쳤는데, '하찮은 사람'이라는 뜻의 비부(鄙夫)를 그런 뜻이 아니라고 해석한다. 어느 경전을 인용하며 "고기 먹는 것을 비(鄙)라 한다"는 것에 의거해 이 비부는 틀림없이 자리만 차지한 채 나라의 녹(고기)을 축내는 관료라고 보았다. 이런 식으로 문장을 해부해 나가다 보면 한 차례 파도가 채 가라앉기도 전에 또 다른 파도가 일어날 것이 뻔하다. 그 결과 고기만 축내는 관료가 공자에게 질문한 것은 '관직을 얻는 방법'일 것이라고 단정하기에 이른다. 이런 질문이라서 공자가 선뜻 대답을 못했다는 게 자연스럽다는 것이다. 문장의 이치에 따른 이런 뜻밖의 해석은 주자에 비해 훨씬 투철하고 설득력이 있어 보인다. 나 같은 사람은 백 번 생각해도 깨우칠 수 없었던 이 난해한 수수께끼가 일단 훤하게 뚫렸다. 사실 공자는 학문의 무궁함을 깊이 깨우치고 있었다. 시골사람이나 대여섯 살 어린아이의 질문이 수재의 질문보다 나은 경우가 있다. 공자는 "아는 것을 안다고 하고 모르는 것을 모른다"(위정편)고 했지, 결코 억지로 왜곡하지는 않았다.

또 어떤 사람은 공자의 "내가 어찌 담에 매달려 있기만 하고 먹지도 못하는 표주박과 같을 수 있나?"라는 말을 억지로 뜯어고친다. 공자는 분명히 자기 애기를 한 것이다. 말을 가리지 않고 나오는 대로 편하게 한 말이다. 요컨대 공자는 내가 어찌 따먹지 않을 수 있느냐는 뜻으로 말했고, 어떻게 해석하든 그 뜻은 분명하다. 쓰디쓴 표주박은 사람들이 따먹지 않을 수도 있을 것이다. 하지만 공자 자신은 먹지 않을 수 없다는 말이다. 밥도 먹고 국도 뜨고 물도 마시고 하는 따위와 같은 것이다. 사이비문법을 뽐낼 필요가 어디 있는가. 《논어집해(論語集解)》[7]에서는 "나도 먹기는 하지만 담에 매달려 먹지 못하는 것(박)과는 다르다"고 해석해놓았다. 이 무슨 귀신 씻나락 까먹는 소린가.

여기 의외의 해석이 또 있다. "매달려만 있고 어찌 먹히지도 못하는가?"라는 해석이다. 먹힌다는 것은 현명한 군주에 의해 등용되어 성인의 도를 실행한다는 뜻이란다. 참으로 잘난 해석이다. 내가 이런 유머 걸작을 써낼 수 있을까? 도저히 못한다. 내가 공자의 유머 문장을 논하는 것은 졸렬하고 성숙하지 못한 의견으로 다른 사람의 고견을 이끌어내는 포전인옥(抛磚引玉)의 효과가 있을까 해서다.

사실 이 대목은 필힐이 중모에서 반란을 일으킨 다음 공자를 불렀을 때 공자가 그 부름에 응하자 자로가 불쾌한 기색을 드러냈기에 공자가 이 말을 한 것이다. 공자는 진짜로 간다는 것이 아니었다. 제자에게 자신의 뜻을 숨기지 않았을 뿐이다. 공자의 말이 담담하고 거리낌 없게 느껴지지 않나. 그러기에 "검은 물감을 들여도 검어지지 않는다면 희다고 하지 않을 수 있겠느냐?" 운운한 구절이 생겨난 것은 아닐까? 박의 비유는, 먹어도 좋고 먹혀도 좋다는 것으로 입에서 나오는 대로 뱉은 말이다. 이는 자공에게 "나를 사갈 사람을 기다리고 있다"(자한편)라고 한 말처럼 농반진반의 말투다.

경전과 예교에 대한 도학의 강의는 '되는 것도 없고 안 되는 것도 없는' 무가무불가(無可無不可)한 공자와는 다르다.(미자편)[38] 공자는 "지나치게 멀리하는 일도 없고 또 지나치게 가까이하는 일도 없었으며" "오직 의로움만을 가까이했지만"(이인편) 일정한 규칙이 있었던 것은 아니었다. 또 애매모호한 태도를 취하지도 않았다. 위 영공의 부인 남자(南子)와 함께 마차를 타고 '뒷자리'에 앉아 저잣거리를 지나갔으니(《사기》 공자세가) 체통이 말씀이 아니었다. 사람들은 이 음탕한 여인[南子]만 쳐다볼 뿐 공자는 거들떠보지도 않았다. 그래서 공자는 "덕을 사랑하기를 미녀 사랑하듯 하는 사람을 본 적이 없다"(자한편/ 위령공편)고 탄식한 것이다. 그런데 이런 구절들이 송나라 때 유학자들 손에 들어가 모조리 규범으로 변해버리고 말았다.

정이(程頤) 같은 인물은 냄새 나는 도학자의 규범과 틀에 맞추어 자신이 성인의 제자임을 자처했는데, 그의 이런 태도가 소동파 같은 친구들을 못 견디게 만들었다. 정이는 황제에게 공부를 가르칠 때 늘 선생과 학생의 예를 고집했던 모양이다. 《속자치통감》에 이런 일화가 있다. 정이가 경연을 할 때면 굳이 옛 규범을 고집했다. 소동파는 인간적인 정을 느끼지 못하는 그런 태도를 무척 싫어해 늘 비꼬곤 했다. 사마광이 죽었을 때 마침 황제가 주관하는 궁중의 행사가 있었다. 동료 신하들은 이 행사에 참가하고 나서 사마광을 조문하려 했다. 그런데 정이가 나서서 "조문하여 곡한 날에 노래를 부를 순 없다"며 반대했다. 누군가가 난처해하며 "공자께서는 곡한 날 노래 부르지 않는다고 하셨지, 노래 부른 날 곡하지 않는다는 말씀은 하지 않으셨어"라고 했다. 그러자 소동파가 이 말을 받아 "그게 바로 억울하게 죽은 숙손통³⁹이 제정한 예법인가 보지?"라고 비꼬았다. 이 말에 모두들 박장대소했고, 이 일 때문에 정이와 소동파 사이가 벌어지고 말았다. 성리학의 편협

함과 대비되는 공자의 인정을 볼 수 있는 장면이다.

　공자의 인의(仁義)니 충신(忠信)이니 하는 도를 밝히기란 어려운 일이며, 공자의 다정다감한 유머를 이해하는 일도 쉽지 않은 일이다. 억울하게 죽은 숙손통이 너무 많기 때문일까?

06 사디즘과 공자 숭배*

공자의 가르침이 한때 미움을 받고 버려졌던 적이 있다. 바로 〈신청년(新青年)〉[40] 시대다. 그로부터 공자의 흥망성쇠는 혁명의 성난 물결과 반비례하면서 북벌[41]이 마무리 될 때까지 이어졌다. 혁명의 물결이 왕성할 때는 공자가 가장 가라앉은 시기였다. 그런데 지금 또 다시 공자를 떠받드는 풍조가 크게 번지고 있다. 하기야 지금은 거국적으로 불교를 떠받드는 때라 오히려 이런 하찮은 일은 놀랄 일도 아니지만, 나 개인적으로는 공자를 받드는 쪽이 산부처를 부르짖는 것보다 현명하다는 생각이다.

공자의 부흥은 그 나름대로 일리가 있다. 첫째는 사물의 발전이 극에 이르면 반드시 반전한다는 물극필반(物極必反)[42]이라는 말도

---

*이 글의 원래 제목은 '사체사모여존공'(沙蒂斯姆與尊孔)이다.《나의 말》중《피형집》에서 가려 뽑았다. 沙蒂斯姆(사체사모)는 sadism의 음역이다.

있듯이, 시대적 흐름이란 한 차례 격렬했다가는 다시 잠잠해지는 것이다. 세계의 진화는 나선식이지 직선식이 아니다. 둘째, 공자는 누가 뭐래도 중국 민족의 사상 속에 깊숙이 자리 잡고 있어 마르크스가 상대할 수 있는 존재가 아니다. 따라서 그 뿌리는 여간해서는 흔들리지 않는다. 이 점을 가볍게 보아 넘겨서는 안 된다. 셋째, 유교는 나라를 안정시키는 방법이다. 역대로 나라의 주춧돌을 놓을 때 공자에 대한 제사와, 하늘과 산천에 대한 봉선(封禪)[43] 교사(郊祀)[44]는 빼놓을 수 없는 것이었다. 그래서 진나라를 무너뜨리고 중국을 재통일한 한나라의 유방은 '부랑아 시절'에는 유자의 관을 물속에 처박았지만, 일단 황제의 자리에 앉고 나서는 유자들을 떠받들지 않을 수 없었다. 그렇지 않다가는 천하가 무례해져 진나라가 무너진 것처럼 그 자신도 위태로워질 것이었기 때문이다.

오늘날 중국의 풍속은 확실히 경박하다. 나라를 다스리는 사람은 이를 바로잡으려고 공자를 끄집어내 예의염치를 얘기하고 선비의 기풍을 진작시키고 말세의 타락한 풍조에 채찍을 가했지만 좋은 결과를 얻은 적이 있던가? 사람들이 사소한 것에서 시작하여 내 몸을 원칙으로 삼아 기꺼이 실천에 옮길 마음이라면 서양의 도덕은 물론, 중국의 옛 도의나 우정, 염치, 절제 등도 모두 좋다. 서양의 신사도도 좋고 중국의 선비 정신도 좋다. 세상 도리라는 것이 본디 별 차이가 있던가? 서양의 페어플레이를 말할 수도 있겠는데, 아무래도 이 말은 단어가 생소해 감도 잘 안 잡히고 실행하기도 어려울 것 같다. 이렇게 예를 들어보자. 서양인들에게는 '여성 존중'이라는 것이 있고, 중국인들에게는 '어른 존경'이라는 것이 있다. 두 가지 중 어른 존경이 여성 존중보다 한결 마음에 와 닿을 것이다. 여성 존중은 그 효용성이 있건 없건 계속 제창되어야 하고, 어른 존경도 쭉 외치지 않은 적이 없었다. 만약 서양 도덕도 말하지 않고 중국 도의도 외면한다면 그 결과는 틀림없이 염치도 없고 부끄러움도 모르는 요즈음의 정계, 교육계, 문화계 짝이 나고 말 것이다. 그러니 모두들 고풍(古風)을 조금씩 회복해서 자신에게는 엄하고 남에게는 너그러우며, 우정을 중시하고 신의를 말하며, 염치를 강조하고 또 노력하며, 헛소리는 적게 해야 할 것이다. 또 공자 숭배에 관해서라면 비평의 눈을 크게 뜨고 공자의 진면목을 송나라 때 유학자들의 위선에 찬 도학에서 구별해 내지 않으면 안 된다. 이것이 첫 번째 조건이다.

공자 숭배에도 행, 불행이 있다. 주자나 왕양명[45] 같은 사람들이 오늘날 공자의 도를 외치고 다닌다면 참으로 유쾌한 일이겠지만, 장종창(張宗昌)[46] 같은 무리들마저 공자를 떠받든다면 공자의 도에 욕을 먹이는 일이 될 것이며, 공자의 불행이다. 따라서 공자를 숭배하는 데 있어서 두 번째 조건은, 주둥이로는 공자의 말을 떠들면서 실제로는 도적질을 하는 사람이 이를 제창하게 해서는 안 된다는 것이다. 장종창 무리들조차 공자를 외치는 현상을 가만히 들여다보면 그 심리에 사디즘이 자리 잡고 있다는 것을 알 수 있다. 몇 가지 예로 이 말을 증명해 보겠다.

몇 달 전 중국풍을 회복하자는 '모던한 파괴단'이 출현했다. 이들은 대단히 모던하면서도 검소함을 내거는 것이 마치 공맹의 신종 후계자 같기도 하다. 그러나 하는 행동을 보면 조금 화려한 옷을 입은 여자들한테 염산을 뿌리는 것 따위이니, 이것이 바로 모던한 파괴단의 정체. 결단코 옛날 공자의 가르침이 아니다. 그 바탕에는 남성의 변태 성욕인 사디즘이 있을 뿐이고, 이런 변태를 빌려 성욕을 발산하고 여성을 유린하여 쾌감을 얻는다. 화려한 옷을 입고 다니는 남자들도 적지 않은데 왜 그들에게는 염산을 뿌리지 않는 것인가? 변태적 심리에는 이른바 눈에 "띄는 짓을 하기 좋아하는 노출증이라는 것이 있다. 사람이 드문 으슥한 곳에 숨어 있다가 여자와 마주치면 아랫도리를 까고 한바탕 전시(展示)를 벌이는데 이 역시 사디즘과 비슷하다.

사디즘 변태 환자는 늘 상대방의 고통을 자기의 즐거움으로 삼는다. 중국인의 성욕사에는 이런 예가 적지 않았다. 서문경(중국 4대 기서의 하나인 《금병매》의 남자 주인공)의 행위가 그 증상에 가장 가까울 것이다. 심리적 변태는 복잡하고 미묘하며, 변태냐 아니냐의 한계를 긋기도 힘들다. 일반적인 인식에 포함된 사디즘이라면 처녀막이니 정조관념이니 하는 따위를 들 수 있다. 이런 의식은 상고시대에는 오히려 지금처럼 그렇게 지독하지 않았다. 당나라 때 유학자 한유의 딸도 재혼했고, 궁궐의 공주들은 재혼은 말할 것도 없고 서너 번씩 결혼하는 경우도 부지기수였다. 송나라 때 이학 (理學)이 번성하면서 선비정신은 극도로 메말라 처녀막과 정조관도 따라서 판을 치기 시작했다. 이로부터 풍속 교화의 모든 책임은 여성들에게로 떠넘겨졌다. 심지어 절개와 강직함조차 여성의 미덕으로 변해버려 남자가 관여할 일이 아닌 게 되어버렸다.

여자는 지조와 절개가 있고 강직하고 굳세어서 자신의 몸을 깨끗하게 지킬 수 있고, 죽음도 두려워하지 않고 남편을 위해 목숨을 바칠 수도 있으며, 또 평생 홀몸으로 고독하게 지내도 불륜에 빠지지 않은 존재가 된 것이다. 그러니 남자들이 보기에 얼마나 감탄스럽겠는가! 요컨대 여자들이 골탕을 먹으면 먹을수록 남자들은 더 큰 쾌락을 만끽하게 된 것이다. 가끔씩 글이나 써서 여자들의 절개를 적당히 치켜세우면 그만이다. 그리하여 외간 남자에게 손 한 번 잡혔다고 팔을 통째로 끊어버리는 열녀가 생겨나질 않나, 유방에 종기가 났는데도 의원에게 끝내 보여주지 않으려다가 장렬하게 죽어가는 여자가 있질 않나……. 모두들 글줄깨나 쓰는 선비에 의해 마르고 닳도록 칭찬을 듣긴 했지만 말이다. 얼마 전 칭찬이 자자했던 광동의 한 열녀도 역시 이런 사디즘의 잔재로, 오늘날 공자 숭배 운운하기에는 턱없이 모자란다.

최근 상해의 한 신문에 '부의(溥儀)와 문수(文綉)의 이혼에 관한 편지'[47]라는 글이 실렸는데, 요점은 문수의 이혼 요구가 잘못이라는 것이었다. 그 글을 가만히 뜯어보면 사디즘 심리가 아낌없이 드러나고 있어 정절을 부르짖는 심리를 연구하는 데 아주 좋은 자료가 될 것 같다. 그 끄트머리에 이런 말이 있다.

문수는 중국 사람으로서 힘써 가문을 보전해야 함이 마땅하다. 이는 거역할 수 없는 사실이고 또 하늘이 내리신 은혜다. 고독하고 실의에 처했어도 웃어야 한다. 그런데 은혜와 의리를 저버리다니, 어찌 이럴 수 있단 말인가?

그리고 이런 말도 한다.

그 오라버니 문기(文綺)의 말대로 자신의 잘못을 뉘우치고 궁으로 돌아가 황태비를 모시고 손제(遜帝. 청나라 마지막 황제 부의를 말함)가 매달 주는 생활비로 불공이나 드리면서 남은여생을 보내며 일대의 아름다운 인물로서 기풍을 잃지 않는 것이 좋을 것이다. 예·의·염·치는 나라를 떠받치는 네 기둥이다. 이 기둥들이 기운을 떨치지 못하면 나라는 곧 망한다. …… 중국의 예교를 유지하기 위해 어쩔 수 없이 말하지 않을 수 없으니, 나라 안 사대부들은 이 문제에 대해 신경을 쓰고 생각해보도록…….

예·의·염·치는 전부 여자가 유지해야 하며, 국가를 멸망에서

구하는 것도 여자가 처리해야 하니 …… 연약한 여자가 목욕재계하고 평생 부처를 섬기고 나면, 저따위 건달과 같은 무리들은 그 일을 화제 삼아 서로 장단을 맞추어가며 칭찬할 것이다. 죽어라 고생하는 모습을 보니 어찌 즐겁지 않으랴!

　공자 숭배를 떠드는 사람들 중에는 세상의 도를 걱정하는 사람도 많지만 염치를 상실한 무리들도 없지 않다. 이런 자들은 그렇게 함으로써 젊은 사람들에게 보복하려는 것 같다. 우선, 예의를 떠드는 데 돈이 들지 않고 또 사람의 감정을 상하게 하지도 않는다. 게다가 풍속을 교화한다는 그럴싸한 칭찬도 들을 수 있기 때문에 그따위 것들로 위장해 도적질을 하는 것이다. 만약 예의니 화목이니 하는 말들을 버리고, '법치정신' 운운하거나 경리 장부를 샅샅이 조사해야 한다고 떠벌였다가는 본인은 물론이고, 가족 친척들까지 모조리 연루되어 감옥살이를 하지 않으면 안 될 것이니 얼마나 불편하겠는가? 다음으로는, 청년들이 제대로 된 직업을 갖고 있으면서도 제대로 힘을 쓰지 않고 윗사람을 무시한 채 멋대로 소란 부린다고 여겨 공자의 가르침을 내걸고서 자신들을 업신여기지 못하도록 만들려는 의도도 분명 있을 것이다. 이런 무리들이 공자 숭배를 내건 데에는 사디즘 심리가 적지 않게 내포되어 있으므로 면밀히 살펴야 할 것이다.

07 공자가 南子를 만났을 때*

| 등장인물 |

- 거백옥(蘧伯玉)⁴⁸

- 공구(孔丘)

- 미자하(彌子瑕) : 위나라 영공 및 남자의 측근이자 자로의 동
  서다.⁴⁹

- 자로(子路) : 공자의 제자.⁵⁰

- 남자(南子) : 위나라 영공의 부인.⁵¹

- 시종 옹거(擁渠)

- 무희 4인

- 시종 1명

* 이 단막극은 임어당의 유일한 희곡으로 《대황집(大荒集)》에 실려 있다. 위(衛)나라 영공
(靈公) 부인 남자(南子)와 공자의 만남을 단막극으로 꾸민 것이다. 당시 이 글은 상당한 파문
을 불러일으킨 것으로, 다른 임어당의 글에서도 보다시피 임어당의 공자에 대한 평가를 잘 보
여주고 있다. 특히 南子의 사고방식에 대한 임어당의 표현이 돋보인다. 따라서 男子에 중점을
두고 구어체로 번역하려고 애를 썼다. 원제는 '자견남자'(子見南子)이다.

| 때 |

노나라 정공(定公) 14년(기원전 496년)

　장소는 위후(衛侯. 영공[靈公]을 말함)의 귀빈실.
　상석에는 50여 세의 기골이 장대한 노나라 사람 한 명이 앉아
있다. 시원한 이마에 눈빛은 빛나고 수염은 부드럽다. 맞은편에는
선비풍의 백발노인이 앉아 있다. 몸집은 작지만 눈빛은 한결 예리
하게 빛나며 입술 끝이 약간 위쪽으로 올라가 있어 웃을 때 이가
잘 보이지 않는다. 턱은 밖을 향해 뻗어 있다. 마치 세상을 꿰뚫어
보기라도 하듯 경멸과 달관의 기운이 함께 넘쳐흐른다. 바로 공자
와 거백옥이다.
　비취색 병풍과 구슬로 수놓은 비단병풍 등이 배치되어 있는 화
려하고 위풍당당한 방이지만, 꿇어앉아 있는 두 사람의 자태로 보
아 무언가 사람을 압박하는 음산한 기운이 가득 넘쳐흐른다. 공자
의 태도는 근엄하고 비장한 반면 거백옥은 한결 차분하다.

거백옥 : (다소 지루한 듯) 자로는 언제 옵니까?
공구 : 유(由)야 말입니까? 늘 늦지만 늦어도 미안함을 표시할 줄
　　　아는 위인이니 나무라진 마십시오.
거백옥 : 그를 나무랄 수야. 이번 일은 그와 미자하가 끈을 댄데다
　　　가 선생의 덕망과 명성이 있으니 반드시 성공할 것이라 생

각합니다.

공구 : (숙연해지며 서둘러 대답한다) 무슨 말씀을. 군자는 도가 행해
지만 그만이지 다른 것은 관심을 두지 않지요…….

거백옥 : (못 들었다는 듯) 듣자 하니 녹봉이 곡식 4만, 아니 참 6만
이지. 곡식으로 6만이면 선생께서 노나라에 계실 때 받은
것과 같지요?[52]

공구 : 그런 것이야 상관없습니다. 전혀 상관없지요. 그거야……
에…… 상당한 성의표시에 지나지 않지요. 군자는…… 예
로 존경을 표시하면 나아가는 것이고, 예가 쇠퇴하면 물러
나오는 것이지요. 전혀 상관없습니다. …… 저야 본래 될
것도 안 될 것도 없는 사람이니.[53]

거백옥 : 그야 당연하지요. 그렇지만 우리 역시 먹지도 못하고 매
달려만 있는 표주박이지 않습니까? (공자가 거백옥을 한 번 흘
기자 두 사람 모두 웃는다)[54] 저야 늘 솔직한 걸 좋아하는 사람
이니까요. 그리고 제 생각으로는…… (손을 휘저어 시종을 부
른다) 차를 내오너라! 그러니까 제 생각으로는 우리가 함께
이 일을 잘 처리해나갈 수 있을 것 같다는 겁니다. 제후나
왕이 뭐 별다를 것이 있습니까? 선생께서는 배우기를 즐겨
하시고 아랫사람에게 물어도 부끄러워하시지 않고, 또 다
들 잘 알다시피 자로가 바쁘게 뛰어다니며 돕고, 사추(史
鰌)[55] 또한 여기 있지 않습니까? 모두들 오랜 친구 같고 도

의로 맺어진 사이인데다가 선생 밑에는 자공[56]도 있지 않습니까? 위나라는 백성도 많고 물자도 풍부하니 좋은 일이 일어날 수 있는 곳이라고 할 수 있겠습니다그려.

공구 : (장중하게) 그렇습니다. 군자는 반드시 그 녹봉에 걸맞은 일을 해야지요. 문왕과 무왕이 풍호(豊鎬)에서 처음 일어났을 때는 땅이 1백리에 불과했지만 그 뒤로는…….

거백옥 : (공자를 보지 않고) 가장 중요한 것은 위 부인입니다. 하지만 미자하가 (약간 경멸하는 듯한 표정을 지으며) 그녀와 사이가 아주 좋고, 미자하의 처와 자로의 처가 자매지간이니만큼 제가 권하면…… 아, 저기 오는 사람이 자로 아닙니까?

자로가 뛰어 들어온다. 나이는 40세쯤으로 보인다. 두 선배 어른을 보고는 서둘러 인사를 올린다. 거백옥도 앞으로 나가 반갑게 맞는다. 공자도 일어나 온화한 표정으로 자로를 맞는다.

자로 : 문지기가 어찌 깐깐한지 저를 알아보지 못하지 뭡니까? 한바탕 실랑이를 벌이다 제가 검을 빼들려고 하니까 그제서야 사과를 하더군요. 죄송합니다. 많이 기다리셨습니까?

거백옥 : 천만에.

공구 : (동시에) 꽤 됐지. (자로가 눈을 둥그렇게 뜨고 공자를 쳐다보자 공자는 말을 바꾼다) 아주 오래되었다고 할 순 없겠지.

자로 : 미자하가 곧 돌아오겠다고 약속을 했습니다. 다른 일이 있으면 선생님과 상의하라고요. (공자, 눈살을 찌푸린다.) 그렇습니다. 대체로 모든 일이 잘된 것 같습니다. 헌데 그가 또 무슨 할 말이 있는지 모르겠군요. 조 6만이면 노나라 때와 같은데…….

공구 : (한 번 더 눈살을 찌푸리며) 유야, 군자는 말에 얽매이지 않아야 한다. 군자는 벼슬을 할 수 있으면 하고, 그만두어야 할 때면 그만두는 것이다. 백이·숙제처럼 굳이 벼슬을 하지 않으려고 했는데 심하게 얽힌 경우도 있지만, 꼭 벼슬을 하려 한다면 예가 있으면 나가고 예가 쇠퇴하면 떠나면 그만 아니냐? 나야 원래 될 것도 안 될 것도 없는 사람 아니냐?

자로 : 소인이 실언을 했사오니 용서하십시오. 군자의 진퇴는 당연히 예의 성쇠를 기준으로 삼아야지요. 사실 조 6만이면 위나라 군주의 예로서는 후하다고 할 수 없지요. 선생님의 앞길은 소인이 생각해볼 때 꼭 위나라에 계셔야 합니다. 관직도 반드시 하셔야 하고요. '배워 남다르면 벼슬한다'고 했는데, 벼슬을 할 수 있는데도 하지 않는 것은 무슨 이유이신지요? 천지간에 신하가 없다면 어찌 군주가 있을 수 있으며, 천하 사람들이 모두 신하 노릇을 하지 않는다면 어찌 군주 노릇을 하겠습니까? 부모가 없고 군주가 없으면 금수와 다를 게 무어겠습니까? 군자가 벼슬하지 않으면 누

가 하겠습니까? 군자가 벼슬하는 것은 의이며, 곧 의를 행하는 것입니다. 또 군신간의 의리는 이로부터 끊어지지 않는 것입니다. 따라서 벼슬은 군신의 천직입니다.

거백옥 : 자로, 자네 말이 너무 많구먼.

공구 : 아닙니다. 아주 흥미로운데요. 저도 마침 그 문제를 생각하고 있던 참입니다. 최근 자못 어렵게 느껴지는 것이 있었는데, 유야의 말에 들을 만한 점이 없지 않군요. 다만 벼슬이란 것이 쉬울 때가 있고 어려울 때가 있다는 것을 경험이 부족한 유야가 아직 모르고 있을 뿐이겠지요.

거백옥 : (말없이 웃기만 한다.)

공구 : (불쑥 내던지듯 묻는다) 위 부인은 올해 몇이죠?

자로 : 30대죠, 아마. 그게 뭐 문제가 됩니까?

공구 : 오호? (이맛살을 찌푸리며) 듣자 하니 위후가 늘 그녀의 말을 따른다던데, 사실인가?

자로 : 하나부터 열까지 모두 부인의 말을 따르지요.

공구 : 그렇다면 부인이 실권을 쥐고 있다는 겐가?

자로 : 그렇습니다.

공구 : 그녀, 아니 부인은 대화를 좋아하나?

자로 : 선생님께선 특별한 걸 물으시는군요. 모두들 하는 말이 대화를 좋아한답니다. 그게 또 무슨 관계가 있습니까?

공구 : (입을 가볍게 실룩이며) 손님을 만나기도 하는가?

자로의 얼굴색이 변한다.

거백옥이 소리 내어 크게 웃는다. 자로는 매우 당황해 한다. 공자의 표정은 변화가 없다.

거백옥 : (웃음소리를 거두어들이고 미소를 흘리며 혼잣말로 중얼거린다.) 한 사람은 벼슬을 해야 한다고 주장하지만 벼슬이 뭔지 잘 모르고, 한 사람은 벼슬이 뭔지 잘 알면서도 굳이 벼슬할 필요가 없다고 하니.

공자, 거백옥을 본다. 두 사람은 서로의 마음을 알기라도 하는 듯한 표정이다.

공구 : 유야, 이리 와서 나랑 얘기 좀 하자. 위후가 모든 것을 부인의 의견에 따른다고 했지?

자로 : 그렇습니다. 모든 일을요.

공구 : 그리고 부인이 실권자라고 했더냐?

자로 : 그렇습니다. 선생님.

공구 : 그렇다면 위나라의 국정이 부인의 수중에 있는 것이 아니냐?

자로 : 선생님의 녹봉도 미자하와 부인이 상의한 것이지요. 그렇지만 부인은 막후에 있고 집정자는 역시 위후지요.

공구 : 네멋대로구나, 유야. 정말이지 경험 부족이야

랑아랑디당~디당

디당~디디당디당.

(웅얼거리며 방을 건너가다 갑자기 무슨 생각이 났는지 몸을 돌려 손

가락으로 자로를 가리키며 말한다.) 이것이 내가 말한 벼슬살이

에는 어렵고 쉬움의 차이가 있다는 뜻이다. (다시 몸을 돌려

방안을 왔다갔다한다.)

랑아랑디당~디당

디당~디디당디당.

저 아녀자의 입, (군자를) 떠나게 하는구나!

저 아녀자의 말, (군자를) 낭패시켜 죽게까지 하는구나![57]

자로 : (눈이 공자의 발걸음을 따라 왔다갔다한다.) 선생님께서 부르시

는 노래는 무슨 의미입니까?

이때 미자하가 공자의 등 뒤로 총총걸음으로 들어온다. 자로는
보았지만 공자는 보지 못한다.

공구 : 이것이 바로 벼슬살이의 어려움이란다.

저 아녀자의 입, (군자를) 떠나게 하는구나!

저, 아녀자의 말, (군자를)……

(어느새 옆에 다가온 미자하와 자로의 눈치를 보고도 조용히 서두르

지 않고)

……발걸음을 멈추게도 하는구나.

랑아랑디당~디당

디당~디디당디당.

거백옥과 자로가 모두 큰 소리로 웃는다. 공자의 느릿한 웅얼거림이 서서히 그친다.

미자하 : (웃으며) 공 선생님께서 매우 즐거우신 것 같습니다. 허허! 선생님을 너무 오래 기다리게 해서 죄송합니다.

공구 : 천만에요. 오히려 선생을 귀찮게 한 것은 아닌지 모르겠군요.

미자하, 자로와 은밀한 얘기를 나누고 있고, 공자는 거백옥과 한담중이다. 모르는 체하고 있는 것 같지만 자로와 미자하의 표정을 놓치지 않고 살핀다. 두 사람의 표정이 심상치 않다. 자로와 미자하, 약속이나 한 듯 몸을 돌린다. 자로가 먼저 다가온다. 그러나 매우 곤혹스러운 표정으로 공자를 주목한다.

미자하 : (만면에 미소를 띠고) 선생께서 이곳을 찾아주시니 정말 위나라의 영광입니다. 위후와 부인 모두 선생께서 정사를 돌

봐주시길 희망하고 계십니다. 부인, 에…… 위후께서는 선생께서 인의를 강의하시고 예악을 닦고 요순을 말씀하시고 문무를 갖추어 도로 세상을 다스리려는 뜻을 갖고 계신 걸 아시고는 재상의 예로 정사를 맡기시려는 것입니다.

공구 : (기쁜 표정을 지어 보이지만 금세 엄숙해지며) 군주의 명을 어찌 따르지 않으리오.

미자하 : 모든 것은 부인, 에…… 위후께서 알아서 처리하실 것입니다. 그러나 위나라는 강숙(康叔) 이후 오랫동안 선생의 예악을 듣지 못해 세상 풍속도 예전 같지 않고 도덕도 땅에 떨어져 동문 밖에서나 기수(沂水) 가에서나 남녀가 어울려 음탕한 짓을 한다는데, 선생께서 혹 나무라지나 않으실는지요?

공구 : (갑자기 무슨 결심이라도 한 듯) 아이! 세상 풍속이 옛날 같지 않다는 것이야 어디나 마찬가지요. 위나라에는 현명한 군주가 계시고 미자하, 거백옥 선생같이 훌륭한 분들이 보좌하고 계시니 (그러면서 거백옥과 미자하를 바라보자 두 사람 모두 어색한 표정을 지으며 서로를 쳐다보는데 그 눈길이 곱지 않다) 아주 좋지요. 그러니 무엇을 나무란단 말입니까, 하하하!

미자하 : (안심이라도 하듯) 그렇다면 남자 부인의 청을 흔쾌히 받아들이시는 겁니까?

자로, 거백옥, 미자하 세 사람이 일제히 공자의 얼굴에 주목한다.

공구 : (호탕하게, 그러면서 기쁜 표정도 약간 드러내며) 어찌 감히, 어찌
　　　감히, 명을 받들어야지요.

미자하 : (자로를 본다. 자로도 그를 본다) 에, 또……에 또 (갑자기 공자
　　　를 똑바로 쳐다보며) 남자 부인께서 선생과 면담하고 싶어 하
　　　시는데…….[58]

미자하와 자로, 바짝 긴장한다. 거백옥은 억지로 웃음을 참는다.

공구 : (전혀 상관없다는 듯 조용하면서도 큰 소리로) 그게 뭐 문제가 된
　　　다고 그러시오. 난 또 무슨 큰일이라고. 하하하! 면담? 남
　　　자 부인이 나와 면담을? 참으로 마음 씀씀이가 돈독하시
　　　군, 정말이지 감탄했소이다!

거백옥의 입술이 다소 일그러진다. 그러나 소리 내어 웃지는 않
는다. 자로는 한참 동안 말이 없다. 미자하는 잠시 말이 없다가 모
두에게 미안한 듯한 얼굴을 지어 보인다.

공구 : (일부러 정적을 깨기라도 하듯 자로의 어깨를 툭 치며) 유야, 하하
　　　하! 유야, 왜 그리 멍청하게 있느냐?

자로, 얼굴을 들어 공자를 한번 흘기지만 여전히 말없이 고개를 숙인 채 침묵에 잠긴다.

공구 : (화가 난 얼굴로 정색을 하며) 유야, 왜 그렇게 멍청하게 있느냐 말이다? 군자가 어느 나라에 들어가면 반드시 그 정사를 듣는다고 했거늘, 그 정사를 부인에게 듣지 않으면 어디에서 듣는단 말이냐? 군자는 기회를 봐서 행동하며 시기에 따라 적절히 통제해야 하거늘 너는 어째서 그렇게 멍청하게 있는 것이냐? 네가 그 모양이니 도를 듣고 방에까지는 들어가지만 본당에는 못 오르는 것이야.

그래도 자로는 반응이 없다. 다만 미자하를 한번 보더니 한숨을 내쉬고 다시 침묵에 빠진다.

미자하 : (웃는 얼굴로) 선생께서 남자 부인과의 면담을 받아들이신다면 더 바랄 것이 없지요. 제가 곧 보고드리겠습니다. 헌데 부인의 사상이 아주 신식이라 남녀유별에 대해 믿지 않습니다. 그래서 행동이나 말이 어쩌면 주공의 예에 맞지 않을지 모르니 바라옵건대 선생께서는 면담 때 비웃지 말아주십시오. 그분은 사내들과 밀담하길 매우 좋아하시는데 그 말이 얽매임이 없고 예리하면서도 유창하답니다. 사상

또한 새롭고 뛰어나 안방 규수의 자태는 전혀 찾아볼 수 없습니다. 자, 그럼 부인을 모시고 나와도 되겠습니까?

공구 : (다소 용기가 감소된 듯 어찌 할 바를 모르고 당황해 하다가) 아무렴 어떻겠소. 나야 될 것도 안 될 것도 없는 사람이니.

미자하가 인사를 하고 발이 쳐져 있는 안쪽 뒷방으로 사라진다. 자로와 공자가 서로의 얼굴을 쳐다본다.

공구 : 유야, 어째서 아무 말이 없느냐?

자로 : 위후의 안방에는 시누, 올케, 언니, 동생의 구별이 없다는 말 들어보지 못하셨습니까?

공구 : 못 들었다.

자로 : 그럼 곧 들으시겠군요……. 아니 어쩌면 직접 눈으로 보실 수도 있겠군요. (잠시 말을 끊었다가) 선생님!

공구 : 왜 그러느냐?

자로 : 남자 부인에 관한 또 다른 얘기가 있는데, 미자하가 쑥스러워서 하지 않은 것 같습니다.

공구 : 무슨 얘긴데?

자로 : 미자하는 선생님께서 남자 부인과의 면담을 허락하실 줄 알고 말을 안 한 것입니다. 남자 부인은……에…… 선생님의 학문을 무척 흠모한다고 했습니다.

공구 : (놀라며) 그녀가…… 날…… 흠모한다고? (씩 웃는다.)

자로 : 공자 거모(渠牟)를 통해 선생님에 관한 애기를 들었기 때문
이지요. 그녀는 본래 선생님께 편지를 쓰려고 생각했다는
데…….

공구 : 그녀가…… 나한테…… 편지를?

자로 : 그렇습니다. 차라고 한잔 하시자고…….

공구 : 나하고 차를?

자로 : 듣자 하니 그녀는 또 육예연구회(六藝研究會)인가 뭔가를
만들 거창한 계획도 가지고 있답니다. 공자 거모, 미자하,
왕림국(王林國), 경족(慶足) 그리고 그녀의 자매들이 함께
시·서·예·악 등에 대해 토론하고 학술상 교류를 가진다는
겁니다. (공자는 눈을 둥그렇게 뜬 채 아무 말도 못한다. 자로는 전혀
개의치 않는다.) 그 뒤 미자하가 굳이 편지까지 쓸 필요가 있
느냐고 하자 그녀는 미자하에게 자신의 뜻을 전해달라고
부탁하고는 편지 쓰는 일은 그만두었답니다. 그러면서 그
녀는 또 "사방천지의 군자들이 욕보지 않고 우리 군주와
형제관계를 맺으려 한다면 나를 보지 않고는 안 되지!"라
는 말도 했답니다. 선생님의 학문을 그녀가 흠모한다고는
하지만, 대우를 비롯한 모든 문제는 면담하신 후 다시 결정
하는 것이 좋을 것 같습니다. 대개 조 6만이 문제가 되지는
않지만, 그녀가 그렇게 말했는데도 미자하가 선생님께 정

말 미안해서 말을 하지 않았다면 (공자, 신음 소리를 낸다.) 제 생각으로는 여기에 난관이 있을 것 같습니다. 남자 부인은 젊고 아름다운 데다가…….

자로, 공자를 본다. 두 사람의 눈이 부딪친다. 공자는 의기소침해 있고 자로는 비참할 만큼 침울하다.

공구 : (갑자기 없던 기운이 어디서 생겨난 듯 자신의 가슴을 팡팡 치며) 유야, 만약 내가 잘못한다면 하늘이 나를 버리시리라, 하늘이 나를 버리시리라![59]

거백옥 : 자로! 너무 그렇게 벗어나지 말게나. 내 나이 50이 되고 난 다음에서 비로소 49년 동안의 잘못을 알았고, 60이 되고 난 다음에는 60번 바꾸었다네.[60] 한 번 만난다고 해서 뭐가 잘못 되겠는가?

자로 : 그렇게 말씀하시는 것이 아닙니다. 남자 부인은 성격이 시원시원하고 대범하여 그 행동거지가 선생님께서 늘 말씀하시는 주공의 예와 맞지 않는 부분이 적지 않습니다. 또 교태롭고 군주의 총애를 받고 있는지라 희비의 변덕이 심합니다. 부인과 선생님의 면담에서 선생님께서 부인에게 충고를 하지 않는다면 예악을 바로잡을 기회가 없을 것이고, 만민을 위해 충고를 했는데도 부인이 듣지 않아 의기투

합하지 못하면 서로가 결말을 다투게 될 텐데, 비간(比干)이나 설야(泄也)의 전철을 밟지 않으려면 그저 씩씩거리며 떠나는 수밖에 더 있습니까? 그러면 도로 나라를 다스려 패업을 이루려는 희망이 물 건너가는 것이지요.

공구 : 그렇게까지야 되겠느냐? 설야는 멍청해서 죽음이란 화를 자초한 것이고, 비간은 주(紂) 임금의 숙부에다 관직도 소사(少師)에 있었고 그 충성스러운 마음이야 오로지 종묘사직의 보존에 있었으므로 죽음을 각오하고 바른말을 한 것 아니냐? 그가 죽고 난 다음 주 임금도 후회했으니 비간의 마음이야 극히 어진 것이었다고 할밖에. 그러나 진(陳) 영공(靈公) 때는 군신이 모두 공공연하게 음탕한 짓을 일삼았는데, 설야는 기껏 하대부(下大夫)의 지위에다 왕실과 친척도 아니었는데 군주의 총애가 자신에게 있는 줄 알고 구차한 일신으로 죽어라 외쳤으니, 지혜로운 자라면 그렇게 하지 않았을 것이다. 그러다 죽었으니 어디 가서 하소연조차 할 수 있겠느냐! 결과적으로 헛되게 죽은 것인데, 나도 설야처럼 멍청하단 말이냐?

자로 : 선생님께서야 시원시원하고 대범하시죠. 이게 바로 이른바 '때를 만나면 벼슬하고' 행할 수 있으면 행하고 멈추어야 하면 멈추어야 한다는 것으로, 본래 될 것도 안 될 것도 없으며 굳이 희생할 필요 없으나, 도를 행한다는 바람이 도

무지 장애가 되어 시종 주장을 펴지 못하는 겁니다. 그녀는 틀림없이 선생님을 만나려 할 것이고, 그러면 선생님께서도 별 수 없는 것 아닙니까? 그녀는 또 선생님께 말을 타고 바람이나 쐬자고 할 것입니다. 그녀는 마차를 타고 거리를 쏘다니기를 무척이나 좋아한답니다. 늦은 봄 저녁이면 위후와 함께, 아니면 마차를 타고 기수 가에서 백성들이 부르는 〈산가(山歌)〉를 듣고는 한답니다. 그리고 또 하나 그녀와 면담하실 때 조심하셔야 할 것이 있습니다.

공구 : 뭔데?

자로 : 괴외(蒯聵)가 도망한 일[61], 알고 계시죠?

공구 : 그런데?

자로 : 괴외는 지금 조간자(趙簡子)의 집에 있습니다. 그날 제가 선생님께 "위군이 선생님께 정사를 맡기면 무얼 제일 먼저 하시겠습니까?"라고 여쭈었을 때 선생님께서는 "대개 명분을 바로 세워야겠지? 명분이 바르지 못하면 말이 불순해지지"[62]라고 말씀하셨지요. 지금 태자 괴외가 도망한 것은 부인과의 불화 때문입니다. 그 명분이 바르지 못한데, 만약 남자 부인에게 괴외 문제를 거론하시면 분명 그녀의 화를 돋우는 것이 될 것이고, 또 여러 사람을 난처하게 만드는 결과를 초래하고 말 것입니다.

공구 : 괴외의 도주가 진짜 남자 부인 때문이냐?

자로 : 이를 말입니까? 그러니 선생님께서는 아무래도 부인 앞에
　　　서 태자의 이름을 꺼내지 않는 것이 최선일 것입니다.

공구 : (표정의 변화 없이) 그건 내가 알아서 할 일이고.

이때 거백옥이 자로의 손을 잡아끈다.

거백옥 : 우리는 먼저 가지. 부인께서 공 선생과 단둘이 만나고 싶
　　　어 할 테니……. (두 사람이 함께 사라진다. 거백옥은 뒷짐을 지고
　　　방을 나가면서 아까 공자가 웅얼거렸던 노래를 따라한다.)
　　　저 아녀자의 입, (군주를) 떠나게 하는구나!
　　　저 아녀자의 말, (군주를) 낭패시켜 죽게까지 하는구나!

두 사람이 사라지자 공자는 멍하니 의자에 다시 앉는다. 한참을
그러고 있는데 갑자기 뒤에서 옥이 땅에 떨어지는 듯한 영롱한 소
리가 들리면서[63] 함께 여자의 웃음소리도 들린다. 그러나 그 소리
는 그윽하고 영롱하며 사랑스러운 것이 경망스러움과는 다르다.
순간 발이 흔들리며 시종 옹거가 나온다.

옹거 : (큰 소리로) 선생님께서 윗자리에 앉으시지요!

남자, 비단 발 뒤에 나와 앉는다. 은은히 하얀 분을 바른 작은 얼

굴에 머리는 높이 말아 틀어올렸는데, 이마 앞으로 머리카락이 살짝 흘러내렸으며, 양쪽 귀 옆으로도 머리카락이 흘러내리고 있다. 귓불에는 한 쌍의 이중 귀고리가 매달려 있다. 남색의 비단옷이 무척이나 화려하다. 옹거가 옆에서 보살핀다. 공자는 황망히 엎드려 머리를 조아리며 임금님께 올리는 예를 드리는데 그 자태가 단정하기 짝이 없다. 이때 미자하가 발 밖으로 나와 오른쪽 옆에 선다. 남자는 발 안쪽에서 두 번 절로 답례하는데, 옥, 구슬 등 장식품들이 부딪치며 영롱한 소리를 낸다.

남자 : 일어나십시오. (공자, 일어난다.) 앉으시지요. (공자, 정중하게 의자로 가서 앉는데, 감격스러우면서도 황송한 거동이다.) 선생님의 명성은 오래전부터 들어 잘 알고 있습니다.

공구 : (약간 몸을 일으키며) 당치도 않습니다.

남자 : 오래전부터 선생님의 명성을 흠모해오면서도 직접 뵙지 못하는 것을 유감으로 생각해왔는데, 오늘 이렇게 직접 가르침을 받을 수 있게 되었으니 저로서는 기쁘기 이를 데 없습니다. 그저 너무 늦게 만난 것이 안타까울 뿐입니다. 이렇게 만난 것이 기쁘고 해서 백옥 한 쌍을 선생님에 대한 저의 마음으로 드리고자 합니다. (백옥을 옹거에게 건넨다.)

공구 : (황급히 땅에 엎드려 머리를 조아리며) 군주의 하사품을 어찌 받지 않을 수 있겠사옵니까. (손을 뻗어 옥을 받아든 다음 자리로

되돌아온다.)

남자 : 옥을 좋아하십니까?

공구 : 물론입니다.

남자 : 저도 매우 좋아합니다. 어떤 옥을 좋아하십니까? 백옥입니까, 아니면 경옥이나 마노입니까? 그도 저도 아니면 비취 종류입니까?

공구 : (잠시 어쩔 줄 몰라 하다가 두서없이) 백옥이 좋지요.

남자 : 저는 비취색이 가장 아름답습니다. 귀고리, 반지, 팔찌 그 어디에도 색이 썩 잘 어울리지요. 그리고 면류관 장식에도 좋고요.

공구 : 그렇고말고요. 백옥은 백옥대로 비취는 비취대로 장점이 있지요. 두 가지 모두 좋다고 해야겠지요. 옥이라면 다 좋고 귀한 것 아니겠습니까?

남자 : 아! (잠시 무엇인가를 생각하다 미자하 쪽으로 얼굴을 돌리며) 미자하, 그대는 옥을 어떻게 생각하오?

미자하 : 저는 부인께서 달고 계시는 옥들이 내는 영롱한 소리를 좋아합니다.

남자 : 피! 선생님 앞에서 무례하오. (이렇게 말하면서 가볍게 몸을 움직여 자리를 옮기자 장식물들이 영롱한 소리를 내는데, 마치 음악 소리처럼 들린다.)

미자하 : 제 말이 잘못되었습니까?

남자, 웃는다. 그리고 미자하도 옹거도 웃는다. 공자, 따라서 웃는다.

남자 : (공자를 바로 보며) 제가 드린 백옥에 보라색 무늬가 있는 것, 보셨습니까? 아마 대략 손가락만한 것이 마치 무슨 고대의 기이한 문자 같은…… (공자, 백옥을 뒤집어본다.) 거기가 아니고 다시 뒤집어보세요. 그래요. 거기 그쪽 끝…… (공자, 뒤집어보지만 찾지 못한다. 미자하가 가보지만 역시 못 찾는다.) 어어, 그쪽요! (급해진 남자, 옹거를 향해 고함을 지른다.) 발을 걷어라! (공자와 미자하가 거의 동시에 남자 쪽을 바라본다. 공자, 아연실색한다. 남자가 자리에서 일어나 공자 쪽으로 걸어오는 것이 아닌가! 공자 황급히 몸을 일으킨다.) 이리 줘보세요. 여, 여기 이게 틀림없는 글자 모양 아닌가요? (공자, 미자하와 함께 머리를 숙이고 가까이 들여다본다. 옹거도 합세해 백옥 하나를 네 사람이 둘러싸고 들여다보고 있다.) 음……. 이 보라색 무늬가 얼마나 가늘고 밝은지 한번 보세요. 예쁘지 않습니까? 그리고 또 여기 '申' 자 같은 것이 있잖아요? 신기하지요? 안 그렇습니까? (공자를 바라보며) 이건 제가 가장 아끼는 것이라서 선생님께 드린 것이니…… (말을 끝내려는 것 같다. 미자하, 옹거가 길을 비키자 남자는 자기 자리로 돌아가면서 백옥을 공자에게 건네준다. 공자, 미처 받지 못하자 백옥은 남자의 손에서 미끄러져 가벼운 소리

를 내며 바닥에 떨어진다. 남자, 깜짝 놀라며 소리를 지른다.) 아~이
~야! (얼굴이 빨개지며 발걸음이 주춤거린다.) 이런! (옹거가 서
둘러 옥을 집는다. 남자와 공자, 서로 쳐다본다. 남자, 웃는다.) 괜찮
습니다, 선생님. 깨진 것이 좀 안타깝긴 해도요. 내일 사람
을 시켜 다시 한 쌍 올리겠습니다. (제자리로 돌아간다.)

남자 : (옹거를 향해) 발을 내릴 필요 없다. 발이 내려져 있으면 도
무지 얼굴도 몸도 없는 것 같고, 말을 해도 시원하지 않고 ,
또 말소리도 분명치 않단 말이야.

잠시 침묵이 흐른다.

남자 : 선생님께서 이렇게 저희 나라를 찾아주시니 위후와 저로서
는 무한한 영광이 아닐 수 없습니다. 그리고 모쪼록 이곳에
오래 머무르시면서 많은 가르침을 바랍니다. 위후와 저는
모두 오래전부터 선생님의 학문과 덕을 우러러왔고, 저는
특히 선생님으로부터 학문적으로 유익한 것을 많이 얻었
으면 합니다.
공구 : 무슨 말씀을, 제가 감히 어찌!
남자 : 참! 포읍(蒲邑)에서 오시는 길이라지요?[64]
공구 : 그렇습니다.
남자 : 듣자 하니 광(匡)에서 무슨 일이 있었다던데, 정말입니까?

공구 : 그렇습니다. 그 지방 사람들이 저를 양호(陽虎)로 잘못 알
고 붙잡으려 했습니다.

남자 : 어찌 그럴 수가? 돼먹지 못한 작자들 같으니!

공구 : 양호를 몹시 미워하고 있던 차에 제가 양호와 닮아 오해했
던 모양입니다.

남자 : 어느 양호 말입니까? 선생님께 훈제 돼지다리를 보낸 귀국
노나라의 그 양호 말입니까?

공구 : 예, 바로 그자입니다. 훈제 돼지다리를 보낸 것이 아니라
검붉게 구운 허벅지 고기를 보냈었지요.

남자 : 제가 잘못 들은 모양이군요. 그렇지만 계환자(季桓子)에 비
하면 그래도 예의를 아는 자군요. 듣자 하니 계환자는 그나
마 허벅지 고기도 보내지 않아 선생님께서 노나라를 떠나
셨다면서요? (공자, 고개를 끄덕인다.) 헌데 양호는 선생님이
집에 안 계신 것을 알고는 그 틈에 돼지고기를 보냈고, 선
생님께서도 그자가 집에 없는 틈을 타서 그 집에 가서 답례
를 하셨다면서요?[65]

공구 : 그렇습니다. 바로 그자입니다.

남자 : 양호는 아주 나쁜 자입니까?

공구 : 아주 나쁜 자이지요. 그래서 제가 조국 노나라에 머무르지
못한 것입니다.

남자 : 그런데 왜 답례는 하셨나요?

공구 : 대부(大夫)가 사(士)에게 무엇인가를 내릴 때 자기 집에서
　　　직접 받지 못했으면 대부의 집 문 앞에 가서 답례를 하는
　　　것이지요. 선왕의 예절입니다.

남자 : 답례를 하는데 왜 그자가 없는 틈에 하셨습니까?

공구 : 그럴 수밖에 없었지요.

남자 : 아! 그건 그렇고, 선생님께서 보시기에 위나라 풍물과 인심
　　　이 어떤 것 같습니까?

공구 : 아주아주 좋습니다. 산물이 풍부하며, 아직 1천 승(乘)에
　　　지나지 않는 나라이지만 예의로 백성을 가르쳐 위아래 사
　　　람들의 순서가 분명하고 남녀의 구별이 있으며, 제때에 백
　　　성을 부리고 예악을 부흥시켰으므로 석 달이면 민간 풍속
　　　을 순하게 교화시킬 수 있고, 1년이면 패자가 될 수 있고, 3
　　　년이면 천자가 될 수 있을 것입니다.

남자 : 정말입니까?

공구 : 어찌 감히 헛소리를 하리까? 일찍이 문, 무왕께서 풍(豐)과
　　　호(鎬)에서 일어났을 때 그 땅은 1백 리에 지나지 않았지
　　　만, 천하의 왕이 될 수 있었던 것은 주공께서 예악을 정하
　　　여 성왕(成王)을 잘 보필하였기 때문입니다. 주공께서는 어
　　　진 이를 구함에 있어 식사를 하다 말고 세 번씩이나 입에
　　　넣었던 밥을 도로 뱉고 일어나 손님을 영접하고, 머리를 감
　　　다가 손님이 찾아오자 세 번씩이나 머리카락을 움켜쥐고

나와 서둘러 손님을 영접하면서 어진 선비를 구했기에 천
하를 얻을 수 있었던 것입니다.

남자 : 그런 예가 어디서 나왔답니까?

공구 : 아주 오랜 옛날 요 임금께서…….

남자 : 치～!

공구 : (잠시 멈추었다가 다시) 옛날 순 임금 때…….

남자 : 쳇! …… (갑자기 무슨 생각이 난 듯) 선생님께서는 나무라지
마십시오. 저는 선생님의 말씀을 비웃은 것이 아닙니다. 요
·순 임금은 2천 년 전 사람들 아닙니까? 벌써 뼈까지 다 썩
었을 것인데!

공구 : 그렇습니다. 그러나 그 예는 요·순의 유산으로 하나라와
은나라를 거치면서 장단점을 다듬고 고쳤으며, 그것을 다
시 주공이 제도로 정한 것입니다.[66]

남자 : 내 그래서 하는 말인데, 한 가지만 여쭙겠습니다. 선생님이
오시면 천재일우의 기회라 생각하고 절대 놓치지 않으리
라 생각하고 있었답니다. 제가 '육예연구소'나 '국술토론
회' 같은 것을 창립하여 선생님의 가르침을 받고자 합니
다. 보름에 한 번 정도 이곳에서 모여 형식 따위에 얽매이
지 않고 모두들 동학처럼 선생님으로부터 시·서·예·악에
관한 강연을 들었으면 합니다. 차라든가 식사 등은 모두 제
가 준비할 테니 그 점은 신경 쓰실 것 없고요. 어제저녁 위

후께 말씀드렸더니 아주 흔쾌히 찬성하시면서 한번 만들어보라고 하시더군요. 때로는 방식을 바꾸어 활을 쏜다든가 비파를 배운다든가 칼춤을 본다든가 말을 탄다든가 하는 겁니다. 요컨대 시·서·예·악·사·어 모두를 배우자는 것이지요. 저로서야 매우 기쁘기 짝이 없겠는데, 선생님 뜻은 어떠신지요?

공구 : 좋습니다. 아주 좋습니다!

남자 : 그런데 이런 점들에 관해 가르침을 받았으면 합니다. 만약 그런 모임이 생기면 저는 물론 참여할 것이고, 다른 여자들 몇몇도 참가하여 남녀가 함께 배우게 될 것입니다. 우선 선생님께서는 별도로 우리 부녀반을 가르치실 필요가 없을 테니 시간이 절약되는 것입니다. 둘째, 차나 음식 등은 제가 몸소 돌볼 테니, 이것저것 돌보지 않으셔도 되고 또 입맛에 맞추어 제가 모두 잘 처리할 것입니다. 셋째, 남녀가 모두 함께 모여 배우니 모두들 열심히 할 것이고, 또 여러 가지 유익한 생각을 모으기 쉬운 효과도 거둘 것입니다. 남녀를 나누어서 따로 하는 것보다야 연구의 열기와 흥미가 더할 것입니다. 넷째, 인류에서는 남녀관계가 그 처음이며 예의에 있어서는 남녀 간의 교제보다 더 중요한 것은 없습니다. 함께 연구하는 것 자체로 그 점을 배울 수 있을 것 아닙니까? 단순히 하얀 것은 종이요, 검은 것은 글씨라 하는

것보다야 낫지 않겠습니까? 저는 서생들이 여자들 앞에서 아무 말도 못하고 그저 멍하니 있는 것을 보면 정말이지 짜증이 나서 못 견딥니다. 이런 것들이 모두 남녀 교제의 예를 모르고 배움이 모자라기 때문에 빚어지는 것입니다. 다섯째, 선왕의 시나 글 중에서 사회풍속이나 내실 및 잠자리에 관한 것 또한 적지 않은데, 이런 민속이나 노래야 우리 여자들이 규중에서 해야 하는 품행과 관계됩니다. 예를 들어 '칠월유화 구월수의'(七月流火 九月授衣)[67] 같은 노래는 망측스럽게 큰 소리로 떠들 것은 못 되지만, 남자들보다야 우리 여자들이 더 잘 외우고, 선생님보다 더 잘 말할 수 있는 것입니다. 그리고 옛 역사책에서 여자에 관해 기록하고 있는 부분도 다 그렇습니다. 여자의 심리를 모르는 남자들을 보면 여자들에게 굴욕을 당하더군요. 유왕(幽王)은 자신의 쾌락을 위해 포사(褒姒)를 가두어놓고 장난감 취급했지만, 포사는 지킬 것은 지킨 여자로 음탕하지도 않았으며 웃는 것을 좋아하지도 않았습니다. 유왕이 굳이 그녀를 웃게 하려고 세 살 난 어린애처럼 봉화를 가지고 장난을 쳤으니 포사가 어찌 웃지 않을 수 있었겠습니까?[68] 포사는 남자의 어리석음을 비웃은 것이지 봉화 때문에 웃은 것이 아니라는 점을 알아야 합니다. 그 뒤 나라가 망하고, 남자들이 그 일을 비판하면서 죄를 포사에게 뒤집어 씌었죠. 포사가 어째서 무고하게 오욕의 누명을 써야 합니까? 여자들을 이 모임에 가입시킨다면, 제 생각으로는 여러 면에서 새로울 것이라 생각합니다만. 그리고 여섯째, 검무나 경마나 활쏘기 등은 남자들이 할 것이나, 비파나 바둑 그리고 서화 등은 우리들이라고 못할 것 없지 않습니까? 또 검무나 경마도 우리 여자들이 옆에서 박수를 치면서 응원하면 더 잘할 것 아닙니까? 남녀유별이니 하는 말은 사실 엉터리 옛날 제도에서 빌려온 것이 아닌가 하는 의문이 듭니다. 이론상 저는 절대 인정할 수 없습니다. 제 의견에 대해 어떻게 생각하시는지요?

공구 : (천둥 같은 것에 놀란 듯, 남자의 말에 충격을 받은 것 같다.) 예……어……에!

남자 : 선생님께서는 어떻게 생각하시냐고요? 그렇습니까, 안 그렇습니까?

공구 : (어쩔 수 없다는 듯이) 남녀유별은 하·은·주 3대로부터 전해져오다가 주공이 제정하신 것입니다.

남자 : 남녀가 함께하는 이 육예연구회의 발상이 옳다고 생각하십니까?

공구 : (웃으며) 차나 나누는 정도라면 괜찮겠지요. (다시 침묵한다.)

남자 : 복장은요?

공구 : 당연히 정장 차림이어야지요.

남자 : (잠시 주저하다가) 아! 저는 가끔 먹는 것과 입는 것이야말로 인생의 진정한 의미라는 생각을 한답니다. 예를 들어 여기에 있는 이 옹거는 평생 차 시중을 들어왔습니다. 그렇다면 그녀의 인생에 있어서 진정한 의미는 차 시중입니까, 아니면 자신의 음식과 옷이겠습니까? 그래서 저는 음식과 옷이 상당히 만족할 만하다면 인생의 진정한 의미도 어느 정도 충족되는 것이라 생각합니다.

공구 : (감탄스럽다는 듯) 부인, 여인들도 그토록 깊은 논의와 고상한 견해를 가지리라고는 생각 못했습니다. 그러나 '음식과 옷'은 '음식과 남녀'로 고치는 것이 옳지 않겠습니까?

남자 : 그럼 육예연구회를 선생님께서도 찬성하시는 겁니까?

공구 : (새삼 흥미가 당기는 듯) 부인께서 그 일을 주관하시겠다면 저는 당연히 따라야겠지요. 다만 걱정스러운 것은 남녀 간에 혹 예의를 벗어나는 일이 있지나 않을까 하는 점입니다. 부인께서 미리 예방을 해두신다면 모르겠습니다만.

남자 : 또 그러시는군요. 음식과 남녀는 인생의 진정한 의미이자 생명이라는 물줄기의 살아 있는 근원 아닙니까? 이런 물줄기의 근원이 끊어지지 않게 잘 뚫어놓아야 인생이 더욱 번창하고 풍요로워지겠지요. 남녀관계는 인생의 지극한 정이고, 지극한 정이 움직인 다음에야 시도 노래도 있는 것이며, 시와 노래가 있은 다음에야 문학이 있는 것 아닙니까?

우리 위나라의 시와 노래를 들어보셨습니까, 선생님?

공구 : 들어보았습니다.

남자 : 어떻던가요?

공구 : 아주 좋았습니다.

남자 : 우리의 시를 아신다면, 패용(邶鄘)[69]이란 시가 왜 가장 좋은
시이겠습니까? 상중(桑中)의 만남이 있기 때문인데, 성우
(城隅)의 맹(盟)에서 남녀가 지극한 정을 발동시켜 느낌을
표출한 것입니다. 육예연구회도 남녀가 함께 배우면 음식
과 옷의 아름다움을 다할 수 있을 뿐만 아니라 문학과 시가
에도 도움이 될 것입니다. (잠시 뜸을 들이더니) 우리 언제 한
번 바람이나 쐬는 게 어떨까요? 요즘 마침 날씨도 좋고 하
니 해질녘 마차를 타고 기수 가에서 바람을 쐬면서 남녀의
노랫소리를 듣다가, 석양을 바라보면서 돌아오는 것도 운
치가 있을 겁니다.[70]

공구 : (조금 멋쩍어하며) 좋지요! 그것이 천명이 아니고 무엇이겠
습니까?

남자 : 저는 늘 위후와 함께 바람을 쐬러 가는데, 그들의 노랫소리
가 정말이지 운치가 있답니다. (이때 밖에서 누군가 문을 두드린
다. 옹거가 총총걸음으로 달려가 문을 연다. 자로다. 문 밖에서 공자를
보고자 한다. 옹거가 다시 들어와 아뢴다.)

옹거 : 자로께서 선생님을 뵙고자 합니다.

공자, 일어나 나간다. 두 사람은 문 밖에서 낮은 소리로 속닥거린다.

자로 : 선생님, 일이 어떻게 돼갑니까?

공구 : (한숨을 내쉬며) 어쩔 수 없구나, 천명에 따를 수밖에.

자로 : 뭐라고요?

공구 : (고개를 들며) 부인의 사고방식이 너무 튀어! 도가 다르니 함께 일을 꾀할 수 있겠느냐? 그녀는 아까 네가 말한 육예연구회를 조직하겠다면서 남녀가 함께 배우자고 주장한다. 잠시 있다가 가능한 한 빨리 떠나야겠다.

자로, 한참을 말이 없다. 갑자기 방안에서 유려한 음악 소리가 들린다. 남자가 비파를 꺼내 낮고 가는 소리로 한 곡조 뜯는 중이다. 공자, 다시 방으로 돌아온다.

남자 : 자로입니까? 왜 들라 하지 않고요?

공구 : 별일 아니라서 감히 들어오지 못하는 것 같습니다.

남자 : 들어오라고 하십시오.

공자, 나가서 자로와 함께 들어온다. 자로, 남자를 보고 인사를 올리자 남자는 비파를 타던 손을 멈춘다.

남자 : 방금 전에 선생님께 바람이나 쐬며 노래를 듣자고 했는데, 그대도 함께 가도록 합시다.

자로 : (황송해 하며) 부인의 명, 지극히 영광이옵니다. 어찌 감히 따르지 않겠습니까?

남자 : (다시 가볍게 비파를 뜯으며) 한번 생각해보십시오. 달은 밝고 별이 드문드문 나온 늦은 봄 저녁에 남녀들이 기수 다리에서 함께 노래 부르는 모습을, 이렇게……

황하는 북으로 콸콸 세차게 흐르는데
그 한가운데서 그물 던지면 팔딱이며 걸려 올라오는 전어와 다랑어
물가의 갈대풀은 길게 우거져 있고
화려하게 치장한 몸종들 뒤따르고 수행하는 무사들, 씩씩하기도 하여라.[71]

이 얼마나 장엄하고 태평스러운 백성들 모습입니까! (취한 듯) 인생이란 즐거움보다는 슬픔이 많은 것 같아요. 어느 시인이 잘 표현했듯이 말입니다…….

귀뚜라미 방에서 우니 어느덧 이 해도 저물어가네.
지금 아니 즐기면 언제 즐기리오, 세월은 덧없이 흘러가는데[72]

자로!

자로 : (갑자기 꿈에서 깨어난 듯) 예, 부인!

남자 : 내가 방금 전에 선생님께 나이와 재능이 서로 어울리는 남녀 예닐곱 명으로 연구회를 만들어 보름에 한 번 정도 모여 함께 육예를 배우자고 말씀드렸다오. 나와 위후가 주최하고 선생님께서 그 일을 주관하시는데, 배우고 남는 시간에는 모두 연회를 열어 즐겁게 놀려고 하는데 어떻소?

자로 : (머뭇거린다. 놀라움과 기쁨이 착잡하게 교차한다.) 위후와 부인께서 함께 문을 숭상하시는데다가 선생님께 예악을 배울 수 있게 되었으니, 그야말로 명군(明君)과 현상(賢相)이 함께 모인, 실로 감탄스러운 광경이 아닐 수 없을 것입니다. 1천 년에 한 번 있을까 말까 한 기막힌 일이지요.

남자 : 좋습니다! 내가 얼마 전 노래 하나를 만들었답니다. 위나라 백성의 노랫말에 곡을 붙인 것이지요. 오늘 선생님과 이렇게 처음 만났으니 한 곡 연주하여 상견례로 삼을까 합니다.

남자, 공자와 자로를 향해 은은한 미소를 짓는다. 공자, 갑자기 무엇인가를 잃어버린 듯 침울하다. 자로는 정신이 아득해져 연신 고개를 끄덕이는 것으로 칭찬을 대신한다. 남자는 의자에 비스듬히 기대며 비파를 끌어당기는데 그 매무새가 물 흐르는 듯하다. '상중'(桑中)이란 곡을 연주하며 노래를 부르는데 시원스러우면서도 처연하다.

남자 : 무희들을 들라 해라!

　옹거가 대답하며 나간다. 남자는 낮은 목소리로 노래를 계속 부른다. 자로는 좌불안석이며, 공자는 넋이 나간 것 같다. 그러다 공자, 갑자기 정신이 드는 듯하다.

공구 : (가볍고 낮은 소리로) 위나라를 떠나기로 결심했다.
자로 : 도가 다르기 때문입니까?
공구 : 두렵다, 두려워.

　자로, 알겠다는 표정이다.

남자 : (계속 노래를 부른다.)

　　손은 부드러운 띠싹 같고 살결은 기름처럼 윤이 난다네.
　　목덜미는 나무 굼벵이 같고 가지런한 흰 이는 박씨와 같네.
　　매미와 같은 이마에 나방의 눈썹,
　　웃으면 보조개가 어여쁘고 초롱초롱한 눈은 곱기도 해라.
　　이가 누군가,

형후(邢侯)의 처제로다.[73]

자로 : 동궁의 누이요.

공구 : 위후의 아내요. (실언한 것을 깨달은 듯 화들짝 놀라며) 아이, 야
아~!

남자 : (물결이 치는 듯 큰 소리로 웃는다.) 호호호! 선생님의 칭찬이 지
나치십니다.

공자와 자로, 모두 부끄러워 어쩔 줄 모른다. 재미없고 무안하다.

미자하 : (웃으며) 시가 이렇게 머리를 어지럽힌다는 얘기를 들어
본 적이 없습니다.

웅거가 네 명의 무희를 데리고 들어온다. 눈이 번쩍 뜨이게 하
는 요염한 복장들이다. 공자와 자로, 정신을 가다듬는다. 남자, 비
파를 다시 끌어당기며 자세를 고친다.

남자 : 선생님께서는 음악에 조예가 깊으시니 아무쪼록 가르침을
내려주십시오.

다시 '상중'을 연주하며 노래한다. 무희들이 곡에 맞추어 춤을

춘다. 공자와 자로, 시선을 어디에 두어야 할지 모른다. 넋이 빠질 지경이다. 그러나 다시 우울하고 불안한 표정으로 되돌아간다. 미자하는 아주 자연스럽게, 아무렇지도 않다는 듯 환락에 빠져 있다.

남자 : (노래한다.)

　　새삼덩굴 뜯으러 매 마을에 갔네.

무희들 : (화답한다.)

　　누구를 생각하나 아름다운 강씨 집안 맏딸일세.

　다함께 노래한다.

　　상중에서 나를 기다리고 상궁으로 맞이하여
　　기수의 상류까지 바래다주네.[74]

남자 : (노래한다.)

　　보리를 뜯으러 매 마을 북쪽에 갔네.

무희들 : (화답한다.)

　　누구를 생각하나 아름다운 익씨 집안 맏딸일세.

다함께 노래한다.

　　상중에서 나를 기다리고 상궁으로 맞이하여
　　기수의 상류까지 바래다주네.

남자, 무희들과 어울려 함께 춤을 추고, 옹거가 비파를 뜯는다.

남자 : (노래한다.)

　　순무를 뽑으러 매 마을 동쪽에 갔네.

무희들 : (화답한다.)

　　누구를 생각하나 아름다운 용씨 집안 맏딸일세.

다함께 노래한다.

상중에서 나를 기다리고 상궁으로 맞이하여

기수의 상류까지 바래다주네.

　남자, 무희들과 함께 공자, 자로, 미자하를 빙 둘러싸며 춤을 끝
낸다.

미자하 : (박수를 치며) 훌륭합니다. 너무너무 훌륭합니다.

자로 : 부인의 노래와 춤이 이렇게 훌륭하다니, 정말이지 감탄스
　　　럽기 그지없습니다.

남자 : 어디! (공자를 주시한다. 공자, 깊은 생각에 잠긴 것 같다) 선생님
　　　의 가르침을 청합니다.

공구 : (꿈에서 깨어난 듯 천천히 탄식을 내뱉으며) 가무가 이렇게 좋을
　　　줄 미처 생각하지 못했습니다. (본래의 모습을 회복한 듯) 부
　　　인, 대단하십니다.

남자 : 뭘요, 별것 아닙니다.

공구 : 감사합니다, 고맙습니다.

남자 : 그럼 이걸로 선생님의 문하생으로서의 예는 올린 것입니
　　　다. (웃는 얼굴로 무릎을 꿇으며 공자에게 절을 한다.) 육예연구회
　　　는 이제 승낙하신 겁니다. (공자, 대답이 없다.) 아닙니까? 승
　　　낙하신 게 아닙니까? (사랑스러운 목소리와 자태가 공자의 마음
　　　을 움직인다.)

공구 : (혼잣말로) 56년 만에 오늘에야 비로소 예술을 알고 인생을
깨달았습니다. 그렇습니다, 그렇습니다. 이것이 진정한 시
이며 진정한 예이며 진정한 음악입니다. 그 밖에 다른 노래
나 다른 예절은 모두 허식이자 말할 것도 없는 것이지요.

남자 : (기쁜 얼굴로) 선생님의 칭찬이 지나치십니다. 그럼 승낙하
신 겁니다. 모레쯤 바람이나 쐬러 가시지요. 꼭요! 자, 이제
우리는 먼저 물러가겠습니다.

미자하 : 부인께서 피곤하실 테니 먼저 일어나시지요.

남자 : 모레 자로와 함께 시간을 맞춰 오시지요. (아주 간절하고도 사
랑스러운 목소리로) 저는 위후와 함께 이곳에서 마차를 준비
해놓고 기다리겠습니다. (천진난만하게) 오세요, 꼭요! 가다
리게 하지 마시고요.

　남자, 미자하, 옹거 그리고 무희들이 방 뒤로 물러간다. 자로와
공자, 서 있다가 남자가 사라지자 서로의 얼굴을 물끄러미 바라
본다.

자로 : 선생님의 뜻은 어떻습니까? 위나라에 머무르실 겁니까?

공구 : (묻지도 않은 것을 대답한다.) 내가 만약 주공을 믿지 않았다면
남자를 믿어야 했을 것이다.

자로 : 그럼 머무르시겠다는 것입니까?

공구 : (힘차게) 천만에!

자로 : 부인이 예를 몰라서입니까?

공구 : 부인에게는 부인의 예가 있는 것, 그건 네가 알 바 아니니라.

자로 : 그럼 왜 이곳에 머무르지 않으시려는 겁니까?

공구 : 나도 모르겠다. 아직 생각 중이니…… (깊이 생각에 잠긴다.)
　　　 만약 부인의 말을 듣고 부인에게 감화를 당한다면, 그녀의
　　　 예약……남녀 무별, 모든 것이 해방될 터이니, 자연……
　　　 (순간적으로 희열에 들뜬 얼굴을 한다.) 아! 아니지. (금세 얼굴이
　　　 어두워지면서 비장해진다.) 아니지, 떠나리라!

자로 : 어디로 말입니까?

공구 : 그건 나도 모르겠다. 일단 위나라를 떠나야지, 떠나지 않으
　　　 면 안 된다!

자로 : 도를 행해 천하의 백성을 구하지 않으시렵니까?

공구 : 나도 모르겠다. 우선 나부터 구해야 할 판이다.

자로 : 정말 떠나시렵니까?

공구 : 가야지, 반드시 간다! 조만간 반드시 말이다! (공자, 몰골이
　　　 초췌하다. 천천히 고개를 떨구더니 양손으로 얼굴을 감싸 쥐고 무릎
　　　 사이에 파묻는다.)

　 자로는 곁에 서서 멍하니 공자를 바라본다. 침묵 속에서 공자의
긴 한숨 소리가 희미하게 들리더니 다시 침묵이 흐른다.

※《사기》공자세가를 보면, 공자는 한 달 정도 위나라에 머무르다가 떠났다. 3년 뒤 다시 위나라를 방문했다가 진(晉)나라로 떠났고, 얼마 후 위나라를 한 차례 방문했다.[75]

08 공자의 일생*

공자는 춘추시대, 지금의 산동성에 자리 잡은 노(魯)나라에서 기원전 551년에 태어났습니다.

공자는 이름을 구(丘)라 했는데, 태어났을 때 머리가 가운데가 들어가고 내민 데가 언덕처럼 생겼다고 해서 이렇게 붙였다고 합니다. 울퉁불퉁 짱구였던 거죠.

공자의 아버지 이름은 숙량흘(叔梁紇)이며 어머니의 이름은 전하지 않고 성은 안(顔)씨였다고 합니다. 숙량흘은 전처 사이에 딸 아홉과 아들 하나를 두고 있었는데, 문헌에 따르면 형은 불구자였습니다. 맏이가 정상이 아니어서 가업을 이을 수 없다고 생각한 숙량흘은 새로 부인을 맞아들이는데, 이 새 부인이 바로 공자 어머니 안씨입니다. 공자는 자를 중니(仲尼)라 했습니다. 자는 성인

* 이 글은 편집자가 작성한 것입니다.

이 될 무렵 다 큰 애한테 이름을 부르기가 무엇해서 이름과 연관된 뜻을 가지고 지어주는데, 자를 중니라 한 것은 아들로서 둘째이고, 그의 부모가 니산(尼山)에 기도해서 태어났다고 해서 그렇게 붙여진 것입니다. 그러나 아버지 숙량흘은 공자가 세 살 때 세상을 떠나게 됩니다.

공자 집안은 몰락한 귀족 가문의 후예로 공자가 태어날 무렵에는 대략 중하위권 생활을 하던 처지였습니다. 공자는 열아홉에 결혼을 하여 이듬해 아들 이(鯉)를 보았습니다. 스물다섯 무렵엔 나라의 창고 관리원이 되어 저장한 곡물을 관리하기도 하다가 자리를 옮겨 가축을 돌보고 번식시키는 일을 하게 됩니다.

공자의 나이 35세 되던 해에 노나라 임금 소공(昭公)이 나라를 쥐고 흔든 세 대부(大夫)를 공격하다 실패하여 이웃 제(齊)나라로 피신하는 사건이 일어나고, 노나라는 임금 없이 계씨(季氏)를 비롯한 대부들이 멋대로 좌지우지하게 됩니다. 그리고 대부들 사이에도 알력이 생겨 나라가 큰 혼란에 빠졌습니다. 공자는 제나라로 달려가 고소자(高昭子)의 가신이 되어 제나라 임금 경공(景公)과 접촉을 시도합니다. 경공은 공자에게 정치에 대해 묻는데, 이때 공자가 한 유명한 말이 '군군 신신 부부 자자'(君君臣臣父父子子)입니다. 공자를 괜찮게 여긴 경공이 약간의 땅을 주어 정착시키려고 하였으나 재상 안영(安嬰)이 반대하여 수포로 돌아갔습니다. 그럼에도 경공은 공자를 흠모하여 적절한 대우를 해주며 어떻게

든 옆에 두고 싶어 했지만 이번에는 대부 전씨(田氏)가 공자를 살해하려 들자 실망한 공자는 고국으로 돌아옵니다.

공자의 나이 42세 때(기원전 510년) 노나라 소공이 객사하고 그의 아우 정공(定公)이 임금 자리에 올랐습니다. 정공 5년(기원전 505년)에 실세 계평자(季平子)가 세상을 떠나 아들 환자(桓子)가 그 자리를 물려받았습니다. 이때 계씨 가문에도 변란이 생겨 가신(家臣) 양화(陽貨=陽虎)가 세력다툼 끝에 변방의 읍재(邑宰)로 있던 공산불뉴(公山不狃)와 손잡고 환자를 감금하고 정권을 탈취하여 독재 정치를 폅니다. 당시 양화가 공자를 돼지고기를 들고 찾아와 같이 일할 것을 권하는 것과 공자가 건성으로 양화를 대하는 장면이 《논어》에 나옵니다. 공자는 도저히 일이 손에 안 잡히고 그렇다고 자신이 나서서 뭘 할 수도 없어 낙향하여 연구와 교육에 매진하게 되었습니다. 그사이, 공자의 소문이 전국에 퍼지면서 배우려는 사람들이 모여들었습니다. 대략 51세까지 사학(私學)을 운영하면서 지냈던 것입니다.

그 무렵 공산불뉴란 자가 공자의 명성을 듣고 같이 일하자고 협조를 요청했습니다. 공자는 마음이 동해 그에게 가담하려 했으나 제자들이 반대해 가지는 않았습니다. 같은 해 양화가 세 대부 세력을 뿌리 뽑기 위해 군사를 일으켰다가 실패하여 제나라로 도망친 사건이 일어났습니다. 양화의 반란 실패는 공자에게 정치적으로 좋은 기회를 제공해주었습니다. 대부 계손씨는 공자가 양화와 화합하지 않은 점을 높게 사 정공에게 추천하니, 정공은 공자를 중도(中都)라는 지방의 재상 자리에 앉힙니다. 공자는 그동안 갈고 닦은 지식을 총동원하여 정치를 잘 펼쳐 1년 만에 중도가 질서를 찾고 민심이 순후해지자 이곳저곳에서 배우려는 사람들이 많이 나타났습니다. 그 소문은 조정에까지 퍼져 정공은 공자를 사공(司空)에 등용했다가 다시 사구(司寇)에 임명하였습니다. 요즘 식으로 말하면 건설부장관과 법무부장관인 셈이죠.

52세가 되던 해 강국 제나라가 노나라에 회담을 제의해왔습니다. 제나라는 여전히 경공의 치하에 있었습니다. 경공은 공자를 등용하지 못해 마음이 편치 않은데다 공자를 등용한 이웃 노나라 때문에 근심이 많아 어떻게든 노나라를 약화시킬 궁리만 하고 있었습니다. 그 이전에 노나라는 대부들의 등쌀 때문에 국정이 문란해 나라꼴이 엉망이었고, 그 틈을 노려 제나라는 접경지대의 노나라 땅을 빼앗곤 했습니다. 서로 적대국이었던 것입니다. 그런 노나라가 공자를 등용하면서 안정되자 제나라는 슬슬 위협을 느끼기 시작했고, 그래서 노나라에 회담을 제의하게 된 것입니다. 공자는 그 회담에서 사리를 분명히 따지면서 약간 무게도 잡아 빼앗겼던 땅을 돌려받는 뛰어난 외교력을 보여주었습니다. 그저 입으로만 '공자 왈~' 한 것이 아니었습니다.

공자의 나이 55세(기원전 497년) 때 대사구(大司寇)에 올라 국정을 문란케 한 소정묘(少正卯)를 처단하는 등 국정을 맡은 지 3개월도 안 돼 나라가 잘 돌아갔습니다. 사기꾼이 사라지고, 상인들이 함부로 물건 값을 올리지 못했으며, 외지에서 찾아든 장사꾼이나 여행객이 관청의 도움 없이도 자유롭게 활동하게 되었습니다.

그러나 사촌이 땅을 사면 배 아프듯, 이웃 제나라의 심사는 말이 아니었습니다. 당시는 국경이 딱 그어진 것도 아니고 철조망이 쳐진 것도 아니라서 제나라 사람들이 소리 소문 없이 노나라로 흘러들어 왔습니다. 농업사회에서 백성들의 노동력이 곧 국력인데 제나라 입장에선 방법을 강구하지 않을 수 없었습니다. 그들이 생각해낸 방법은 지극히 '고전적'인 것이었습니다. 미인계였던 거죠. 미녀 80명을 선발해 춤과 노래를 가르친 뒤 요염한 옷을 입혀 말 30필과 함께 노나라에 보냈고 그들은 일단 노나라 수도 근교에 자리를 펴고 이벤트 사업을 벌였습니다.

사람들 입을 통해 그 소문은 실세 계환자의 귀에 들어갔고, 마음이 쏠린 계환자는 몰래 미복(微服)을 입고 현장을 답습하고 나서 임금에게 저들을 받을 것을 청했습니다. 둘은 그곳에 나가 하루 종일 구경하며 즐겼으니 정사(政事)는 당연히 뒷전이었습니다. 사태가 심상치 않음을 간파한 공자는 이를 내치자고 했지만 계환자는 듣는 척도 하지 않았습니다. 공자는 이게 아니었다 싶었죠. 이제 고국을 떠나야 할 때가 온 것입니다.

그 후 공자는 여러 나라를 전전하게 됩니다. 고국에서 펼치지 못한 꿈을 다른 나라에 가서라도 펼쳐보고 싶었던 거죠. 그의 꿈은 아주 단순했습니다. 노인이 존경받는 세상, 젊은이들이라면 누구나 일할 곳이 있는 세상, 나이 든 홀아비와 과부가 없는 세상, 어린아이들이라면 누구나 부모의 따뜻한 사랑을 받는 세상……. 후세 사람들이 공자의 '주유천하'(周遊天下)라 부른, 그러나 실제로는 공자의 고생이 시작되는 시점입니다.

이곳저곳 자기를 알아줄 사람을 찾아 방랑의 길을 떠났습니다. 처음에 간 위(衛)나라에서는 제자 자로의 처형 집에서 묵기도 하고, 진(陳)나라로 가는 도중 광(匡) 지방에서는 양화로 오인 받아 구금당하기도 하고, 조(曹)나라를 거쳐 송(宋)나라에 들어섰을 때는 환퇴(桓魋)란 자에게 죽임을 당할 뻔했습니다. 정(鄭)나라에선 길을 잃어 그곳 사람한테 '상갓집 개' 같다는 말을 들어야 했으며, 포(蒲) 지방을 들렀을 땐 그 고을 사람들에게 포위당했고, 위(衛)나라 영공(靈公)에게 실망해 찾아가려 한 진(晉)나라 실세 조간자(趙簡子)가 현명한 신하들을 죽였다는 소식을 듣고는 황하가에 앉아 개탄했으며, 61세 때에는 채(蔡)나라 소공(昭公)이 그곳의 대부의 손에 죽었다는 소식을 들어야 했습니다.

섭(葉) 지방에 갔을 때 공자는 섭공(葉公) 자고(子高)에게 일말의 기대를 걸었던지, 그가 자로에게 공자에 대해 물었을 때 자로가 아무 말도 하지 않은 것을 매우 섭섭해 했습니다. 또 섭에서 채

나라로 가던 도중 장저(長沮)와 걸익(桀溺)이라는 은자(隱者)로부터 쓸데없는 짓 한다는 핀잔을 듣고는 "내가 이 세상 사람들과 더불어 살지 않고 누구와 더불어 살랴? 천하에 정도(正道)가 행해지면 굳이 내가 나서서 물결의 방향을 돌릴 필요도 없다"고 응답하지만 그 말에는 서글픔이 배어 있었습니다. 이듬해 조간자에 맞서 그의 가신 필힐(佛肸)이 반기를 일으켜 공자를 초빙했을 때 그 초빙에 응하려 했지만 자로의 만류로 가지 못했습니다. 공자의 심경이 얼마나 외로웠던지 이때 둘 사이의 대화가 《논어》에 나옵니다.

공자의 나이 63세(기원전 489년) 때 '진채위액'(陳蔡之厄)을 당하게 됩니다. 주유하는 동안 가장 큰 고초였습니다. 당시 오나라 왕 부차(夫差)가 원한을 갚는다고 진(陳)나라로 쳐들어갔고, 이 소식을 들은 초나라 소왕(昭王)은 선대에 진나라와 맹약을 맺었다며 진나라를 구원하기 위해 출병하여 진나라와 접경지역에 진을 치고 나가 있었습니다.

하루는 소왕이 공자가 진나라에 와 있다는 것을 알고는 초대하였습니다. 그런데 진과 채, 두 나라의 대부들은 공자가 소왕의 초대에 응해 초나라의 정치를 맡게 되면 그들이 위태로워질까 근심한 나머지 군사를 풀어 무려 일주일 동안 공자 일행을 오도가도 못하게 했습니다. 먹을거리가 떨어져 쫄쫄 배를 곯아야 했고, 수행하던 제자들은 힘에 겨워 몸을 일으키지 못할 형편이었습니다. 이런 상황에서도 공자는 소리 내어 글을 읽고 거문고를 켜며 노래를 불렀습니다. 제자들은 성질이 났죠. 공자는 제자들의 성난 마음을 풀어주려 자로와 자공과 안회를 불러 대화를 나누는데, 안회의 대답에 아주 흡족했던지 공자는 '빈털털이' 안회의 재산 관리인 노릇이라도 하겠노라 응답합니다.

아무려나 공자 일행은 절망적인 상태에서 헤어나지 못하다가 자공을 보내 소왕에게 사정을 알려 겨우 그 곤경에서 벗어날 수 있었습니다. 소왕은 땅 백리를 떼어 공자에게 봉분하려 했지만 초나라의 대부들이 말려 시행하지 못했으니 공자의 실망이 이만저만 아니었을 겁니다. 일단 진나라로 철수한 공자는 고국으로 돌아갈 생각을 하게 됩니다.

64세가 되던 해부터 몇 해 동안 위나라에 머무는데, 위나라에는 공자의 제자 여럿이 그곳에서 벼슬을 하고 있었습니다. 위나라 출공(出公. 영공의 손자)은 제자들을 통해 공자에게 국정을 맡기려 했으나 공자는 출공의 부름에 응하지 않습니다. 출공은 망명 중이던 아버지 괴외(蒯聵)의 귀국을 거부하고 자신이 임금 자리를 차지하고 있었습니다. 공자가 출공의 부름에 응하지 않은 건 부자간의 다툼을 공자가 경멸했기 때문입니다.

한편, 노나라에서는 공자를 떠나게 한 것을 오래전부터 후회하고, 어떤 명분을 내걸어서라도 공자를 모셔야 한다는 의견이 나돌았습니다. 기원전 492년 노나라 실세 계환자가 죽었는데, 그는 죽기 전 성들을 돌아보면서 긴 한숨을 내쉬었습니다. 예전에 잠깐

이나마 공자가 국정을 맡았을 땐 나라가 잘 돌아갔는데, 자기가 공자에게 죄를 지었기 때문에 나라가 부흥하지 못하고 이웃 제후들에게 웃음거리가 됐다고 자책합니다. 그리고는 아들 계강자(季康子)에게 반드시 공자를 모셔오라고 유언을 남깁니다.

계강자는 위나라로 사람을 보내 공자를 시중하던 염구를 불러 계씨 집안의 재상으로 삼았습니다. 이를 계기로 공자는 위나라에 머물면서 노나라와 관계를 갖게 됩니다. 그사이 부인이 세상을 떠나는 아픔도 겪게 되죠.

기원전 484년 봄에 제나라에서 대거 병력을 이끌고 노나라를 침공했습니다. 염구는 군사를 거느리고 분전하여 낭(郎)이라는 곳에서 대승을 거두었습니다. 계강자는 염구의 승전에 감동하여 묻습니다. 그대 전술은 타고난 것인가 아니면 누구한테 배운 것인가, 라고요. 염구는 공자에게 배운 것이라 대답합니다. 계강자는 공자를 불러오고 싶은데 괜찮겠냐고 다시 묻습니다. 염구는 조건을 내겁니다. 공자를 모셔오려면 반드시 소인들이 자리를 차지하지 못하게 해야 한다고요. 말귀를 알아들은 계강자는 소인으로 지목된 사람들을 몰아내고 예를 갖추어 공자를 맞아들입니다. 공자의 나이 68세(기원전 484년) 때였습니다. 55세 때 객지로 떠났으니 14년 만의 귀국인 셈이죠.

그러나 노나라 임금은 마음만 있었지 끝내 공자를 등용하지 못했습니다. 허수아비 임금이었기 때문이죠. 공자는 아마 이것이 팔자라 생각했을 겁니다. 그렇다고 정치에 완전히 손을 놓은 건 아니었습니다. 임금과 중신들의 자문에 응하며 나라의 원로로 대우를 받았습니다. 하지만 문제가 있었습니다. 당시 계강자는 백성들로부터 수탈하여 재산을 불려나갔고, 이 일에 염구가 앞장섰습니다. 공자는 매우 화가 났습니다. 제자들을 불러놓고는 이렇게 말했습니다. "염구는 내 제자가 아니다. 너희들이 북을 치며 그를 성토해도 좋다!"

공자는 정치를 포기하고 낙향하여 새로운 인생을 본격적으로 시작하게 됩니다. 바로 교육입니다. 고대 문헌을 정리하면서 전통을 계승하고 제자를 가르치며 여생을 보냈습니다. 지위의 고하나 신분의 귀천을 막론하고 배우겠다는 사람 누구에게나 문호를 열어주었죠. 73세로 세상을 뜨기까지 공자가 가르친 제자가 3천여 명을 헤아리고 수제자만 70여 명에 이른다고 하니 정치가로서는 어떨지 몰라도 교육자로서는 대단한 성공이 아닐 수 없습니다. 수제자 가운데는 왕년의 깡패 자로도 있고, 굶어죽은 안회도 있으며, 재테크에 뛰어난 자공도 있었습니다.

슬픈 일도 많았습니다. 아들이 죽고, 애제자 안회가 먼저 세상을 떠나 공자를 비통 속에 몰아넣었으며, 우직한 자로가 위나라에서 변란 중에 처참하게 죽었습니다. 말썽쟁이였지만 언변에 능했던 재아도 운명을 달리했습니다. 이 모두 공자의 나이 70이 넘었을 때 벌어진 일들입니다.

노나라 애공 14년(기원전 481년) 때였습니다. 노나라의 한 평원에서 상처를 입은 기린이 잡혔습니다. 사람들은 기린을 알아보지 못한 채 상서롭지 못하다며 성곽 밖에다 버렸습니다. 그 소식을 들은 공자는 매우 슬퍼했습니다. 얼굴을 돌려 소맷자락으로 가리고 눈물을 흘려 옷자락이 젖을 정도였습니다. 자공이 그 이유를 물었습니다.

"기린이 오는 것은 명철(明哲)한 임금을 위해서인데, 제 때 온 것이 아니라서 다치고 만 것이다. 그래서 서러워서 울었다."

중국에서는 성군, 명왕이 나오면 그에 호응해서 기린이 나타난다는 전설이 있었습니다. 기린도 알아보지 못하는 세상에 기린이 나타나 상처를 입은 것을 보고 그것이 마치 자신을 상징한 것 같아 서러웠던 것입니다. 공자는 이를 계기로 전력을 다해 《춘추》를 완성하였습니다.

기원전 479년, 노나라 애공 16년 때입니다. 73세인 공자가 어느 날 일찍 일어나 지팡이를 끌며 대문 근처를 거닐면서 노래합니다.

태산이 무너지리라.
대들보는 허물어지리라.
철인(哲人)은 시들게 되리라.

자공이 왔다가 그 노래를 듣고 비탄한 마음으로 문안인사를 합니다. 공자가 말합니다.

"나는 매일 밤 당상의 두 기둥에 앉아 있는 꿈을 꾼다. 하(夏)나라 사람은 당(堂)의 동쪽에 있는 주인용 계단을 오르는 곳에 관을 안치했고, 은(殷)나라 사람은 동서의 기둥 사이에 관을 안치했으며, 주(周)나라 사람은 당의 서쪽에 있는 손님용 계단을 오르는 곳에 관을 안치했다. 내 조상은 은나라 사람이다. 간밤에 두 기둥 사이에 앉아서 밥상을 받는 꿈을 꾸었다. 현명한 군주가 나오지 않으니 천하에 누가 나를 알고 기려줄꼬. 허허, 이런 꿈을 꾸다니 내 머지않아 너희들과 작별을 해야 하려나 보다."

그동안 열국을 돌아다니며 고통을 겪은데다 말년엔 저술에 온 정력을 쏟은 탓에 일단 병이 들자 나이가 많은 공자는 병마를 이겨내기 힘들었습니다. 자리에 누운 지 7일이 되면서 인사불성이 되었고 약을 먹을 수도 없게 되었습니다.

공자가 죽자 제자들 가운데 열성파는 공자 무덤 옆에 움막을 짓고 3년 동안 공자를 그리워했다고 하니 그의 인간적인 매력은 대단했던 모양입니다. 공자의 제자들과 노나라 사람들이 공자의 묘 근처로 이주해와 마을이 생길 정도였습니다.

사실 《논어》에는 이런 공자의 매력이 물씬 풍겨납니다. 매우 솔직하고 남을 배려하는 따뜻한 공자의 모습이 수시로 등장하죠. 또

한 공자는 정말 공부를 열심히 했습니다.《주역》이라는 그 어려운 책을 묶은 끈이 세 번이나 너덜너덜해질 때까지 보았다고 하니 말입니다. 후대의 역사가 사마천(司馬遷)은 공자에 대해 이렇게 썼습니다.

"살아 있는 동안 영예를 누린 천하의 군왕이나 현자는 많았지만 죽은 뒤에는 잊혀지게 마련이다. 그러나 아무런 지위도 없는 공자는 10여 대에 걸쳐 그 이름이 전해지고 있으며, 학자는 그를 스승으로 추앙하고, 천자와 왕후 이하로 중국의 육예(六藝)를 말할 때면 모두 공자를 기준으로 삼고 있다. 그야말로 지극한 성인이라 할 수 있다."

09 공자가 살던 시절*

│ 공자 이전의 중국 역사 │

중국 역사상 역사적 실체가 드러나는 최초의 왕조는 은(殷)이라고 합니다. 시조인 탕(湯) 임금이 하(夏)나라의 걸(桀) 임금을 몰아내고 최초의 역성혁명을 이루어냈습니다. 물론 그 이전에도 황제(黃帝)도 있었고 그 유명한 요, 순, 우 임금들도 있었다고 합니다.

은나라는 상(商)이라고도 불렸으며 오늘날 하남성 일대를 중심으로 건국했습니다. 상당한 수준의 청동기문명을 지녔고 산동, 산서, 하북, 섬서, 호북, 안휘성 일대까지 세력을 뻗쳤습니다. 이 나라의 존재는 갑골문이 해독되면서 증명됐는데, 대략 기원전 17세기에서 기원전 12세기(또는 11세기)까지 나라 모양을 유지하고 있

* 이 내용은 《이우재의 논어 읽기》(2000년)를 중심으로 몇몇 서적을 참고하여 편집자가 작성한 것입니다.

었습니다.

은의 뒤를 이은 나라가 주(周)나라입니다. 이들의 시조는 요·순 시대 때 농업을 전담하여 큰 공을 세워 태(邰. 섬서성 武功縣)라는 땅을 하사받았으며 후에 농업의 신으로 받아들여졌습니다. 주로 섬서, 감숙성 일대에서 활약했는데 후에 고공단보(古公亶父) 때 위수(渭水) 지역에 정착하면서 크게 세력이 확장되었습니다. 그는 임금 자리를 아들 계력(季歷)에게 물려주었고, 계력은 아들 창(昌) 에게 자리를 물려주는데 그가 유명한 주 문왕입니다. 문왕 때 주 나라는 세력이 더욱 커져 관중지방의 지배자가 됩니다. 문왕은 죽 기 1년 전 도읍을 기산(岐山) 기슭에서 풍(豐. 섬서성 西安 부근)으로 옮겼는데, 그곳은 관중평야의 요충지로 훗날 은나라를 타도하는 거점이 됩니다.

문왕의 뒤를 이어 아들 발(發)이 무왕에 오릅니다. 무왕은 군사 를 일으켜 은나라에 대항하고, 두 나라 군대는 목야(牧野. 하남성 淇 縣)에서 부딪쳐 은나라 군대가 대패합니다. 은의 주(紂) 임금이 자 살함으로써 은 왕조가 망하고 주 왕조가 서게 되니 기원전 1122 년(또는 기원전 1026년)의 일입니다.

무왕은 은나라를 정벌한 지 얼마 되지 않아 병사하고 그의 아들 성왕이 즉위하지만 나이가 어려 무왕의 동생 주공(周公) 단(旦)이 섭정하였습니다. 주공은 후대의 공자가 매우 흠모했던 사람으로 공자는 그를 닮기 위해 정말 열심히 노력했습니다. 주공이 섭정한 틈을 타 은의 유족들과 무왕의 또 다른 동생 관숙(管叔)과 채숙(蔡叔)이 연합하여 반란을 일으킵니다. 이 반란을 진압하고 나서 반란 지역을 원활하게 통치하기 위해 주공은 낙양(洛陽. 하남성 소재) 부근에 대규모 읍을 건설합니다. 이를 낙읍(洛邑)이라 하는데 주나라 제2의 도시로 성주(成周)라고도 불렀습니다.

주공은 이 성주를 중심으로 은의 잔여 세력들을 제압하고, 각종 체제와 제도를 정비해 나갑니다. 주공의 노력으로 주나라는 점차 안정되어갔습니다.

| 봉건제와 종법제도 |

주나라는 광대한 영토를 다스리기 위해 봉건제를 실시합니다. 수도와 성주는 왕기(王畿) 지역이라 하여 왕실에서 직접 다스렸고, 왕기 지역을 제외한 피정복지에 왕실의 자제나 일족[同姓諸侯], 동맹 부족 출신자[異姓諸侯]를 파견하여 그곳의 제후로 삼고 은의 유민들과 주변 이민족들을 감시하게 하였습니다. 그 밖에 주나라에 복속한 지방 토호[土着諸侯]는 소제후로서 자기 지역을 지배하게 하였습니다. 제후들도 자신의 봉토(封土. 왕실에서 하사받은 땅)를 근친[大夫]들에게 나누어주었습니다. 이를 채지(采地) 또는 채읍(采邑)이라 합니다. 이것이 바로 봉건제입니다.

봉건제에서 천자(天子)와 제후 사이에는 권리와 의무 관계가 따랐습니다. 천자는 제후에 대한 임명권을 쥐고 있었으며, 봉국(封

國) 안에서 주나라의 정책과 정령이 시행되도록 강제했습니다. 제후는 때를 정해 천자를 찾아보았고 일정한 수의 병력과 일정한 양의 공납을 의무적으로 바쳤습니다. 만일 제후가 이런 의무를 소홀히 하면 작위를 박탈하거나 봉지를 회수해 버렸습니다. 또 봉지의 규모를 줄이거나 아예 다른 곳으로 전출 명령을 내리기도 했습니다. 천자는 책명(冊命. 천자나 임금의 명령)을 통해 제후의 봉지에 대한 지배권을 정당화하고, 내란이나 외침으로부터 제후를 보호할 의무가 있었습니다. 또한 제후에게 자신의 영역 안에서 일정한 통치의 자율성을 보장해주었습니다.

봉건제에는 주 왕실이 천하의 모든 토지와 인민을 소유한다는 왕토(王土) 사상이 전제되어 있습니다. 그러나 왕실과 제후의 정치적 결합을 튼튼하게 한 것은 종법제도(宗法制度)에 그 근간이 있습니다. 종법제도란 주 왕실인 대종(大宗)과 제후인 소종(小宗) 사이의 혈연적 관계를 제도화한 것입니다.

원래 이 제도는 부족사회 내에서 씨족조직이 발전하면서 체계를 갖춘 종족제(宗族制)에 그 근거를 두고 있습니다. 종족은 총본가인 대종을 중심으로 단결하며, 각 지파는 소종으로서 대종에게 예속됩니다. 상속은 적장자(嫡長子)에게 우선권이 주어지며, 상속자 외에 나머지는 모두 별자(別子)로서 소종을 이루면서 신분이 한 단계씩 낮아지게 됩니다. 이 종법제도에 의해서 천자와 제후, 대부들 사이는 모두 혈연관계로 의제(擬制. 본질은 같지 않지만 법률

따위에 의해 동일한 것으로 보고 동일하게 처리하는 것)되었습니다.

봉건제하의 신분질서

은대 이후 중국 사회를 구성하는 기본 단위는 읍(邑)입니다. 읍
은 보통 성곽으로 둘러싸인 집단 취락지를 뜻하지만 그렇다고 모
든 읍이 성곽으로 둘러싸인 것은 아니었습니다. 작은 호(濠. 해자
또는 도랑)로만 둘러싸인 소규모 취락지도 읍이라고 불렀습니다.
이 읍은 공자가 살던 춘추시대를 지나 전국시대에 중앙에 직할된
현(縣)으로 재편될 때까지 당시 사회를 구성하는 기본 단위였습니
다.

주대, 특히 수도를 동쪽으로 옮기기 전인 서주 때 읍은 셋으로
분류되었다고 합니다. 우선 제후가 거주하는 중심 읍인 국(國), 국
이외에 중요한 읍인 도(都), 국이나 도 외에 단지 읍으로 불리거나
비(鄙. 5백호 정도의 소읍, 공경대부의 식읍, 또는 采地 등을 말함)라고 일
컬어진 일반 읍이 그것입니다. 국과 도는 주변의 비를 속읍(屬邑)
으로 갖고 있었습니다. 국의 주위에는 원야(原野)가 펼쳐져 있는
데 이를 야(野)라고 불렀습니다. 야에는 국의 축소 형태인 도가 제
후 일족의 분읍(分邑)으로서 요충지마다 있었습니다.

국의 지배권이 미치는 야의 끝에 있는 산림이나 계곡 등 자연을
이용하여 타국과의 경계로 설정했는데 그것은 오늘날의 영토 개
념과 조금 다릅니다. 당시는 영토 개념이 뚜렷하지 않아 국은 읍

을 지배하는 것이지 영토를 지배하는 것은 아니었습니다. 따라서 국의 속읍이 봉토를 넘어 다른 국 안에 있는 경우도 간혹 볼 수 있었습니다.

국의 최고 우두머리를 공(公)이라 불렀습니다. 공은 국정의 최고 책임자이자 국 구성원 전체의 정신적 지주였으며 공동체 수장이었습니다. 지배계급을 구성하는 일족의 총본가로서, 우주를 지배하는 천(天)과 함께 신계(神界)에 머물면서 천에게 영향력을 행사하는 조상신(祖上神)에게 제사지낼 수 있는 유일한 존재였습니다. 국의 가장 중요한 일은 전쟁과 제사였습니다.

공 다음의 지위는 대부(大夫)입니다. 대부는 공의 일족으로 국의 주요 관직을 세습 독점하였습니다. 이들은 공으로부터 받은 채읍(采邑)을 기반으로 하여 일족의 자제들을 부양하였고, 이들로 병단을 구성하여 전쟁에 참가할 의무가 있었습니다. 그들 가운데는 자기 봉읍(封邑)의 일부를 근거지로 삼아 독자적인 기반을 쌓기도 했는데 그 근거지를 도(都)라 했습니다. 대부 중에서 국의 최고 직책을 관장하는 유력 명문 씨족의 우두머리를 경(卿)이라 하는데, 집정 최고 책임과 군대의 총사령관직을 겸임했습니다.

그 아래로 국의 가장 말단 지배층을 사(士)라 했습니다. 사는 원래 조상이 공이나 경, 대부였으나 일족이 갈려 나가고 인구가 증가하여 혈연관계가 옅어지면서 전락한 그룹입니다. 사는 국의 하급 관리, 경의 가재(家宰)나 읍재(邑宰) 외에도 직접 생산에 종사하기도 했는데, 어느 경우든 전사(戰士)로서의 공통점이 있었습니다.

주나라 때 농업은 은나라 때보다 더 발전했습니다. 여전히 석기나 목기가 주요 농기구였지만, 청동제 농기구가 보급되면서 생산량을 늘릴 수 있었습니다. 또 농사법도 개발되어 초보적인 관개시설 정비 외에도, 지력을 보강하기 위해 휴경(休耕)을 하거나 집단우경(耦耕. 두 사람이 나란히 하여 땅을 가는 것)도 선보였습니다. 곡물의 종류도 다양해졌고요.

농업이 발달하면서 수공업도 발전하게 됩니다. 특히 청동 주조법이 크게 성장합니다. 청동 제품 중 제기(祭器)의 비중이 줄어들고 그 대신 식기나 무기, 농기구 같은 실용적인 제품의 생산이 늘어났습니다. 수공업이 발달하면서 상업도 따라서 발전하게 됩니다. 당시 상업은 기본적으로 물물교환 형태였으나 은나라 시대보다 교역이 활발하여 조개껍질이나 구리 등이 화폐나 상거래의 매개물로 사용되기도 했습니다.

周의 동천과 철기의 도입

주나라는 서북방 기마민족의 침입으로 멸망하고(기원전 771년) 도읍을 낙읍(洛邑. 하남성 洛陽 일대)으로 옮겨 다시 나라를 세웁니다. 이때부터 진(秦)에게 망할 때까지를 '동주', 그 이전을 '서주'라고 하는데 도읍지를 동쪽으로 옮겼다고 해서 그렇게 이름 붙였습니다. 이 동주 시대의 전반부를 춘추시대, 후반부를 전국시대라 부르는데, 앞의 것은 공자가 쓴《춘추》에서, 뒤의 것은 유향(劉向)이라는 사람이 쓴《전국책》에서 명칭을 따왔다고 합니다.

주대 정치체제의 근간을 이루고 있는 종법체제는 그 안에 심각한 모순을 안고 있었습니다. 종법제가 의제한 혈연관계라는 것은 시간이 지나면서 희미해질 수밖에 없는 것이었으니까요. 주나라의 봉건제는 이념적으로는 종법제에 의한 혈연관계에 기초를 두었지만, 실제로는 주 왕실의 무력에 기반을 두고 있었습니다.

주나라의 정치체제의 모순은 주 왕실이 이민족의 침입을 받아 동쪽으로 옮긴 동주시대 이후 겉으로 드러나기 시작합니다. 동천(東遷) 자체가 이미 주 왕실의 몰락을 상징하는 것이었습니다. 실제로 동주의 왕실은 명목상으로만 존재할 뿐 제후들을 통제할 물리력을 상실하고 있었고, 종법제에 기초한 혈연적인 유대는 수백 년이 지나자 별다른 의미를 가질 수가 없었습니다. 주 왕실을 정점으로 한 정치적 피라미드 조직이 맨 꼭대기에서부터 내려앉기 시작한 것입니다. 또 이 무렵엔 사회를 개변할 새로운 요소가 등장합니다. 바로 철기(鐵器)가 들어온 것입니다.

대략 서주 말, 그러니까 춘추시대가 개시되기 전에 철기가 도입되면서 예전의 씨족적 질서가 해체되어 갔습니다. 목제나 석제, 청동제에 의지했던 농사법이 철제로 대체되자 생산력이 눈에 띄게 늘기 시작했습니다. 소를 이용한 우경(牛耕), 이전엔 엄두도 내지 못했던 깊이갈이[深耕]나 사이갈이[中耕], 토양 가공과 제초 등이 용이해져 단위 면적당 생산량이 급격히 커진 것입니다.

이처럼 노동생산성이 높아지면서 황무지와 원야의 개간이 늘어났고, 이에 따라 공동체적 토지 소유의 규제에서 벗어난 농경지가 나타나는 한편, 토지 점유의 불균형도 심화되었습니다. 이제 낮은 생산력 때문에 불가피하게 유지되어온 씨족적 읍 공동체의 질서는 계층 분화와 함께 내부에서부터 붕괴되어 가족 단위의 소농 경영이 진행되었습니다. 그 결과 전국시대에 이르면 소농 경영이 보편화되기에 이릅니다.

이렇게 안팎의 여러 요인들에 의해 씨족공동체가 해체되면서 그에 따른 부작용도 만만치 않게 나타났습니다. 계층 분화가 진행되는 만큼 빈부의 격차가 벌어졌고, 다수의 농민들이 몰락하여 농토를 잃고 유랑하는 경우도 생겨났습니다.

한편, 농업의 생산력이 비약적으로 발전하면서 수공업과 상업도 같이 발전하였습니다. 수공업은 서주 시기까지는 주로 왕실이나 공실에 예속된 직업적 씨족이 주로 담당했으나, 춘추시대 이후로는 씨족이 해체되면서 한편에서는 관영 공장으로 재편되고, 다른 한편에서는 독립 자영 수공업자가 등장하게 되었습니다. 이에 따라 수공업 생산품의 성격도 변해가게 됩니다. 춘추시대에는 지배층을 상대로 한 군수품이나 사치품이 주종을 이루었다면, 전국시대에는 일반인을 위한 일용품이 많이 생산됩니다. 철제 농기구의 다량 보급에 따른 결과입니다. 또 수공업 종류도 다양해져 제철, 제염, 칠기, 피혁, 직물 따위가 선보였고 지역적 특산물의 생산도 발전하였습니다.

농업과 수공업이 발달하면서 많은 잉여물이 생겨나고, 분업에 따른 지역적 편차가 커지면서 교역의 필요성이 대두되었습니다. 특히 계층 분화에 따라 살림이 넉넉해진 백성들이 나타났고 그들이 성장하면서 대상인이 되었습니다. 시장권도 넓어져 이미 국의 경계를 넘어서고 있었습니다. 조(曹)나라와 노나라 사이에서 거금을 벌어들인 공자의 제자 자공 이야기가 사마천의 《사기》 화식열전에 잘 나와 있습니다. 청동제 화폐가 유통되었고, 수공업자와 상인들이 중심이 된 도시들이 생겨나기 시작했습니다.

그러나 난립한 열국 체제는 상업의 발달에 큰 장애였습니다. 국경을 넘을 때마다 통행증을 발급받아야 했고 통관세를 지불해야 했습니다. 또 나라마다 도량형이 달라 다시 측량해야 하는 불편함도 있었습니다. 화폐도 각국마다 다 달랐습니다. 이제 대상인들에게 열국의 통일은 무엇보다 절실한 과제가 되었던 것입니다. 전국시대 후반에 진(秦)나라에 의해 열국이 통일된 것은 어쩌면 대상인들의 욕구가 반영된 것일 수 있습니다.

| 생산력 증대에 따른 사회의 변화 |

춘추시대에서 전국시대에 이르면 생산력은 더욱 높아져 전쟁도 총력전 양상으로 변모해가기 시작합니다. 전쟁은 보다 많은 전비와 병사들을 필요로 했고, 그에 따라 백성들 주류를 이루는 농민들의 삶은 무척 힘들어졌습니다.

이 문제를 해결하기 위해 열국들은 개혁정책을 실시하게 되는데, 그 목적은 다음의 두 가지였습니다. 하나는 예전의 공동체적 잔재를 싹쓸이하여 군주를 정점으로 하는 법치 질서를 전 지역에 관철하는 것이었으며, 다른 하나는 공동체로부터 떨어져 나온 소농민들에게 안정적인 재생산 구조를 보장하는 것이었습니다. 후자를 위해 각국은 적정한 토지를 제공하고 치수 및 개간 사업을 해주었습니다. 이렇게 함으로써 농민은 직접 군주의 지배 속으로 들어가게 되었고, 이를 바탕으로 중앙집권 체제가 서게 된 것입니다. 전국시대 때 군주들이 왕이라 칭하게 된 것도 바로 이런 것들을 배경으로 합니다.

춘추시대 이후 국가 간의 잦은 전쟁과 각국 내 세력투쟁 결과 구지배층이 몰락하면서 기존의 신분질서가 붕괴되고, 그들이 독점하던 관료체제 역시 변화를 맞게 됩니다. 열국 간의 무한경쟁에서 승리하기 위해서 군주는 유능하고 충성스런 인재 집단이 필요했고, 그 필요성은 유력한 대부들에게도 마찬가지였습니다. 또한 직할 통치지역이 확대되고 사회가 복잡해지면서 행정 사무가 전문화·다양화되었습니다. 자연히 행정 관리에 대한 수요가 늘어나게 되었습니다.

이제 신분은 관리가 되는 데 더 이상 필요한 것도, 그렇다고 장애요인도 아니었습니다. 관직을 독점했던 구지배층은 존재 의미가 줄어들어 설령 남아 있다 치더라도 그들로서는 시대의 새로운 요구들을 충족시킬 수 없었습니다. 신분의 귀천에 관계없이 능력 본위로 인재를 발탁해야 한다는 주장을 모든 제자백가들이 했던 것은 다 이런 이유에서였습니다. 그들은 자신을 등용해준 군주를 도와 봉건제를 타파하고 군주권 강화에 힘썼고, 그에 따라 관료제에 기반을 둔 중앙집권적 통일국가를 향한 에너지는 더욱 속도가 붙게 되었습니다.

이 시대는 학문을 통해 출세의 길이 열리는 시대이기도 했습니다. 새로운 교육의 장이 열렸던 것이죠. 가문 안에서 비전(秘傳) 형식으로 전해져온 전통 교육은 신분제가 붕괴되면서 함께 무너졌고, 사회가 확대되고 복잡해지면서 새로운 지식을 요구했습니다. 이런 흐름에 맞춰 나타난 것이 사학(私學)입니다. 공자의 제자들을 보아도 알 수 있듯이 전국 각지에서 다양한 젊은이들이 신분 상승의 꿈을 안고 유능한 스승의 문하로 몰려들었습니다. 그들은 학문을 익히고 그것을 발판 삼아 관직의 길에 올랐습니다. 그러나 이 무렵에 만개한 학문은 사회 전반에 걸친 신분 상승 욕구에 편승하여 이루어졌다는 한계 때문에 정치·행정·군사 등 입신에 필요한 학문으로만 국한되고 말았습니다. 비슷한 시기에 그리스 학문이 자연과학에 깊은 관심을 가진 것과 비교하면 큰 아쉬움이 남기도 합니다.

철기의 도입은 사회의 많은 부분들을 변모시켰습니다. 관개 시설이 건설되면서 농업의 자연 의존도는 점점 줄어들었고, 수공업이 발달하면서 사람들은 자연에 존재하지 않는 새로운 도구들을 만들어 쓰게 되었습니다. 지식이 늘면서 자연에 대한 인간의 지배력이 커진 것입니다. 예전엔 경이의 대상이던 자연에서 일부분이나마 그 법칙을 찾아내 인식하게 되었고, 주술적인 세계관에서 벗어나는 계기를 마련할 수 있었습니다.

정치와 사회의 변동도 사람들의 인식이 자라나는 데 크게 기여하였습니다. 봉건제의 보증인 격이었던 우주를 주재하는 천(天)은 주 왕실이 몰락하고 봉건제가 파괴되는 동안 아무 역할도 하지 못했습니다. 제후들 간의 맹약이 번번이 깨져도 조상신은 단 한 번도 배반자를 징벌하지 못했습니다. 씨족공동체 해체와 함께 천과 조상신이 설 자리를 잃게 되었습니다. 사람들은 비로소 인간 중심의 길을 걷기 시작했습니다.

│ 춘추시대, 전국시대 │

씨족공동체가 해체되고 봉건제가 붕괴되자 주 왕실은 명목상으로만 존재하게 됩니다. 종법제에 의한 의제적 혈연관계도 별 의미도 없었고, 이제 세상은 실력 있는 자가 지배하는 약육강식의 세상이 된 것입니다.

춘추전국시대는 고유명사지만 이제는 일반명사로도 사용하고 있습니다. 권위 있는 지도자 없이 군웅이 할거할 때도 이 말을 쓰고, 도의가 땅에 떨어지고 무력으로 모든 것을 해결하는 시도에도 이 용어를 씁니다. 경제적으로 어느 누가 시장을 독점하지 못하고 여러 집단이 서로 엉켜 난전을 벌일 때도 이 단어를 쓰고 있습니다.

서주의 마지막 임금 유왕(幽王)은 하나라의 걸(桀), 은나라의 주(紂) 임금과 더불어 폭군으로 알려져 있습니다. 그가 포사(褒姒)를 총애하여 정후인 신후(申后)와 태자를 폐하자 분개한 신후의 아버지 신후(申侯)는 섬서성 북부의 이민족 견융(犬戎)과 연합하여 주나라를 함락하고 유왕을 죽입니다. 이때가 기원전 771년입니다. 다음해에 유왕의 원래 태자였던 의구(宜臼)가 동쪽의 성주(낙읍)로 도망가 다시 나라를 세우니 이때부터 진(秦)에 의해 망할 때인 기원전 256년까지를 동주시대라고 부릅니다. 이 동주시대를 흔히 춘추전국시대라 하는데 전반부를 춘추시대, 후반부를 전국시대라고 한다는 것은 앞서 밝힌 바 있습니다.

그런데 춘추시대와 전국시대를 어떻게 나누는가는 여러 견해가 있지만, 명목상이나마 주 왕실의 권위가 인정되고 서주의 질서가 다소나마 시행되고 있던 시대, 즉 존왕양이(尊王攘夷)와 주례(周禮)가 그나마 남아 있던 시대를 흔히 춘추시대라 합니다. 반면에 주 왕실이 완전히 권위를 잃고 주례가 붕괴된 시대를 전국시대라 부릅니다. 진(晉)나라 대부였던 한(韓), 위(魏), 조(趙) 등 세 가문이 나라를 셋으로 나눠 각자 독립한 기원전 453년을 전국시대의 시작으로 보는 것이 타당할 듯싶습니다. 그렇게 보면 기원전 770년부터 기원전 453년까지를 춘추시대, 기원전 452년에서 진시황이 통일을 이룬 기원전 221년까지를 전국시대라 할 수 있겠습니다.

이 두 시대를 붙여 말하니까 춘추전국시대라 하지 사실 분위기는 영 딴판이었습니다. 이 점은 《논어》와 《맹자》만 읽어도 느껴집니다. 《논어》는 춘추시대를 배경으로 했습니다. 《맹자》는 전국시대의 산물이고요. 《논어》에 보이는 공자와 제자들의 한적하고도 여유 있는 품새는 그들이 천성적으로 느긋한 사람들이라서 그런 것은 아니었을 겁니다. 춘추시대에는 전쟁을 해도 신사적으로 했습니다. 그러나 전국시대로 접어들면 살벌해져 맹자가 이렇게 성토했습니다.

"지도자란 작자들치고 사람 죽이는 데 재미 붙이지 않은 자들이 없다. 고관대작의 주방에는 살진 고기가 즐비하고 마구간의 말들은 디룩디룩 살이 쪘지만, 백성들 얼굴은 허기진 기색이 역력하며 들판에는 시체들이 나뒹굴고 있다."

비록 맹자 시대의 전쟁이 전국시대 말기처럼 15세 이상의 남자는 일률적으로 변방에 투입되어야 할 정도로 그렇게 처참하지는 않았지만, 항복한 군대 40~50만 명을 생매장시켜 버리는 걸 보면 이미 춘추시대 때 보여준 전쟁에서의 예의 따위는 물 건너갔던 것입니다.

　결론적으로 이 시기 사회적의 특징을 이렇게 정리할 수 있을 것 같습니다.

　종래 낮은 생산력과 토착적 기반 위에서 폐쇄성을 유지해왔던 읍이 권력의 집중화와 지배력이 심화되면서 독자성을 상실하고 중앙의 행정단위로 재편되었다, 씨족공동체가 해체되면서 국가의 지배 아래 소농민의 경영이 보편화되었다, 인간 세상을 지배한다고 여겨졌던 천(天)은 이제 자연 현상에 불과한 것으로 인식하였다, 기술과 학문이 만개하여 제자백가라는 문화적 황금기가 활짝 열리면서 정치·경제·문화·민족적 단일체로서 중국이 틀을 잡아나가는 시기였다, 라고요.

　춘추시대 초기 170여 개였던 제후국은 춘추 말기엔 13개 정도만 존재하고, 전국시대 때는 진(秦)·초(楚)·연(燕)·제(齊)·한(韓)·조(趙)·위(魏) 등 7대국으로 병합되다가 결국 진에 의해 하나로 통일됩니다.

　이것이 대략 그려본 춘추시대―전국시대―의 모습입니다. 공자는 춘추시대 후반기 때의 인물입니다.

Part 3

10 유머 감각*

세상 사람들이 과연 유머의 중요성이나 유머가 우리 전체 문화 생활을 변화시킬 가능성, 즉 정치, 학술, 생활에서 유머의 기능을 체험한 적이 있을까? 그 기능은 물질적이라기보다는 차라리 화학적이다. 그것은 우리들의 사상과 경험의 근본적인 조직을 변화시킨다. 따라서 국민 생활에서 이 유머의 중요성을 인정해야 한다.

빌헬름 2세[76]는 웃음이 모자라 제국을 잃었는데, 어떤 미국 사람은 그 때문에 독일 국민이 수십 억 달러를 잃었다고 했다. 빌헬름 2세가 사생활에서는 웃었는지 모르겠으나 공공장소에서 그의 콧수염은 항상 위로 곧추서 있어서 사람들에게 두려운 인상을 주

---

*이 글은 1937년 영문으로 발표된 *The Importance of Living*에 실린 글이다. 우리에게는 흔히 《생활의 발견》으로 소개된 책이다. 중국에서는 대체로 '생활의 예술'로 번역하는데, 책의 내용으로 보아 이쪽이 나아 보인다. 번역문은 시중에 나와 있는 책들을 참고하여 일부 자구를 다듬었다.

었다. 마치 영원히 그 누구에게 화를 내는 것 같았다. 그의 웃음의 성질과 조건(승리에 따른 웃음, 성공에 따른 웃음, 사람을 통제하는 데 따른 웃음)은 일생의 운명을 결정한 중요한 요인이기도 했다. 독일이 전쟁에서 진 것은 빌헬름 2세가 어느 때 웃어야 하고, 어떤 것에 웃어야 하는지 몰랐기 때문이다. 결국 그의 야망은 웃음의 통제에서 벗어나는 것이었다.

민주주의 국가의 대통령은 웃을 줄 안다. 그러나 독재자는 입을 한 일 자로 굳게 다물고 무슨 결의에 찬 듯 아래턱을 내밀고는, 마치 어떤 일도 등한히 할 수 없으며 자신이 아니면 세상이 돌아갈 수 없다는 표정을 짓는다. 독재 정권이 좋지 않은 가장 큰 이유가 바로 여기에 있다. 루스벨트는 공공장소에서 자주 미소를 지었는데, 그것은 자신에게도 좋은 것이고 자기네 대통령이 미소 짓는 모습을 보기 좋아한 미국인들에게도 좋은 것이었다. 그렇다면 유럽 독재자들의 미소는 어디에 있나? 그나라 국민은 지도자의 미소를 보기 싫어했을까? 사람을 겁주는 듯한 근엄함과 찡그림, 매우 엄숙한 모습을 지어야만 정권을 유지할 수 있었을까? 내가 히틀러에 관해 읽은 것 중 그나마 좋았던 것은 그가 사생활에서는 아주 자연스러웠다는 것이다. 이 점이 그를 다시 보게 만들었다. 그러나 독재자가 항상 화난 듯 엄숙한 표정을 하고 있어야 한다면 독재제도의 이면에는 무엇인가 잘못된 것이 있고, 전체적인 심리면에서도 잘못을 범하고 있음에 틀림없다.

우리가 독재자의 미소에 대해 이러쿵저러쿵 하는 것은 그저 심심풀이로 하는 한가한 잡담이 결코 아니다. 우리를 통치하는 사람이 웃음을 잃었다는 것은 대단히 심각한 일이다. 왜냐하면 그 자리에 웃음 대신 총기가 들어섰기 때문이다.

세상을 명상할 줄 알고 즐겁게 웃을 줄 아는 정치가가 우리를 통치한다면 그때 비로소 유머라는 것이 정치에서 얼마나 중요한지 직접 피부로 느낄 수 있을 것이다. 예를 들어 세계에서 가장 뛰어난 유머리스트 대여섯 명을 국제회의에 참가시켜 그들에게 전권을 부여하면 이 세계는 머지않아 구원받을 것이다. 유머에는 뛰어난 감각과 합리적인 정신은 물론이고, 세상의 온갖 모순과 바보스러움을 찾아내는 미묘한 힘이 들어 있다. 이들을 대표로 파견한 나라는 가장 건전하고 정상적인 정신 상태를 갖고 있는 통치자가 다스리는 나라가 된다. 버너드 쇼는 아일랜드 대표로, 리콕은 캐나다 대표로, 워더하우스나 헉슬리를 영국 대표로 삼을 만하고, 애석하게 죽고 없으나 살았더라면 윌 로저스도 미국 대표가 될 수 있을 것이다. 로버트 벤클리나 헤이우드 브라운이 그를 대신해도 좋고. 물론 이탈리아, 독일, 소련, 프랑스에도 유머 대표가 있을 것이다. 만약 이런 인물들을 국제회의에 참가시켰다면 그들은 어떻게 해서라도 유럽에서의 전쟁을 막았을 것이다. 이들이 전쟁을 일으킨다거나 단 한 번이라도 전쟁을 의도하리라곤 상상조차 할 수 없다. 그들은 유머감각이 있기 때문이다.

어느 한 민족이 다른 민족에게 선전포고를 할 때 그들은 너무 엄숙하고 반쯤 미쳐 있는 것이다. 그들은 자기네가 옳고 하느님이 자기편에 있다고 깊이 믿고 있지만 유머리스트는 그렇게 생각하지 않는다. 우리는, 잘못은 아일랜드에 있다는 버너드 쇼의 외침과, 모든 잘못은 우리에게 있다는 베를린 풍자화가의 말과, 대부분의 실책은 미국이 져야 한다고 선언하는 브라운의 목소리를 들을 수 있을 것이다. 리콕이 의자에 앉은 채 인류를 향해 사과하고 온화하게 우리를 일깨워주면서, 어리석음에 관해서는 어느 한 민족도 다른 민족보다 우월하다고 자만할 수 없다는 그의 말을 경청할 수 있을 것이다. 이런 분위기에서 전쟁이 일어날 수 있을까?

전쟁을 일으키는 자들은 누구인가? 그것은 야심 있는 사람이며, 능력 있는 총명한 사람이며, 계획을 가진 사람이며, 부지런한 사람이며, 재지(才智) 있는 사람이며, 오만한 사람이며, 과잉 애국하는 사람이며, 인류에게 봉사하려는 야망 있는 사람이며, 어떤 일을 창조해서 세상 사람들에게 뚜렷한 인상을 남기려는 사람이며, 자기가 죽은 다음 어딘가에 말을 탄 동상으로 만들어져 시대를 내려다보기를 바라는 사람들이다.

그런데 능력 있고 총명하고 야심만만하고 오만한 사람들이 한결같이 가장 나약하고 흐리멍덩하여 유머리스트가 지닌 용기와 심각성과 민첩성이 결핍되어 있다는 것이 정말 이상하다. 그들은 영원히 자질구레한 일만 처리한다. 외교가라면 당연히 소리를 낮춘 채 속닥거리고, 전전긍긍 겁을 먹고, 어디에 매인 것처럼 근신하는 태도를 갖고 있지 않으면 곧 외교관의 자격이 없는 것으로 알고 있다.

그렇다고 꼭 국제적인 유머리스트들의 회의를 열어서 이 세계를 구제해야 한다는 말은 아니다. 유럽전쟁이 폭발하기 전, 참으로 위기일발에 처해 있을 때 가장 못난 경험과 자신감, 그리고 낮은 목소리로 속닥대고 전전긍긍 어디에 매인 것 같은 태도를 갖고 있으며 심지어 인류를 위해 봉사하기를 열망하는 외교관들이 회의에 파견됐더라도, 매일 오전 오후로 벌어지는 회의에 앞서 10분만 시간 내어 미키마우스 영화를 틀어주기만 했어도 전쟁은 피할 수 있었을 것이다.

나는 이것이 곧 유머의 화학작용으로, 우리들 사상의 특질을 변화시킨다고 생각한다. 이 작용은 문화의 저 밑바닥까지 침투해서 미래의 인류를 위해서, 합리적인 시대의 도래를 위해서 길을 개척하는 것이다. 인류의 도덕 면에서 이런 합리적인 시대보다 숭고한 이상에 더 부합되는 시대는 없다고 생각한다. 왜냐하면 새로운 인종이 흥기하는 것, 즉 합리적인 정신과 건전한 상식이 넘치고, 소박한 사상과 관대한 성정에 젖어 있고, 교양의 안목을 갖춘 인종의 흥기야말로 궁극적으로 유일하고도 중요한 일이기 때문이다. 모든 게 다 합리적이며 또 열이면 열 다 만족시킬 수 있는 이상적인 세계란 없다. 결함이 수시로 드러나고 분쟁이 합리적으로 해결

될 수 있는 세계면 되는 것이다. 그것은 인류에 대해서 우리가 바라는 가장 훌륭한 경지이자 가장 숭고한 몽상이기도 하다. 그러기 위해서는 사상의 소박성, 철학의 명쾌함, 상식의 미묘함 등 몇 가지 조건을 구비하고 있어야만 비로소 이런 합리적인 문화 창조에 성공할 수 있을 것 같다. 그런데 이런 것들은 공교롭게도 유머의 특성으로, 유머가 아니고서는 생산될 수 없는 것들이다.

이러한 새로운 세계는 상상하기 매우 어렵다. 지금 우리네 세계와 너무 다르기 때문이다. 우리의 생활은 지나치게 복잡하고, 우리의 학문은 너무나 엄숙하며, 우리의 철학은 의기소침하고, 우리의 사상은 매우 어지럽다. 이처럼 엄숙하고 어지러운 복잡성이 현재의 세계를 이렇게 처참하게 만들고 말았다.

생활과 사상의 소박함이야말로 문명과 문화의 숭고하고도 건전한 이상이라는 사실을 인정해야 한다. 동시에 문명이 그 소박함을 잃고 낡은 습속에 젖어 세상 물정에 닳아빠진 사람들이 다시는 천진하고 순박한 경지로 되돌아오지 않을 때, 문명은 도처에서 난관에 부딪히게 되고 날로 퇴보하고 말 것이라는 사실도 인정해야 한다. 그렇지 않으면 인류는 자신이 만들어낸 관념, 사상, 의도, 사회제도의 노예가 되어 무거운 짐을 짊어진 채 그 속에서 빠져나올 길이 없을 것이다.

다행스럽게도 인류의 지혜에는 아직도 어떤 힘이 남아 있어서 이런 것들을 일소에 부치고 그 환경에서 벗어날 수 있는데, 그것이 바로 유머리스트들의 고유한 힘이다. 유머리스트가 사상이나 관념을 활용하는 것은 마치 골프나 당구 챔피언이 공을 다루는 것과 같고, 카우보이들이 밧줄을 능숙하게 사용하는 것과도 같다. 그들의 기술은 숙련의 결과로 얻어진, 자신에 찬 경쾌한 기교인 것이다. 그처럼 경쾌하게 관념을 활용하는 사람만이 관념의 주도권자가 될 수 있으며, 그런 사람만이 관념에 좌우되지 않는다. 진지함은 따지고 보면 노력의 표현에 불과하며, 노력은 미숙하다는 증거일 뿐이다.

진지하고 엄숙한 작가는 관념적인 영역에서는 바보 같고 침착함이 없어서, 마치 졸부가 사교장에 온 것처럼 어리숙하고 자연스럽지 못한 것과 흡사하다. 그자들은 대단히 굳어 있게 마련인데, 그것은 그의 관념이 남과 자연스럽게 어울리지 못하기 때문이다.

역설적으로 말해 소박함은 사상의 깊이를 밖으로 나타내는 상징이다. 내가 보았을 때 학문을 연구한다든지 작품을 쓰는 데 소박함이란 가장 실현하기 어려운 것이다. 사상이 명쾌하기란 매우 곤란한데, 소박함은 바로 그 명쾌함 속에서 나오기 때문에 더욱 어렵다. 작가가 관념에 수고를 기울이고 있을 때 흔히들 그 관념이 작가를 부리고 있다고 말한다. 그것을 증명할 수 있는 보편적인 사실이 여기에 있다.

우수한 성적으로 대학을 막 졸업하고 대학 조교가 된 사람이 있다. 그의 강의는 심오하고 복잡해서 이해하기가 매우 힘들다. 그런데 경력이 많은 노교수들은 자신의 사상을 단순하고 명쾌하게 이해하기 쉬운 언어로 표현한다. 전문성에서 소박함으로, 전문가로부터 보통의 사색가에 이르는 과정은 근본적으로 지식의 흡수 소화 과정으로 신진대사의 작용과 완전히 같은 것이라 생각한다. 모름지기 제대로 된 학자라면 전문적인 지식을 소화해서 그의 인생관과 연결시킨 다음, 쉽고 간명하게 표현할 수 있어야만 그의 전문적인 지식이 무엇인가에 공헌하게 된다. 고생고생하며 지식을 추구하면서(윌리엄 제임스의 심리학 지식이라 해두자.), 마치 힘든 장거리 여행 중에 휴식을 취하며 시원한 음료수를 마시는 것처럼 심신이 상쾌해지는 휴식을 여러 차례 취했을 것이다. 그 휴식시간 중에 전문가들은 자신을 되돌아본다.

소박함에는 반드시 소화와 성숙이 앞서야 한다. 우리가 성장해 갈수록 사상은 더욱 명쾌하게 변화한다. 긴요한 것도 허식적인 것도 모두 잘려 나가지만 그것 때문에 어지러워하지 않는다. 그런 과정을 통해 관념은 명확해지고, 사상은 점차적으로 간단하고 포괄적인 공식으로 변해 어느 날 맑은 아침에 갑자기 우리들 머릿속으로 뛰어 들어오게 된다. 지식이 진정으로 빛나는 경지에 도달하는 것이다. 그다음에는 더 이상 노력할 필요도 없다. 진리는 이미 간단하고 이해하기 쉬운 것으로 변해 있으니까. 독자도 진리가 간단하고 쉬운 것이며, 공식의 형성은 자연스러운 것이라 깨닫게 되어 큰 즐거움을 얻게 된다. 소동파의 산문이 점차 성숙해간 과정을 보며 우리는 그가 '점차 자연에 가까워졌다'고 말한다. 화려함과 꾸밈을 좋아하고 현학적으로 글을 과장하려는 젊은 날의 치기가 사라져가고 있는 것이다.

유머 감각이 이런 사유의 소박함을 키워내는 것은 당연하다. 흔히 유머리스트는 비교적 사실에 가깝고 이론가는 관념에 매달린다고 말한다. 관념과 관계를 맺으면 이론가의 사상은 복잡하게 변한다. 반면 유머리스트는 상식과 재치로 관념과 현실 모순을 들추어내되 문제를 간단한 것으로 만들어버린다. 끊임없이 현실과 접촉함으로써 유머리스트는 활력에 넘치고 경쾌한 감각을 갖게 된다. 그리하여 허세와 허위, 지식상의 난센스, 학술상의 실책, 사교에서의 속임수 따위를 정화시키는 것이다.

재치 있게 변화할수록 슬기롭게 보이며, 모든 것이 단순하고 명쾌하게 해결된다. 유머의 사고방식이 널리 성행할 때 비로소 생활과 사유의 소박함을 특성으로 하는 건전하고 합리적인 정신이 실현된다고 믿는 이유가 바로 여기에 있다.

11 유머론*

한 나라의 문화를 저울질하는 가장 좋은 방법은, 그 나라 사람들의 '희극'과 '희극적 개념'의 발달을 보는 것이며, 그리고 희극의 진정한 표준은 사상을 함축하고 있는 웃음을 자아낼 수 있느냐를 보는 것이다. _조지 메리디스의《희극론》중에서[77]

유머는 본래 인생의 일부분이다. 그러므로 한 나라의 문화가 상당한 수준에 이르면 반드시 유머 문학이 나타난다. 사람의 지혜가 발달하여 각종 문제에 대응하고서도 여유가 생기면 조용히 나타나는 것, 그것이 바로 유머인 것이다. 또는 사람이 일단 총명해지면 지혜 그 자체에 대해서 의혹을 품게 되고 도처에서 인간의 어

*이 글의 원래 제목은 '논유묵'(論幽默)으로《나의 말》중 상편인《행소집(行素集)》에 실려 있다.

리석음, 모순, 편견, 자만 같은 것을 발견하게 되는데, 이때 유머도 따라서 나타나게 된다. 이를테면 페르시아의 천문학자이자 시인인 오마르 하이얌[78]이 곧 이런 종류의 사람이다. 《시경》의 〈당풍(唐風)〉 가운데 남자인지 여자인지 알 수 없는 무명 시인은 인생의 공허함을 느낀 나머지,

> 당신은 수레와 말이 있어도 몰 줄도 채찍질할 줄도 모르네
> 갑자기 죽게 되면 남들이 차지하여 즐기게 되리[79]

라고 읊었을 때도 이미 유머러스한 태도가 배어 있다. 그리고 유머란 그저 조용하면서 서두르지 않는 달관의 태도를 통해 보여준다. 또 〈정풍(鄭風)〉에서,

> 그대가 진정 날 사랑한다면 치마 걷고 진수라도 건너겠지만
> 그대가 날 사랑하지 않는다면 어찌 다른 사람이 없으리까[80]

라고 읊은 여자의 노래에도 유머의 의미가 함축되어 있다. 그러다가 최고로 머리 좋은 장자가 나타나서야 드디어 세상을 종횡으로 논하게 되면서 그에 대응하는 유머 사상 및 유머 문장이 나오게 되었다. 그래서 장자를 중국 유머의 시조라고 부르게 된 것이다. 태사공(《사기》의 저자 사마천을 말함)이 장자를 골계(滑稽)[81]라고 칭한

것도 이런 뜻에서였지만, 그 뿌리를 노자로까지 거슬러 올라가도 안 될 까닭은 없다.

전국시대 종횡가[82]였던 귀곡자[83]나 순우곤[84] 같은 사람들도 익살과 웅변의 재능을 갖추고 있었다. 그때 중국의 문화와 정신은 정력으로 가득 차고 다채로워 구류백가(九流百家)[85]가 잇달아 나타났다. 그것은 정원에 봄볕이 가득하여 꽃과 풀들이 각양각색으로 피어나 제각기 자태를 드러내며 아름다움을 다투는 것과도 같았다.

인간의 지혜는 이런 자유로운 분위기 속에서 성령을 펼치고 크게 빛을 낸다. 또 사상이란 자기 나름대로의 방식으로 사물의 이치를 연구하여 그 기이함을 풀이한다. 기이하면 변하고 변하면 통하게 되어 있으므로 진부한 모습은 조금도 볼 수 없다.

이와 같은 분위기가 만들어지면 자연스럽게 근신(謹愼)하는 무리와 초탈(超脫)하는 무리가 생겨나게 마련이다. 살신성인하고 위기에서도 두려워하지 않는 묵적(묵자)과 같은 무리나 유생의 관복으로 벼슬로만 일관하는 공구(공자) 같은 무리, 이들은 근신파다. 터럭 한 개를 뽑기만 하면 천하를 구할 수 있는데도 그 일을 하지 않는 양주(양자)[86] 같은 무리나 인의를 헌신짝같이 알고 절성기지(絶聖棄智)[87]하고 일체를 꿰뚫어보는 노장(노자와 장자) 같은 무리, 이들은 초탈파다.

초탈파한테 유머는 자연스럽게 나온다. 초탈파의 언어는 제멋대로이다. 붓끝은 날카롭고 문장은 원대하고 호방해서 섬세하고 신중한 것은 배제한다. 이(利)와 의(義)에만 급한 사람은 초탈파가 볼 때 그저 가소로울 뿐이다. 유가에서는 죽은 자의 신분에 따라 관과 곽의 두께나 상복 입는 기간 따위를 꼼꼼하게 따지고 있으나, 장자의 한바탕 미친 듯한 웃음소리를 당해내진 못할 것이다. 어찌됐든 유가와 도가는 중국 사상사에서 양대 산맥을 이루어 각각 유학파와 도학파의 대표가 되기에 이르렀다.

그 뒤 유가에서 왕을 떠받드는 존왕의 학설을 제기했고, 제왕이 그것을 이용하거나 유자(儒者)와 군왕이 상호 이용하여 사상계를 압박함으로써 획일적인 국면이 이루어졌다. 그로 인해 천하에는 드디어 썩은 유자들이 나타나게 되었다. 그러나 유머야말로 일종의 인생관이자 인생에 대한 비평이었으므로 군왕도통(君王導統)의 압박으로도 소멸될 수는 없었다. 그리고 도가사상의 근원은 넓고 컸으므로 노장의 문장과 기백이 속세에서 마멸되기란 어림도 없는 것이었다. 그러므로 중고(中古, 위진남북조시대에서 당나라까지의 시기. 봉건시대와 같은 의미) 이후의 사상은 오로지 유가의 도통만 존중된 것 같지만 실제로는 유가와 도가가 나누어 다스렸다. 중국인들은 득세했을 때는 모두 유교를 믿는 것 같으나 불우한 처지에 놓이게 되면 도교를 믿어 숲속에서 노닐고 산수에 의지해 자신의 성정을 양생하러 나섰다.

중국 문학은 어용 조정문학(朝廷文學)을 제외하고 모두 그 에너지를 유머러스한 도가사상에서 얻고 있다. 조정문학은 위선의 문학이며 곧 세상을 다스리는 데 이용되었다. 좁고 엄밀한 의미에서 말한다면 문학이라고도 할 수 없다. 진정으로 성령이 담긴 문학, 사람의 가장 깊은 곳까지 파고들며 읊조리는 시문은 모두 자연에 귀의한 유머파, 초탈파, 도가파에 속한다. 만약 중국에 도가문학이 없고 유머와는 거리가 먼 유가 도통만 있었다면 중국의 시문은 얼마나 시들고 메말랐을 것이며, 중국인들의 심신은 얼마나 허기지고 고달팠을까?

노자와 장자는 참으로 초탈한 사람들이었다. 장자의 관어지락[88], 호접지몽[89], 설검지유[90], 와별지어[91] 같은 이야기들은 정말 유머가 넘친다. 또 노자는 공자에게,

그대가 옛 성현이라고 우러러보던 이들은 그 육신과 뼈가 모두 이미 썩어버리고 그저 남은 것이라곤 공허한 말뿐입니다. (게다가 군자라는 자도 때를 잘 만나면 마차를 타고 거들먹거리는 몸이 되기도 하지만, 때를 만나지 못하면 바람에 어지럽게 흐트러지는 쑥대처럼 이리저리 떠돌아다니는 신세가 될 뿐입니다.) 내가 듣기로 '뛰어난 장사꾼은 상품을 깊숙이 감추어 언뜻 보아서는 점포가 비어 있는 것 같고, 군자는 덕망은 풍부하면서도 용모는 마치 모자란 사람같이 한다'고 했습니다. 그러니 그대도 제발 그 교만과 욕심, 그리고 잘난 체하는 병폐와 잡념을 버리는 것이 좋지 않겠습니까? (이런 것들은 그대

에게 아무 소용이 없습니다. 내가 그대에게 하고 싶은 말은 이것뿐입니다.)[92] *괄호 안의 글은 옮긴이의 것.

이 말이 전국시대 사람이 갖다 붙인 말인지 사마천이 잘못 전한 것인지는 모르겠지만, 한줄기 쓰라린 기운이 사람을 견딜 수 없게 만든다.

노장의 글을 읽고 그 위인들을 알고자 할 때 흔히 시고 맵기만 하고 온화하고 윤택한 맛이 모자람을 느끼곤 한다. 그럼에도 그들의 원대함이나 심오함이나 일세를 꿰뚫는 눈을 두고 얘기한다면 확실히 진정한 희극 정신의 표출이 아닐 수 없다. 노자에게는 쓴 웃음[苦笑]이 많고 장자에게는 미친 듯한 웃음[狂笑]이 많다. 노자의 웃음은 날카롭고, 장자의 웃음은 호탕하다. 대체로 초탈파는 세속에서 분개하고 질투하는 염세주의로 흐르기 쉽고, 분개와 질투가 어느 수준에 이르게 되면 곧 유머의 따뜻하고 도타운 의미를 잃게 된다. 굴원[93]과 가의[94]에서 유머를 거의 찾아볼 수 없는 것도 이 때문이다. 유머는 따뜻하고 도탑기 때문에 초탈과 동시에 세상과 인간을 가엾게 여기는 마음을 갖게 되는 것이다. 이것이 바로 서양에서 말하는 유머이자 재치 있고 날카로운 풍자로, 영어로는 '위트'라고 말한다.

한편 공자는 온화하면서도 엄숙했고, 공경스러우면서도 안정되어 있었다. 꼭 해야 되는 것도 없었고, 꼭 필요한 것도 없었으며,

할 수 있는 것도 없었고, 할 수 없는 것도 없었던, 그야말로 유머의 태도에 가까웠다. 그러나 공자에 비해 다른 유자들은 그렇지 못했다. 이것은 가장 뚜렷하게 둘을 갈라놓는 기준이다. 내가 공자를 주목한 것은 그가 군왕 앞에서 보여준 조심스러운 태도가 아니고, 《논어》 향당편에서 그가 보여준 신실한 태도이다. 반면에 썩은 유자들은 공자의 조심하는 태도만 보았지 그의 신실한 태도는 간과했다. 내가 좋아하는 것은 실패했을 때 보여준 공자의 유머러스한 태도, 다시 말해 매달려 먹지도 못하는 표주박이 되기 싫어한 공자이지, 높은 자리에 올랐을 때 나이 젊고 왕성한 기운으로 소정묘95를 죽인 공자가 아니다. 그러나 썩은 유자들이 좋아한 것은 소정묘를 죽인 공자일 뿐 "나는 점(點)이를 따르겠다"고 한 유유자적한 공자가 아니었다.

공자가 죽고 난 다음에는 맹자가 나타나 해학을 백방으로 전파했다. 동쪽 이웃집 담을 넘어가 그 집 처녀를 끌어안는다고 한 말96은 지금도 사대부들이 입 밖에 내기를 좋아하지 않는 말이며, 제나라 사람의 일처일첩(一妻一妾)의 비유97 역시 풍자가 멋들어진다. 그러나 맹자는 유머보다는 위트에 더 가깝다. 이는 맹자가 이지(理智)가 많은 반면 감정이 적었기 때문이다. 그 후의 유자들은 점점 썩어 들어가 이야기할 만한 것이 못 된다.

한비자는 한 시대를 바로잡을 만한 재능을 지니고 〈세난(說難)〉98을 지었는데, 마치 대학교수의 유머 같아 그다지 경쾌하지도 자연스럽지도 못하다. 또 동방삭[99]이나 매고(枚皐)[100] 같은 부류는 중국식 골계의 시조이지만 유머 본색은 아니다.

정시(正始. 위나라 폐제 조방 때의 연호. 서기 240~248년) 이후로 왕필[101]이나 하안[102]의 학문이 일어나면서 도가 세력이 다시 일어났고 죽림칠현[103]이 잇달아 나와 이끌어줌으로써 드디어 썩은 유자의 기미를 일소하고 청담[104] 풍조를 열어놓았다. 도가사상은 사람들 마음속으로 깊숙이 파고들어와 주진 사상(周秦思想)[105]의 긴장에서 확 풀려 유유자적하게 대화를 나누는 분위기로 변화하게 되니, 마치 초목이 크게 번영하던 한여름에서 초가을로 넘어간 것 같았다. 그 결과 드디어 진(晉) 말기인 5세기 초 성숙한 유머의 대시인 도잠(陶潛)[106]을 키워냈다.

도잠의 〈책자(責子)〉라는 시는 순수하고 숙달된 유머를 보여준다. 도잠의 담담함과 유유자적함은 장자의 호방함과 다르고 굴원과 같은 울분도 없다. 그의 〈귀거래사(歸去來辭)〉를 굴원의 〈복거(卜居)〉나 〈어부(漁父)〉와 비교하면 다 같이 독선적인 내용이지만, 굴원처럼 슬퍼하고 비분에 찬 격한 소리는 없다. 그도 장자와 마찬가지로 자연으로 돌아가라고 주장하지만, 세속에 대해 일침을 놓을 때는 장자만큼 날카롭지 못하다. 도잠은 쌀 다섯 가마 때문에 허리를 굽히지 않았지만, 그 때문에 허리를 굽히는 세상 사람들을 어리석고 불쌍하게 보았다. 그런데 장자는 오히려 녹(祿)을 구하는 사람을 두고 사육당하는 소, 죽음을 기다리는 돼지라고 욕했다. 장자의 분노에 찬 광소(狂笑)는 도잠에 이르러 겨우 따뜻한 미소가 되었다.

내가 이렇게 말하는 것이 장자를 깎아내리고 도잠을 치켜세우기 위해서가 아니다. 유머에는 여러 가지가 있음을 보여주기 위해서이다. 종횡으로 거칠 것 없는 유머로 말하면 장자가 제일이며, 시와 같이 유유자적한 유머로는 도잠이 그 시조다. 대체로 장자는 양성적인 유머이고 도잠은 음성적인 유머인데, 이는 기질의 차이에서 비롯된 것이다. 그러나 중국인들은 유머의 뜻을 제대로 알지 못해 유머가 꼭 풍자여야 한다고 인식하므로 특별히 도잠을 끌어내 한적한 유머를 보여주어 그 범위를 확인시켜주기 위함이다.

장자 이후 종횡으로 거칠 것 없는 유머는 나타나지 않고 있다. 기개가 넘치고 호방한 사상은 줄곧 힘을 합친 제왕이나 도통 세력에 의해 압박당해왔다. 2천 년 동안 사람들의 언어는 임금의 도에 영합했고, 글을 쓰는 선비는 공자 사당에서 재주를 넘든지 이학이란 마당에서 소털을 검사하고 있었을 뿐이다. 제 스스로 거리낌 없다고 하는 사람도 별다를 바 없다. 조금이라도 참신한 언어로 일반적인 견해를 초월하는 사람이 있으면 곧 경도(經道)에 반하는 궤변으로 단정되어 조정과 사대부로부터 멸시를 당했고, 심지어 망국의 책임까지 덤터기를 썼다. 동진(東晋) 때 범녕(范寧. 청담사상을 비판한 유학자. 《춘추곡량전집해(春秋穀梁傳集解)》를 저술했다)이란 자는 왕필과 하안의 죄를 걸주(桀紂. 夏의 걸왕과 商의 주왕. 폭군의 대명사)보다 더한 것으로 규정하였다. 인의가 몰락한 것, 우아한 유교가 망신당한 것, 예악이 붕괴된 것, 중원이 망하게 된 것, 이 모든 것의 책임을 이 두 사람에게 뒤집어 씌었다. 왕이 청담을 즐기는 것을 보고 논자들은 진(晉)나라가 망할 징조라고 지적했다. 청담도 이렇거늘 하물며 누가 감히 절성기지(絶聖棄智)의 말을 다시 꺼낼 수 있었겠는가.

　2천 년 동안 재상 및 사대부들은 커다란 재주를 짊어진 채 임금 자리를 보좌하고 제후를 호령하며 만승(萬乘)을 다스리고 세금만 긁어모으려고 했지 글을 지어 비분을 풀려고 하지 않았는데, 어느 틈에 풍자를 말할 수 있었겠으며 하물며 유머야 어련했을까. 입을 벌리면 인의요, 입을 다물어도 충효다. 자기와 남을 기만하고 서로 위선하면서 다른 사람이 그것을 꼬집는 걸 허락지 않는다. 오늘날 무인(武人. 임어당이 글을 쓸 당시의 군벌세력들을 말함)들의 담화문이나 정객들의 선언을 보면 일반 도학의 면모와 다른 게 하나도 없다. 국가에 화를 가져온 군벌이나 나라를 그르친 대부들의 선언문을 읽노라면 모두들 탕무(湯武, 商을 세운 탕왕과 周를 세운 무왕)를 올라타고 요순(堯舜)과 짝하고 있다. 세금을 긁어모으는 관료나 독(毒)을 파는 무부(武夫)들의 강연을 듣노라면 주공(周孔, 주나라 주공[周公]과 공자)과 순맹(荀孟, 순자와 맹자)을 부끄럽게 하고 있다. 처첩은 빌어먹고 다니는 남편을 원망하며 울고 있는데, 남편은 그것도 모른 채 거들먹거리며 밖에서 돌아왔다고 한 이야기에서, 맹자가 누구를 비웃는지도 알지 못한 인사들이 어느 겨를에 맹자의 유머를 배우겠는가.

유머는 결국 인생의 일부분이다. 사람이 울고 웃는 그 까닭을 전부 알 수는 없다. 그러니 조정이나 사대부들이 그것을 배척한다고 해서 소멸할 수 있는 것이 아니다. 종횡으로 거침없는 유머는 이미 자취를 감추었지만, 한적하고 여유로운 유머는 그래도 끊이지 않고 시문에 보인다. 문인들이 우연히 심심풀이로 지은 골계 문장, 이를테면 한유(韓愈. 당나라 중기의 문인)의 〈송궁문(送窮文)〉이나 이어(李漁. 명말청초 때의 희곡 작가)의 〈축묘문(逐猫文)〉은 재미로 지어본 글에 지나지 않는다. 학사나 대부들은 더 이상 진정한 유머를 써내지 못하게 된 것이다. 다만 성령파(性靈派) 문인의 저작 가운데 어쩌다 가끔 발견될 뿐이다. 정암(定盦, 청나라 때 공자진[龔自珍]의 호)의 〈사론(私論)〉이나 중랑(中郎, 명나라 때 원굉도[袁宏道]의 자)의 〈치론(痴論)〉, 자재(子才, 청나라 때 원매[袁枚]의 자)의 〈색론(色論)〉 등이 그것이다.

그러나 정통문학 말고 학사 대부들이 제동야어(祭東野語)[107]나 패관소설[108]이라고 지목한 문학에는 오히려 유머의 성분이 들어 있다. 송대의 평화(平話)[109]나 원대의 희곡, 명대의 전기(傳奇)[110], 청대의 소설 등 그 어느 곳에도 다 유머가 있다. 이를테면 《수호전》에 나오는 이규나 노지심은 우리를 수시로 울렸다 웃겼다 하며, 또 때로는 웃지도 울지도 못하게 묘사함으로써 풍자나 과공이

나 폄하라는 말을 멀찌감치 넘어서서 유머와 동정의 경지에 이르게 한다. 《서유기》의 손행자(손오공)와 저팔계는 우리에게 웃음을 주기도 하지만 동정도 느끼게 한다. 이 역시 유머 본색이라 하겠다. 《유림외사(儒林外史)》[111]는 거의 매 편마다 세상의 인연과 인정을 묘사하면서 유머와 풍자를 적절히 섞고 있다.

《경화연(鏡花緣)》[112]의 여인국과 군자국을 묘사한 장면이나 《노잔유기(老殘遊記)》[113]에서 여고(璵姑)를 묘사한 장면에도 지혜를 계발해주는 문장이 적지 않다. 이런 문장들은 정통문학에서는 찾아보기 힘든 것들이다. 그러므로 중국의 가장 훌륭한 시문을 마치 희곡, 전기소설, 소조(小調. 일정한 격식과 곡조를 갖춘 민간 가요) 가운데서 찾아야 하듯, 중국의 유머 문학 역시 이들 가운데서 찾아야 할 것이다.

중국의 정통문학은 유머를 용납하지 않기 때문에 중국인들은 유머의 본질과 작용을 이해하지 못하고 있다. 사람들은 유머나 익살을 항상 천시하는 태도를 취해왔고, 도학선생들은 그에 대해 질투와 두려움마저 갖고 있었다. 그들은 유머가 성행하면 생활이 엄숙함을 잃을 것이고 도통은 궤변으로 허물어지고 말 것이라 여겼다. 이는 도학선생들이 여성을 요물로 간주한 나머지 인생에서 성(性)의 용도를 이해하지 못한 것과 같으며, 소설을 보잘 것 없는 패관의 재주로 본 나머지 상상 문학을 이해하지 못한 것과 같다.

유머는 인생의 일부분이다. 나는 이 말을 여러 번 했다. 도학선생들은 유머를 그들의 비명(碑銘), 묘지(墓誌), 주표(奏表. 임금에게 올리는 글)의 문장에서는 빼버릴 수 있었지만, 유머를 인생 바깥으로 내던질 수는 없었다. 인생은 영원히 유머로 충만해 있다. 그것은 인생이 비참함, 성욕, 상상 이상으로 충만해 있는 것과 같다. 설사 생활 속에서 지어낸 유자의 문장이 아무리 도학적인 것이라 할지라도 친한 벗과 한담을 나눌 때마저 해학과 담소가 없었던 것은 아니다. 다만 부족하다면 그 문장에 유머가 젖어들지 않았다는 것일 따름이다. 주희가 지은 《명신언행록(名臣言行錄)》을 펼쳐보면, 문인들이 감히 책에는 쓸 수 없었지만 때때로 말로 하는 듯한 풍부한 유머의 멋이 있었음을 금세 알 수 있다. 한두 가지를 예로 들어본다.

태조(太祖)가 부언경(符彦卿)에게 군대의 일을 맡겼다. 한왕(韓王)은 언경의 이름이 이미 높이 나 있기 때문에 병권까지 맡겨서는 안 된다고 거듭 아뢰었다. 태조는 이를 듣지 않고 명을 내렸다. 한왕은 이 일이 걱정되어 다시 태조를 배알하기를 청했다. 태조는 그를 보고 "경이 이렇듯 언경을 의심하는 것은 무슨 까닭인가? 짐이 언경을 후하게 대해주거늘 언경이 짐을 배신할 수 있겠는가?"라고 하니 한왕은 "폐하께서는 어떻게 주(周) 세종(世宗)을 배신할 수 있었습니까?"라고 말했다. 태조는 한참 말이 없더니 그 일을 철회하였다.[114] 〈조보조(趙普條)〉

소헌태후는 총명하고 지략이 있어 일찍이 태조의 정사에 참여하여 결정을 내리기도 했다. 그녀의 병이 위독했을 때 태조는 약 시중을 들면서 옆을 떠나지 않았다. 태후가 물었다. "폐하께서 천하를 얻게 된 까닭을 아십니까?" 태조는 "그것이 다 조상과 태후의 덕이 아니겠소?"라고 대답했다. 그러자 태후는 싱긋이 웃으며 "그렇지 않습니다. 폐하께서 천하를 얻을 수 있었던 것은 다름 아니라 시씨(柴氏. 後周 세종 시영 [柴榮]을 말함)가 어린애를 천하의 주인 자리에 앉혔기 때문입니다"라고 말했다.

태조가 한 말은 전부 도학적인 말이자 꾸민 말이었다. 그러나 태후는 태조가 왕조를 세운 공로는 쏙 빼버리고 시씨가 어린애를 나라의 주인으로 삼은 불행이 그런 결과를 가져온 것이라고 했다. 이런 말이나 견해는 바로 버나드 쇼가 나폴레옹이 어떤 전투에서 대승한 것은 오로지 그의 말이 우연히 강을 건널 배를 찾아준 공이었다고 서술한 것과 같으며, 이는 참으로 진상을 파헤친 최상의 유머라 하겠다.

유머의 해석에 관해서는 아리스토텔레스, 플라톤, 칸트, 홉스, 베르그송, 프로이트 등 여러 사람이 내놓았다. 그 가운데 베르그송의 논조는 요령이 없고, 프로이트는 너무 전문적이다. 내가 가장 좋아하는 것은 영국 소설가 메리디스가 쓴 《희극론》에 있는 한 편의 글이다. 그가 '희극적 개념'(comic idea)을 묘사한 구절은 번역하기가 매우 어려운데 대충 옮겨보면 다음과 같다.

만약에 당신에 문화라는 것이 명리(明理)에 근거를 두고 있다고
믿는다면, 당신이 인류를 조용히 관찰할 때 거기에 일종의 신령(神
靈)이 있어서 밝게 모든 것을 살펴보고 있음을 엿볼 수 있을 것이
다.……

거기에는 성현의 얼굴이 있는데, 입과 입술은 단단하지도 엉성하
지도 않게 조용히 반쯤 벌려져 있으며, 입가에는 신비로운 해학을
머금고 있다. 이 신비로운 향락의 미소는 그 옛날 신비하고 맑은
소리를 내던 미친 웃음으로 온통 눈썹을 치켜세우게 하는 것이었
다. 그 웃음소리를 다시 낼 수도 있지만 이제는 싱긋이 짓는 미소
에 속한 것만으로도 원만하고 적당하다. 그것이 나타내는 것은 심
령의 빛과 지혜의 풍성함에 있지, 아무렇게나 엉터리로 떠드는 웃
음이 아니다. 평상시의 태도는 한가롭고 편안한 관찰이다. 마치 한
바탕 실컷 먹고 난 다음 맛있는 것만 골라서 먹기를 기다리는 것처
럼 마음이 성급하지 않다. 인류의 장래 따위 신경 쓸 바 아니고, 오
로지 신경 쓰는 것은 인류의 눈앞에 놓인 진실과 형태의 정돈이다.
인류가 언젠가 체면·과장·허식·자존·허풍·허위·가식·지나친 나
약함 등을 잃든지 간에, 또 언제 어느 곳에서 인간이 멍해져서 자
신을 기만하고 사치와 음욕을 부리고 우상을 숭배한 나머지 황당
한 일을 저질러 눈알이 콩알처럼 굴러다니고 바보나 미치광이처

럼 떠들어대든지 간에, 또 어느 때 인류가 언행이 일치하지 않거나 혹은 오만불손하고 남을 멸시하고 자기를 치켜세우고 미궁에 빠져 깨닫지 못하고 이치에 맞지 않는 고집을 세우고 독불장군 노릇하며 잘난 체하든지 간에, 또는 개인이거나 단체이거나 간에, 그 위에 존재하는 신은 곧 부드럽고 따뜻한 해학의 의미를 머금고 비스듬히 그들을 내려다보고 나선 한바탕 맑은 구슬이 옥쟁반에 떨어지는 듯한 웃음소리를 낸다. 이것이 바로 '희극적 정신'(the comic spirit)이다.

이러한 웃음소리는 심령의 깨달음에서 나온다. 그래서 따뜻하고 부드럽다. 비웃음은 이기적이지만 유머는 동정적이다. 유머는 사람을 업신여겨 퍼붓는 욕과는 다르다. 사람을 업신여겨서 하는 욕은 이지적 각성이 결여되어 있고 자신을 반성하는 힘이 없다. 유머는 심원하고 초탈한 것이어서 화를 낼 줄 모르고 그저 웃을 줄만 안다. 그리고 명리에 근거하고 도리에 기본을 두고 파고든다. 메리디스는 잘 말했다. "희극적 정신을 볼 수 있으면 동정과 공감의 쾌락을 갖게 할 수 있다."

바로 이것이다. 남을 업신여겨 욕하는 사람은 감정이 급하고 말씨가 매워 옆에서 보고 있는 사람의 동정을 얻지 못할 것이다. 유머리스트는 명리에 밝은 사람들이 자연스럽게 자기와 같은 느낌일 것이라는 점을 잘 알고 있으므로 남을 욕하고 풍자하여 기력을 잔뜩 상하게 할 필요가 없다. 성급하게 상대를 타도하지 않는 것이다. 그가 웃는 것은 상대의 어리석음 때문이므로 그것을 지적해내기만 하면 그만이다. 유머를 모르는 사람이 남을 업신여기고 핀잔을 줄 따름이다.

메리디스는 유머와 풍자도 잘 구분해놓았다.

만약 당신이 사랑하는 사람에게서 황당하고 가소로운 것을 발견하고서도 그 사람을 변함없이 사랑한다면 '희극적 개념'의 통찰력이 있는 것이다. 또한 그 사람도 당신에게서 가소로운 점을 발견했고 당신이 그것을 기꺼이 고치겠다고 생각한다면 이는 당신에게 그러한 통찰력이 있음을 더욱 뚜렷이 증명해주는 것이다.

그런데 당신이 가소로운 것을 보고서 약간의 냉혹함을 느끼고 중후함에 손상을 느낀다면 당신은 곧 풍자(諷刺. satire)의 테두리 안으로 떨어지고 말 것이다.

그러나 사랑하는 사람을 풍자의 몽둥이로 치고 비명을 지르도록 뒹굴게 하면서도, 당신 말 속에 풍자를 섞어 살짝 치켜 주어 사람들이 자기를 헐뜯는지 알아채지 못하게 했다면 당신은 야유(揶揄, irony)의 방법을 쓴 것이다.

만약 당신이 사랑하는 사람을 사방팔방으로 비웃고 떠밀어서 뒹굴게 하고, 한 대 두들겨 패서 눈물까지 찔끔 흘리게 해놓고, 그이나 또 그 옆에 있는 사람과 마찬가지로 당신 역시 공격했다고 거리낌 없이 인정했음에도 그것을 폭로했을 때 안타까운 심정을 가진다면, 당신은 유머의 정신을 터득한 것이다.

메리디스가 언급한 유머의 본질은 투명하다. 여기에 내가 보충할 것이 있다면 유머에 관한 중국인의 오해에 대해서이다. 중국의 도통 세력은 너무 커서 일반인들에게 유머를 경박한 풍자로 인식하게 만들어놓았다. 설사 농담을 할 때라도 반드시 세상의 도에 관심을 두고 시사를 풍자해야 했다.

사실 유머는 풍자와 가까운 것이기는 하나 풍자를 목적으로 하지 않는다. 풍자는 언제나 매서움을 추구하는 바, 그 신랄함을 제거하고 담백한 심경에 이르면 곧 유머가 되는 것이다. 유머를 추구하려면 부처님의 자비로움 비슷한 것을 약간은 가지고 있어야 한다. 그래야 문장의 화기(火氣)가 사그라져 독자들은 담담하고 자연스러운 멋을 보게 된다. 유머는 그저 차분하고 초연한 방관자이다. 늘 웃음 속에 눈물을 머금고, 눈물 속에 웃음을 머금고 있는 것이다. 문장은 맑고 자연스러워 익살처럼 지나치게 남의 이목을 끌지도 않고, 위트처럼 요령이 민첩하지도 않다. 유머의 문장은 완곡하고 호방하면서도 꾸밈이 없고 자연스러워, 당신이 어느 단락 어느 구절에서 웃음을 터뜨렸는지 지적해내지 못한다. 읽어가다 보면 마음이 터지고 가슴이 후련해질 따름이다. 유머는 자연에서 나오고 기지는 인공에서 나오기 때문이다. 유머는 객관적이고

기지는 주관적이다. 유머는 겸허하나 위트와 풍자는 날카롭다.

세상사를 꿰뚫어보고 즐거운 마음을 가지면 형식을 찾지 않으며, 낡은 어조를 쓰지 않고, 우물쭈물 도학적인 추태를 보이지 않으며, 사대부의 기쁨을 버리지 않고, 사람들의 환심을 얻으려 하지 않는 자연스러운 유머를 경쾌한 필치로 써낸다.

유머에는 넓은 의미와 좁은 의미의 구분이 있다. 서양에서는 사람을 웃기는 모든 글, 저속한 우스갯소리까지 그 안에 포함시키고 있다. 좁은 의미에서 유머는 위트, 풍자, 야유와 구별된다. 이런 서너 가지 풍조들은 모두 웃음이라는 요소를 내포하고 있기는 하지만, 웃음에도 여러 가지 종류가 있고 웃음이 의미하는 태도 또한 각각 다르다.

최상의 유머는 '심령의 빛과 풍부한 지혜'로 나타나는 것이다. 이를테면 메러디스가 언급한 '회심의 미소'에 속하는 것이다. 여러 풍조들 가운데 유머가 가장 감정이 풍부하다. 또한 다른 풍조들처럼 사람을 웃게도 만드는데, 이 웃음의 성질과 유머의 기술은 토론할 만한 가치가 있는 것 같다.

주곡성(周谷城. 현대 중국의 역사학자) 선생이 말한 '예기(豫期)된 역반응'이라는 것이 있다. 감정이 고조되어 있을 때 생각지도 못했던 말을 내뱉어 긴장을 완화시키면 두뇌는 한결 상쾌하게 되어 웃게 된다는 것이다. 칸트는 웃음이란 "예시된 긴장이 갑자기 사라졌을 때의 감정"이라고 말했다. 위트든 좁은 의미의 유머든

간에 모두 그렇다. 프로이트는 자신의 저서에서 예를 잘 들어놓았다.

어떤 가난한 사람이 돈 많은 친구에게서 25달러를 빌렸다. 그런데 바로 그날 이 돈 많은 친구는 우연히 그 가난한 사람이 식당에서 아주 비싼 복어 요리를 먹고 있는 것을 보았다. 그래서 다가가 "자네 방금 전에 나한테 돈을 빌려가더니 곧장 여기로 달려와서 복어 요리를 먹는군. 이러려고 돈을 빌렸나?"라며 나무랐다. 그런데 그 가난한 친구 왈, "자네의 말을 잘 이해할 수 없구먼. 돈이 없을 때는 돈이 없어 복어 요리를 못 먹고, 돈이 생겼는데도 이렇게 먹지 못하게 하니 내 자네에게 물어봄세. 난 언제쯤이면 복어 요리를 먹을 수가 있겠는가?"

사실 이 부자 친구의 추궁은 극도로 긴장감을 조성하고 있고 그래서 우리는 가난한 사람이 당황할 것이라며 그를 동정한다. 그런데 그의 대답을 듣는 순간 긴장된 상황이 아주 가볍게 풀린다.

이는 웃음에 대한 신경작용상의 해설이다. 이와 비슷한 또 다른 설도 있는데, 우리가 웃음으로써 옆 사람이 난처해 하거나 우스꽝스러운 행동을 하게 되는 것을 보면, 우리는 그 사람보다 한 단계 더 높다는 느낌을 갖게 되고, 그래서 웃는다는 것이다. 남은 미끄러져 넘어졌지만 나는 안전하게 서 있을 때, 웃는다. 남은 명예와 이익을 좇아 안절부절못하고 있는데 총명한 나는 여유만만 할 때, 이런 때도 웃는다. 그러나 동료가 발탁되어 승진하는 꼴을 보면 눈이 벌게질 뿐 웃을 수가 없다. 옆집이 무너져 그 피해가 자기에게 미치려고 할 때도 놀라서 웃을 수가 없다. 따라서 웃음의 발원은 생활 속에서 어떤 일이 벌어졌을 때 자신에게 아무 손해가 없음을 알고서 정신적으로 일종의 쾌감을 얻었을 때다. 사람들이 흔히 남 비방하는 글을 읽기 좋아하는 이유도 이와 같은 이치다. 그러나 웃음의 대상이 된 사람은 불쾌하게 마련이다. 따라서 오랫동안 무안을 당하면 노여움으로 변하는 변태가 생겨난다.

유머가 세상 사람들을 널리 지적하면 할수록 그만큼 동정도 늘어난다. 왜냐하면 유머가 지적한 것이 꼭 자기를 짚어 지적한 것이라고 여기지 않으며, 혹 자기가 속한 계층을 지적하는 것이긴 해도 그 가운데 자기가 지적을 받아야 하는 지목 대상이 아니라고 생각하기 때문이다. 예를 들면 〈논어〉[115]에서 수도에 있는 관리들을 비난했는데 관리들이 그것을 읽고 나서도 여전히 웃을 수 있었고, 대학교수를 빗대어 '낡아빠진 강의로 사방에서 돈만 번다'고 욕했는데도 대학교수들이 이 말을 듣고도 넘어갈 수 있다는 것은 그 말이 자신에게 절박하지 않기 때문이다. 그러므로 쌍방의 논쟁이 더욱더 개인에게로 접근하게 되면, 마치 왕정위(王精衛. 국민당 중앙집행위원 출신. 만주사변 후 대표적인 친일파)와 오경항(吳敬恒. 청나라 말기의 혁명가. 국민당 장로 출신으로 언어개혁에 공을 세움)의 상호 인

신공격처럼 유머와는 아주 동떨어진 요소가 스며들기 십상이다. 이와는 반대로 좀더 공허하고 망라된 사회 풍자 및 인생 풍자는 그 정서가 자연스레 깊어져 유머 본색에 한층 가까워지는 것이다.

이처럼 긴장에서 완화를 끌어내는 변화 가운데는 항상 뜻밖의 성분(즉 역반응)이 있게 마련이다. 그렇게 급전(急轉)하는 까닭은 어쩌면 그 글자들이 내포하고 있는 뜻이 서로 작용하기 때문인지도 모르겠는데(이는 가장 피상적인 유머이지만, 또한 위트가 자연스럽게 작용하기도 하므로 참으로 묘한 일이다), 어떤 것은 앞에서 예로 든 가난한 친구의 이야기에서 본 것처럼 무례한 태도 때문이기도 하며, 또 어떤 것은 도리에 밝아서 인정을 꿰뚫어 보고 있기 때문이기도 하다. 대체로 이러한 급전환은 슬기로운 마음에서 나오는데, 이를테면 공손대랑(公孫大娘)의 검무(劍舞)나 천외비래봉(天外飛來峰)처럼 일정한 틀이 있는 것은 아니다.

해학을 잘하는 사람은 기지를 잘 발휘한다. 조지 로이드(영국 정치가. 1차 세계대전 때 연립내각 수상을 지냄)가 한번은 강연을 하고 있는데 어떤 여권운동가가 일어나서 "만약 당신이 내 남편이라면 난 반드시 당신에게 독약을 먹이겠소"라고 하자 그는 즉시 그 말을 받아서 "내가 만일 당신의 남편이라면 그 독약을 반드시 먹겠습니다"라고 대답했다고 한다. 이런 경우에는 임기응변이 중요하다. 무염(無鹽. 전국시대 제나라 선왕의 비. 추녀로 이름난 종리춘[鍾離春]을 말함)은 제나라 선왕에게 후궁을 갖추어놓으라고 청원했는데, 이는 실로 무례한 것이기는 하지만 역시 일종의 유머라 할 수 있다.

그러나 무례하게 굴거나 난리법석을 떠는 것은 다른 사람으로부터 미움을 사기 쉽다. 좋은 유머는 한결 같이 정리에 부합하며, 사람들이 생각지도 못한 것을 내뱉을 수 있는 것은 그들이 감히 말하지 못하는 것을 말하기 때문이다. 세상 사람들은 흔히 예의에 부합되는 가식적인 말을 잘한다. 이것을 나쁘다고 할 수는 없다. 그러나 어떤 사람이 사리를 분명히 밝혀내어 솔직하게 말을 하고 나면 마침내 만장에 시끄러운 웃음이 터진다. 프로이트 해석에 따르면 우리의 신경은 언제나 '압박과 억제'를 당하고 있는데, 일단 이 압박이 사라지면 말의 고삐를 풀어놓은 것처럼 심령이 경쾌해지기 때문에 웃게 된다는 것이다.

그런데 유머가 외설을 범하기 쉬운 까닭은, 외설적인 요소들에는 억압을 풀어주는 작용이 있기 때문이다. 그럭저럭 괜찮은 분위기에서라면 이러한 외설은 좋은 것이고 또 정신건강에도 필요하다. 외설이 예의에 어긋난다고 하는 것은 순전히 사회의 풍기 문제로, 이야기할 수 있는 곳이 갈라지기 때문이다. 영국 중류층 사교계에서 인사치레와 관련된 속박은 귀족층에 비해 더 심하다. 대체로 상류사회와 하류사회는 아주 자유로운데, 오직 학문하는 중류계급만이 제한을 가장 심하게 받는다. 프랑스에서는 허락되지만 영국에서는 금지되는 것이 있고, 영국인이라면 허락하지만 중국인에게는 허락하지 않는 것도 있다. 시대에 따라서도 같지 않다. 17세기 영국에서는 사람들이 함부로 쓸 수 없는 단어들이 많았다. 셰익스피어 시대도 역시 그랬다. 그러나 현대인의 심령이 반드시 셰익스피어 시대 사람들보다 깨끗한 것은 아니다.

성(性)에 대한 운용은 오히려 더욱더 미묘해졌다. 순우곤(淳于髡)이 제나라 위왕에게 자기는 술 한 말을 마셔도 취하고 한 섬을 마셔도 취한다고 말했더니 위왕은 어떻게 한 섬을 마실 수 있냐고 물었다. "황상을 옆에 모시고 있으면 한두 말이면 곧 취하오나, 만약에 남녀가 섞여 앉아서 손을 잡아도 벌하지 않고 눈을 똑바로 뜨고 보는 것도 금하지 않으며 옆에는 떨어진 귀고리가 있고 뒤에는 버려진 비녀가 있으면 여덟 말은 마셔야 취하고, 또 날은 저물고 술은 얼큰해져서 존귀한 사람의 재촉으로 남녀가 한자리에서 놀다가 신발은 서로 흐트러지고 술잔은 낭자하며 다상에는 촛불이 꺼지고 주인이 저를 붙잡아놓고 다른 손님은 보내고 난 뒤 비단저고리의 옷섶이 풀리면 향기로운 냄새가 솔솔 나는데, 이런 때는 매우 즐거워 한 섬의 술이라도 마실 수 있습니다"라고 대답했다.[116]

이 문장을 외설이라고 간주할 수 없지만, 이른바 신경에 대한 압박과 억제를 해소한다거나, 유머나 익살이 외설로 흐르기 쉽다는 것을 잘 보여주고 있다. 장창이 아내의 눈썹을 그려주었다. 임금이 그에게 물어보니 "부부지간에 어찌 눈썹 그려주는 것뿐이겠습니까?"라고 대답했다. 장창 역시 유머로 웃겼는데, 임금과 신하 사이의 금기를 무시하고 정리에 맞는 말을 했을 따름이다.

이런 정담에 관한 익살로는 몇 가지 예가 더 있다. 독일의 유명한 카이저링[117]은《혼인서(婚姻書)》를 낼 때 각 나라의 유명 인사들에게 편을 부탁했다. 그중에는 버나드 쇼도 포함되어 있었다. 버나드 쇼는 답장을 써서, "사람은 누구나 자기 마누라가 죽기 전에는 혼인에 관한 의견을 솔직히 말할 수 없습니다"라는 한마디로 혼인문제를 설파했다. 그 책에 수록된 장편의 글보다 이 한마디가 한결 의미심장해서 카이저링은 이런저런 주저 없이 서문에 집어넣었다.

또 전해오는 이야기로 이런 것이 있다. 어떤 사람이 도사에게 도가의 장수 비결을 물었다. 도사는 욕심을 버리고 자연의 법칙을 따르며, 바람을 맞으며 바깥에서 잠을 자고, 기름진 음식과 여자를 가까이 하지 않으면 천년을 살 수 있다고 했다. 그러자 그 사람은, 그렇게 해서 천년을 살아봤자 뭐 좋은 것이 있겠는가, 차라리 요절하는 것이 낫겠다고 했단다. 이 이야기도 인지상정에 가깝다. 비슷한 이야기가 서양에도 있다. 술을 무척 좋아한 선생이 있었다. 마셨다 하면 취할 때까지 마셔야 직성이 풀리는 사람이었다. 이 때문에 글을 배우러 오는 학생이 끊어져 곤궁에 빠졌다. 한 사람이 그에게 충고했다.

"그대의 학문은 아주 훌륭하니 술만 끊으면 틀림없이 많은 학생들이 찾아올 것 아니오?"

선생은 이렇게 대답했다.

"내가 학생들을 모아서 글을 가르치는 것은 술을 마시기 위함인데, 술을 끊는다면 학생들을 모집할 필요가 뭐 있겠소?"

이상에서 열거한 보기들을 통해 웃음의 성질과 근원을 밝혀보려 했다. 그러나 모두 기지에 속한 답변이요, 위트와 익살로 귀결되는 것들이다. 작품화한 유머는 비록 그것이 사람을 웃기는 원리는 같다고 할지라도 다른 구석이 있다. 유머의 소품문은 사람의 눈을 놀라게 할 구절들만 모아놓은 것이 결코 아니다. 억지로 지어서도 안 되고, 또 억지로 짓는다고 될 것도 아니다. 현대 서양에는 유머 소품집이 매우 많고, 보통의 잡지에도 거의 다 한두 편의 소품문 정도는 싣고 있는 실정이다. 이런 소품문들은 문장이 매우 맑고 담담하여 마치 한가로이 대화를 나누는 것 같은데, 윌 로저스[118] 일파처럼 오로지 토착어로만 시사비평을 써서 사람들 마음속에 그 담백함을 넣어주려는 글도 있고, 또 보통의 논설문과 별 차이가 없어 보이는데 리콕[119]같이 소묘만 하는 것도 있고, 또 체스터턴[120]처럼 뛰어난 논의로 인생을 담담하게 논한 것도 있으며, 버나드 쇼처럼 오로지 무슨무슨 주의(主義)를 선전하면서도 필치가 극히 경쾌하며 참신하고 자연스러움을 주는 것도 있다.

이 글들이 중국의 유희문(遊戲文)과 다른 점은, 그 유머가 황당하지 않고 도학적인 냄새도 없고 광대의 끼도 없으며, 장엄함과 해학이 어우러져 자연스레 인생과 사회를 통쾌하게 이야기한다는 데 있다. 따라서 일부러 꾸민 것 같은 느낌이 들지 않아 싫증도 나지 않는다. 성실할 때는 일반 논설문보다 더 성실하며, 속박이 적기 때문에 희로애락이 진심에서 우러나오고 있다. 어쨌든 서양 유머의 문장들은 대체로 소품문에서 따로 나온 한 격식이라고 볼 수 있다.

무릇 이와 같은 유머의 소품문을 쓰는 사람은 그에 합당한 필치 말고도, 우선 독특한 견해와 인생에 대한 성찰이 있어야만 한다. 유머란 일종의 태도요, 그 자체가 인생이기 때문이다. 어떤 종류의 제목이든 간에 붓대를 잡았다 하면 재미있는 내용들을 쏟아내야 한다. 그것은 시를 배우기 위해 산에 오르고 강을 찾고, 인정을 체험하고 성령을 기르는 것과 같다. 운(韻)과 평측(平仄. 한문의 詩와 賦에서 음운의 높낮이)을 논하고, 벌의 허리나 학의 무릎 등 쓸데없는 문제 따위를 지껄이는 것과는 전혀 다르다.

어느 나라의 문화생활이나 문학사상을 막론하고 인지상정에 가깝도록 쓴 글에는 유머가 넘친다. 유머가 풍부하지 못한 국민의 문화는 갈수록 허위로 기울어질 것이 뻔하고, 그 생활은 남을 속이는 쪽으로 기울어져갈 것이다. 사상은 날로 썩어가고 문학은 메마를 것이며, 심리는 완고해질 것이다. 그 결과 모든 사람이 너도

나도 거짓 생활을 하고 거짓 문장을 짓게 될 것이다. 겉으로는 격앙되어 울분을 터뜨리지만 내심은 낡은 현실에 기댈 것이며, 일시적으로 열정을 보이지만 반평생이 마비되어 기쁨과 즐거움이 허망해질 것이다. 병들까 걱정이 많아져 신경과민·히스테리·과대망상·우울증 같은 심리적인 변태가 늘어갈 것이다.

아무려나 〈논어〉가 무인(武人) 정객들로 하여금 저따위 기만적이고 위선적인 담화문이나 선언을 줄이게 할 수 있으면 그 공이 적지 않을 텐데…….

12 풍자에서 유머로* |노신|

풍자가는 위험하다. 가령 풍자의 대상이 무식한 사람, 살육을 당할 사람, 감옥에 갇힌 사람, 압박을 받는 사람이라면 풍자가의 글을 읽는 소위 교양 있는 지식인들을 웃길 수 있을 뿐 아니라, 자신의 용감함과 고명함을 느끼게 할 수 있으므로 대단히 '좋은 일'처럼 보인다. 하지만 작금의 풍자가가 풍자가일 수 있는 원인은 바로 이런 '교양 있는 지식인'들의 사회를 풍자하는 데 있다.

풍자 대상이 바로 사회이기 때문에 그 구성원들은 저마다 자기

---

* 임어당의 '유머론'과 관련하여 그것을 경계한 노신의 짧은 글 두 편을 소개해 독자들에게 참고로 제공한다. 이 글의 원래 제목은 '종풍자도유묵(從諷刺到幽黙)'으로 1933년 3월 2일에 써서 3월 7일에 〈신보(申報)〉에 딸린 전문코너 '자유담'(自由談)에 발표했다. 당시 노신은 '하가간'(何家幹)이란 필명을 썼다. 그 후 《위자유서(僞自由書)》라는 책에 실었다. 《위자유서》는 중국에서 가장 빨리 창간되었고(1872년 4월 30일) 역사가 가장 긴 신문인 〈신보〉의 '자유담'에 투고한 글 위주로 모아 1933년 10월 상해 청광서국(靑光書局)을 통해 출간했다. 노신은 '자유담'에 가장 많은 글을 투고했고 또 가장 많은 영향력을 미친 작가였으나 언론탄압으로 '자유담'이 퇴색되어가자 '자유담'의 자유는 거짓 자유에 지나지 않더라는 뜻으로 책 제목을 《위자유서》라 한 것이다.

가 찔린 듯한 느낌을 가지게 되고 그래서 슬그머니 각자는 자기들의 풍자로써 이 풍자가를 찌르려고 든다. 맨 처음에는 풍자가가 자기를 비웃는다고 말하다가 차츰 욕설을 한다느니, 비꼰다느니, 혹독하다느니, 지독하다느니, 고약한 학자라느니, 소흥사야(紹興師爺. 옛날 지방관의 개인 고문을 일컫는 말로 소흥 출신이 많았기 때문에 이렇게 부른다. 여기서는 비꼬는 말로 쓰였다.)라느니 하며 야단법석을 떤다. 그러나 사회에 대한 풍자는 놀라울 정도로 오래 가는 법이므로 중노릇을 한 서양인(헝가리 태생의 유대인 국제간첩 T. 링컨을 말한다. 상해에서 중 행세를 하였다.)을 모셔오거나 미미한 신문을 이용해 공격을 가한들 별 효과가 없다. 그러니 밸이 꼴려 죽을 지경이 아니겠는가!

요점은 이렇다. 풍자의 대상이 사회라면 사회가 변하지 않는 한 풍자는 그대로 존재하지만, 그 대상이 개인이라면 그 풍자는 수포로 돌아가고 만다. 그러므로 이 가증스러운 풍자가를 타도하려면 사회를 뒤바꿀 수밖에 없다. 어쨌든 사회 풍자가는 위험한 존재이며, 일부 문학가들이 음양으로 '왕의 앞잡이'[121] 노릇을 하고 있는 시대에는 더욱 그렇다. 문자옥(文字獄)[122]을 좋아하는 사람이 어디 있으랴마는, 그러나 모조리 제거하지 않는다면 뱃속에 울화가 치밀게 마련이므로 웃는 모양을 빌려 그것을 토해버리게 된다. 웃는 것은 죄가 아니며 지금의 법률에도 반드시 울상을 지어야 한다는 규정이 없으므로 감히 단언하건대 그것은 결코 '불법'이 아닌 것이다.

　나는 이것이 작년부터 글을 통해 유머가 유행하게 된 원인이라고 생각한다. 그러나 그중에는 단순히 웃기기 위한 웃음도 적지 않은 것 같다. 이런 상황은 오래 지속될 수 없을 것이다. 유머는 국산품도 아니고, 중국인은 유머에 능한 민족도 아니며, 더욱이 지금은 유머를 사용하기가 어려운 시기다. 그러니 비록 유머라 해도 그 모양을 바꾸지 않을 수 없겠지만, 그것이 사회 풍자로 기울어지는 것이 아니라 전통적인 우스개나 '자기 실속을 채우는' 것으로 빠져 들어가지 않을까 싶다.

13 유머에서 성실로* |노신|

유머가 풍자로 기울어지면 그 기능을 잃는다는 것은 말할 나위도 없다. 그러나 이보다 더 두려운 것은 일부 사람들이 풍자로 남에게 해를 끼치려 한다는 사실이다. 유머가 우스갯소리로 타락하면 수명은 좀 길어질 수 있고 신수도 좋을 것이지만, 타락할수록 국산품에 더 가까워져 결국에는 서양식 '서문장'(徐文長. 명나라 때 문인, 화가, 사상가 서위[徐渭]를 말함. 미친 문인으로 후세에 평가받고 있다.) 이 되고 말 것이다. 국산품을 떠드는 소리 가운데 "중국이 만든 수입품"이라는 광고가 그 증거의 하나다.

사실 말인데 내 생각으로는 오래지 않아 국민은 반드시 울상을 하고 다녀야 한다는 법률 규정이 나오게 될 것 같다. 웃는 것쯤은

---

*이 글의 원래 제목은 '종유묵도정경(從幽默到正經)'으로 1933년 3월 2일에 썼고 〈신보〉 '자유담' 3월 8일자에 발표되었다. 그 후 《위자유서》에 실렸다.

원래 불법이 아닌데 말이다. 그러나 불행하게도 동삼성(東三省. 만주지역에 있는 요녕·길림·흑룡강성 등 3성)이 함락되어 전국이 난리법석일 때, 애국지사들이 영토를 잃은 원인을 애써 찾아본 결과 그 원인의 하나가 유희를 즐기고 춤을 배우고 있는 젊은 사람들에게 있다는 것을 발견하였다. 북해(北海)에서 사람들이 한창 즐겁게 웃고 떠들면서 스케이트를 타고 있을 때 난데없이 큰 폭탄 한 개가 떨어졌다. 비록 부상당한 사람은 없었지만 얼음판에 커다란 구멍이 뚫려 마음 놓고 탈 수 없게 되었다.[123]

또 유관(楡關, 산해관[山海關]을 말함)이 함락되고 열하(熱河)가 위급하게 되자 유명한 문인, 학자들이 다급해져 만가(挽歌)를 짓는 사람이나 전투가를 짓는 사람도 있고 '문덕(文德)을 주장하는' 사람도 생겨났다.[124] 사람을 욕하는 것은 물론 가증스럽다. 그러나 남을 비꼬는 것도 문명인답지 못하니 모두가 성실한 글을 쓰고 성실한 표정을 지음으로써 '무저항주의'의 약점을 극복해야 되지 않겠나.

인류는 잠잠히 지낼 수는 없을 것이다. 대적이 쳐들어올 때 맨주먹으로 적을 무찌를 수야 없겠지만 마음속으로는 분노하게 마련이다. 그래서 적을 대신할 사람을 찾게 되는데, 이때 싱글벙글 웃고 다니다가는 낭패를 당할 수 있다. 양심이라곤 눈곱만큼도 없는 진숙보(陳叔寶)[125] 같은 놈이라고 몰리기 십상이기 때문이다. 그러므로 눈치 있는 사람이라면 울상을 지음으로써 그 궁지를 면

해야 할 것이다. '총명한 사람은 눈앞에 놓인 탈 날 음식은 먹지 않는다'는 성현의 말씀이 있다. 이 말이 시대에 통용될 때에는 유머는 저 아래로 가라앉고 성실이 살아남아 전 중국을 자극하게 될 것이다.

이 점을 이해한다면 우리는 어째서 이전에는 정숙한 여자건 음탕한 여자건 간에 남 앞에서 웃지도 않고 말을 하지 않았는지, 그리고 지금은 어째서 장례행렬에 선 여인들이 슬프건 슬프지 않건 할 것 없이 통곡하지 않으면 안 되는지를 알 수 있다. 이것이 바로 성실이다. 까놓고 말하면 그것은 바로 '지독해야 한다는 것'이다.

Part
4

14 임어당의 문학 생애* |만평근(萬平近)|

중국 현대문학사에서 임어당은 지명도가 비교적 높은 작가들 가운데 하나로 꼽힌다. 일찍이 그는 어사파(語絲派) 가운데 한 명으로 노신(魯迅)과 어깨를 나란히 하며 투쟁하면서 어느 정도 진보적인 발자취를 남겨놓았다. 1930년대 중기 이후 임어당은 해외에 머무르며 많은 글과 책을 발표했다. 만년에는 대만에 거주하며 호적(胡適), 나가륜(羅家倫)을 뒤이어 대만에서 활약하는 이름난 문인이 되어 각종 문화·학술활동에 참여했다.

알다시피 임어당은 자못 복잡한 인물이다. 그의 생활이 여러 차례 중대한 전환을 겪은 것만큼이나 작품의 경향이나 성격도 들쭉날쭉 고르지 못하다. 임어당이란 한 인간과 그 작품에 대해서도

---

*이 글의 원제목은 〈林語堂的文學生涯〉이며,《林語堂選集》(上·下, 88年, 海峽文藝出版社)에 실렸다.

의심의 여지없이 다른 중국 현대작가 및 그 작품에 대한 것과 마찬가지로 충분한 자료를 확보한 기초 위에서 실사구시(實事求是)의 태도로 분석·평가해야 할 것이다. 그의 작품을 고르고 편집하는 일은 바로 이런 분석과 평가를 위한 주요한 근거를 제공하는 일이다.

임어당은 다작하는 작가였을 뿐 아니라 부지런한 학자로, 문화·학술 영역에서 발을 내디딘 범위가 대단히 넓었다. 이 글은 임어당의 저작 및 그와 관련한 자료들을 근거로 해서 임어당의 문학 생애를 개괄적으로 살펴본 것에 지나지 않는다.

1

임어당의 고향 시절 이름은 화락(和樂)이었고, 대학에 들어간 후 옥당(玉堂)으로 고쳤다. 1925년 11월부터 '어당(語堂)'이란 이름으로 〈어사(語絲)〉에 글을 발표한 뒤로는 옥당이란 이름은 잘 보이지 않게 되었고, 아예 어당이란 이름만 썼다.

임어당은 1895년 10월 10일(청나라 광서 21년 8월 22일)에 태어났다. 신해혁명이 일어나기 16년 전이었다. 임어당의 본적은 복건성(福建省) 남부, 쌀과 과일의 고장 장주(漳州. 용계[龍溪]라 부르기도 한다)였지만, 집은 장주 북쪽 교외의 가난한 시골마을 오리사

(五里沙)에 있었다. 임어당의 할아버지는 일찍이 태평군(太平軍)이 장주에 왔을 때 군을 따라 짐꾼 노릇을 하다가 실종되었다. 할머니는 개가했지만 아버지와 큰아버지, 작은아버지는 임씨 성을 그대로 가졌다.

할머니가 기독교 신자였던 탓에 아버지도 기독교 신자가 되었지만, 사고방식이 트인 사람이라 유신운동에 상당한 정열을 가지고 있었다. 임어당의 기억에 따르면 아버지는 "자력갱생한 분이었다. 일찍이 거리에서 사탕을 팔기도 하고, 죄수들에게 쌀을 팔기도 했는데 이윤이 꽤 높았다. 아버지는 또 오리사에서 나는 대나무를 장주에 내다 팔기도 했는데, 오리사에서 장주까지는 10에서 15마일(15~20킬로미터) 정도 떨어져 있었다. 대나무를 매고 다니다 보니 아버지 어깻죽지에는 홈이 깊이 패어 줄곧 없어지지 않았다."[126] 그 뒤 임어당의 아버지는 목사가 되어 고정수입을 갖게 되었고, 교회측에서 평화현(平和縣) 남부의 비교적 큰 고장인 판자(坂仔)에 가서 일하도록 했다. 임어당은 바로 이곳 판자에서 태어났다. 임어당 자신의 입을 빌려 어린 시절이 어떠했는지 보자.

내 어린 시절에 영향을 크게 미친 몇 가지가 있다. 첫째는 그곳의 산수였고, 둘째는 불가사의한 이상주의자 아버지였고, 셋째는 가족간의 사랑이 바다와 같았던 기독교 가정이었다.[127]

판자는 사방이 산으로 둘러싸인 가로세로 약 10~20리의 분지로, 그곳 사람들은 자신들이 사는 마을을 동호(東湖)라고 불렀다. 마을은 분지 가운데 자리 잡고 있었고 시냇물이 마을 북쪽에 흘렀다. 판자에서 장주, 하문(廈門)에 이르는 일대의 아름답고 빼어난 자연환경과 밝고 조용한 농촌 풍경은 어린 임어당에게 깊은 인상을 새겨놓았고, 그것이 뒷날 여러 작품 속에 그려지고 있다.

임어당 아버지의 이름은 임지성(林志成)으로 노동자 출신이었다. 목사가 된 뒤로도 힘들게 살아가는 사람들을 동정했으며, 지방의 세력가인 향신(鄕紳)들과 과감히 맞서 늘 없는 사람들의 어려운 문제를 해결해주곤 했다. 임어당이 아버지를 '불가사의한 이상주의자'라고 말한 것은, 아버지가 인생과 사회에 대해 무슨 원대한 이상을 가졌다는 것이 아니라, 늘 아들을 성 요한 대학이나 베를린 대학 같은 곳에 보내 공부시킬 생각이었는데, 이것이 당시 가정 환경으로 보아 보통 사람으로서는 생각할 수 없는 엉뚱하고 기발한 발상이었기 때문이다. 임어당은 그런 아버지를 "유머가 몸에 밴 분으로 교단에서 늘 우스갯소리를 하셨다"고 회상한다.[128] "아버지는 못 말리는 어쩔 수 없는 낙천주의자였다. 감각은 예민하고 상상력은 풍부했으며 유머가 넘쳐흘렀다."[129] 아버지의 이러한 성격과 사상은 어린 임어당에게 은연중에 감화작용을 했다. 특히 《성경》으로 자식을 교육시키는 스타일은 임어당 평생에 영향을 주었다. 임어당이 말하는 '가족간의 사랑이 바다와 같은 기독교

가정'이란, 가족 모두가 할머니와 아버지를 따라 기독교를 믿었다는 사실 외에 가정의 화목을 가리키는 말이기도 했다.

임어당은 여섯 살 때 소학교에 들어가 공부를 시작했고, 열 살 때 하문에 있는 고랑서(鼓浪嶼)로 옮겨가 소학교 과정을 마쳤다. 그런 다음 교회에서 운영하는 중학교에 상당하는 하문 심원서원(尋源書院)에 들어가 공부했다. 열두 살 되던 해에 고향 판자에 교회가 생겨 미국인 전도사가 판자에서 전도활동을 벌였다. 그는 임어당의 집 2층에 살게 되었고, 곧 임어당 아버지와 의기투합했다. 이 전도사는 상해로 돌아간 뒤로도 임어당 집으로 기독교 서적을 많이 보내주었다. 임어당의 종교관은 가정의 영향 외에도 이런 책으로부터도 영향을 받았다.

아버지 임지성은 영어를 몰랐지만 외국 전도사의 영향 때문에 서양 문화를 흠모하여 자식들에게 영어를 배우도록 했다. 부친의 강력한 권유와 교회 학교의 중국어에 대한 경시 때문에 임어당은 점차 고문을 버리고 영어공부에 열중하게 되었다. 그는 흡수관의 원리에서 계발을 얻어 우물에서 물을 퍼올리는 기계를 발명하려는 생각도 했다. 석마(石碼)에서 배를 타고 하문으로 오면서 기계의 위력을 직접 눈으로 볼 수 있었고, 그 때문에 물리에도 흥미를 가졌다.

러일전쟁 후 미국 군함이 하문 해상에서 무력시위를 하면서 미군 수병들이 고랑서를 마구 휘젓고 돌아다니는 일이 벌어졌다. 이런 모습을 본 임어당은 그들이 부럽기도 하고 두렵기도 했다. 심원서원은 중학교 급이긴 했지만 도서관 시설이 없어 학생들은 중국 신문이나 잡지 등을 볼 수도 없었고 사회활동에 참여하지도 못했다. 신해혁명이라는 엄청난 변혁이 일어났는데도 별다른 반응을 보이지 못했다. 이 학교에서 몇 년 공부하는 동안 임어당은 영어에 더욱 흥미를 느꼈고, 2등으로 중학교 과정을 마쳤다. 그리고는 민남(閩南)의 고향집을 떠나 대도시 상해로 왔다.

　신해혁명 1년 뒤인 1912년, 열일곱 살의 청년이 된 임어당은 둘째 형 임옥림(林玉霖)의 뒤를 이어 아버지가 그렇게도 갈망하던 성 요한 대학에 들어간다. 여기서 임어당은 대수와 기하에 흥미를 가지기도 했지만, 그보다는 자연과학과 지리학에 더욱 큰 관심을 보였다. 그러나 성 요한 대학이 영문학으로 이름이 높다는 사실을 안 임어당은 문과에 들어가 언어학을 전공했다. 대학에 다니는 동안 임어당은 학과 수업이 크게 도움이 되지 않는다고 느껴 여러 가지 책을 몰래 보았다. 그때 본 책들로는 사회학에서 윤리학까지, 진화론에서 혼인론까지, 《우주의 수수께끼》에서 《19세기의 기초》에 이르기까지 광범위한 것들이었다. 그는 이 책들을 통해 자본주의의 사회관을 받아들였다. 당시 성 요한 대학의 교장과 적지 않은 교수들이 외국인이었다. 그들의 생활방식과 처세 태도는 청년 임어당에게 심대한 영향을 주어 임어당으로 하여금 서양식 생활을 좋아하게 만들었다. 1916년 임어당은 2등의 성적으로 성

요한 대학을 졸업하고 사회에 첫걸음을 들여놓았다. 학교 쪽과 같은 고향 사람의 추천으로 북경 청화(淸華)학교의 영어교사로 부임하여 소년 시절의 이상을 실현했다.

임어당은 대학에서 신학을 공부하며 기독교에 몸을 바칠 준비를 갖추었다. 그러나 신학은 무미건조하고 딱딱한 교리로 가득 차 있었고, 신학자조차도 믿지 않는 황당무계한 전설은 오히려 종교에 대한 정열을 식게 만들었고 신학관도 약화시켰다. 신학공부를 한 지 1년 반 만에 임어당은 신학을 떠났다. 청화학교에 온 다음 그는 영어를 가르치는 것 외에도 자연스럽게 성경반을 맡게 되었고, 성경반의 성탄절 축하회 의장도 맡았다. 임어당의 종교적 열정이 한 차례 감퇴하긴 했지만 그는 결코 기독교를 떠난 적이 없으며 무신론은 더군다나 받아들이지 않았다.

임어당은 소학교에서 대학까지 모두 교회 학교를 다녔기 때문에 중국 문학에 대해서는 낯설었다. 북경 청화학교의 교사로 있는 동안 그는 "지난날의 부끄러움을 씻고자 마침내 중국 문학을 진짜로 파고들어야겠다고 생각했다."《홍루몽(紅樓夢)》, 당나라 때의 시,《인간사화(人間詞話)》를 읽었고, 틈이 나면 유리창(琉璃廠)의 고서점에서 책을 사서 지식을 흡수했다. 청화학교에 있었던 3년 동안 그의 중국어 지식과 작문 실력은 크게 진보했다.

임어당이 북경에 머문 몇 년은 〈신청년(新靑年)〉이 주도한 문학 혁명운동이 싹을 피우고 점점 열기를 더해가던 시기였다. 〈신청년〉(첫째 권은 〈청년잡지〉라는 이름이었다)은 임어당이 북경으로 오기 1년 전에 이미 창간되었다. 1917년 초, 호적의 〈문학 개량에 관한 보잘것없는 주장(文學改良芻議)〉과 진독수(陳獨秀)의 〈문학혁명론〉이 잇달아 〈신청년〉에 발표되었다. 노신의 《광인일기(狂人日記)》는 문학혁명의 새로운 국면을 여는 것이었다. 문학과 언어의 대혁신, 대해방운동의 소용돌이 속에서 임어당은 백화문학(白話文學)의 제창자들을 지지했다. 1918년 2월에 출간된 〈신청년〉 4권 2기에 전현동(錢玄同)의 〈상시집서(嘗試集序)〉 및 호적, 심윤묵(沈尹默), 유반농(劉半農) 등의 신시가 발표되었을 때, 임어당(당시는 임옥당이란 이름을 썼다)의 〈한자색인제설명(漢字索引制說明)〉도 함께 실렸다. 4권 4기에는 이대소(李大釗)의 〈오늘(今)〉 및 호적의 〈건설적 문학혁명론〉과 함께 〈'한자색인제' 및 서양문학론(論'漢字索引制'及西洋文學)〉이란 제목으로 전현동에게 보내는 편지 및 전현동의 답장이 발표되었다.

임어당의 글은 문학혁명 중 별다른 사회적 영향을 일으킨 것이 아닌, 그저 백화문학에 대한 찬성 표시 정도였고, 특히 전현동의 한자 개혁 주장에 대해 강한 흥미를 보였다. 이것 또한 임어당이 언어문자학에 관심을 쏟도록 자극을 주었다. 문학혁명 기간 동안 임어당은 북경에 있었지만, 문학혁명 제창자들과 직접적인 관계는 없었다. 1917년 호적이 미국 유학에서 상해로 돌아왔고, 그해 연말에 북경대학 교수로 부임하게 되자 임어당은 청화학교의 교원 신분으로 그를 맞이하는 자리에 참석했다.

청화학교의 규정에 따르면 3년 동안 재직하면 학교에서 유학을 할 수 있게 보조를 해준다. 임어당은 학교 쪽으로부터 매월 40달러의 보조금을 받고 미국으로 건너가 공부하기로 결정했다. 출국하기 전 임어당은 부모의 권유에 따라 고랑서의 전당포 주인의 딸로 상해 성 마리아 학교를 졸업한 요취봉(廖翠鳳)과 결혼했다.

임어당은 고향에 있을 때 농촌 처녀 뇌백영(賴柏英)과 서로 사랑했으나, 뇌백영이 실명한 할아버지를 돌보느라 고향을 떠날 수 없었기 때문에 두 사람은 헤어질 수밖에 없었다. 뒷날 임어당은 특별히 이 첫사랑을 소설로 묘사했다. 임어당은 또 성 요한 대학에서 그가 '대미인(大美人)'이라 생각한 한 여대생을 사랑했으나 여자의 부모가 딸을 부잣집 도련님에게 시집보내야 한다고 고집하는 바람에 이 연애도 실패로 끝났다.

요취봉은 부잣집 딸이었지만 가난한 임씨 집안을 깔보지도 않았고, 적지 않은 결혼 지참금을 보내 임어당의 유학을 도왔다. 임어당의 연애와 결혼은 그의 문학 창작에 큰 영향을 미쳐 뒷날 소설에서 연애나 결혼을 묘사할 때 가문 타파의 견해를 강하게 표명했다. 1919년 가을, 그러니까 한 시대의 획을 긋는 5·4 운동이 일어난 지 얼마 후, 임어당은 고향집으로 돌아와 결혼식을 끝낸 후 아내와 함께 배로 태평양을 건너 미국으로 가서 유학생활을 시작했다.

미국에 도착한 후 임어당은 하버드 대학에 들어가 비교문학연구소에서 공부했다. 하버드에서 임어당은 이름난 교수들과 접촉하면서 지식을 키워나갔다. 공부가 끝나면 도서관에 파묻혀 각종 서적을 두루 섭렵했다. 특히 서구 문학작품을 많이 읽었다. 하버드에서 공부하는 1년 동안 그의 성적은 늘 A클래스였고, 힘들이지 않고 석사학위를 땄다. 그런데 매달 40달러씩 학비를 보조해주던 청화학교에서 별다른 까닭 없이 보조금을 끊었다. 게다가 아내가 결혼 지참금으로 가져온 돈도 바닥이 나 경제적으로 곤경에 처하게 되었다. 임어당은 하는 수 없이 하버드에서의 학업을 포기하고, 프랑스 청년회 모집에 응하여 프랑스로 건너갔다.

임어당은 가족을 거느리고 프랑스 동부에 와서 제1차 세계 대전 후 프랑스로 건너가 있는 중국인 노동자들에게 글을 가르쳤다. 어느 정도 돈을 모은 임어당은 독일 예나[130] 대학에 입학원서를 제출하여 입학허가를 받았다. 예나는 독일 동부에 자리잡고 있는 아름답고 아담한 도시로, 독일의 위대한 시인 괴테가 태어난 곳이기도 하다. 《젊은 베르테르의 슬픔》은 임어당에게 깊은 감동을 준 바 있었다. 그러나 임어당은 "나는 하이네를 더욱 사랑했다. 시 외에도 그의 정론(政論)을 더욱 좋아했다"[131]고 추억했다. 이 시기 언어학에 대한 임어당의 열정은 문학에 대한 그것을 훨씬 뛰어넘었다. 그리하여 라이프치히 대학이 언어학으로 이름 나 있다는 사실을 알고는, 예나에서 한 학기만 마친 후 라이프치히 대학으로 전학했다.

　라이프치히 대학은 인도유럽 비교언어학의 발원지로 유명했다. 임어당은 언어학 교수들에게서 어법과 음운학을 배우는 한편 이 대학의 풍부한 도서 자료를 활용하여 언어학을 연구했다. 뒷날 언어학 방면에 대한 임어당의 저술은 라이프치히 대학에 있을 때 배운 것에서 많은 도움을 받았다. 라이프치히 대학에서 2년 동안 공부한 임어당은 다시 경제적인 어려움을 당하게 된다. 게다가 아내의 분만 날짜가 가까워지고 있어 임어당은 귀국을 결심하게 된다. 1923년 무더운 여름, 임어당은 박사학위 시험을 치렀고, 그 결과 라이프치히 대학의 철학박사 학위를 따냈다. 그는 당당하게 귀국길에 올랐다.

2

　1923년 9월, 임어당은 다시 북경으로 간다. 북경대학의 영문학과 언어학 교수로 초빙되었기 때문이다. 그는 주로 문학비평과 음운학을 가르쳤다. 그는 강의를 하는 한편 옛 한자의 음운을 연구했다. 《광운(廣韻)》과 《음학변미(音學辨微)》 등과 같은 중국 음운학 저서를 연구했다. 이해 겨울부터 그는 〈신보부간(晨報副刊)〉에 잇달아 글을 발표했다. 1923년 12월 1일 출간된 〈신보부간〉에는

〈과학과 경서(科學與經書)〉라는 글이 실렸고, 그 뒤 그가 번역한 하이네의 시가 실렸다. 이해 5, 6월 그는 〈신보부간〉에 잇달아 〈산문 번역과 '유머' 제창(徵譯散文幷提倡 '幽默')〉과 〈유머잡담(幽默雜話)〉을 발표하여 영어의 'Humor'를 '幽默'으로 번역하자고 주장했다. 이것이 그가 '유머'를 제창한 발단이었고, 또 그가 문단에 첫발을 들여놓은 것이기도 했다. 이후 그는 많은 글을 써냈다. 언어학 논문과 외국 문학작품의 번역 외에도 잡문과 산문도 많이 썼다. 문학 생애에서 임어당은 바야흐로 황금 시기로 들어서기 시작했다.

임어당이 귀국했을 때 〈신청년〉을 앞세운 신문학 통일전선은 이미 갈라져 있었다. 호적은 〈신청년〉을 떠난 후 1922년에 〈노력주보(努力周報)〉를 만들어 '호정부주의(好政府主義)'와 '연성자치(聯省自治)'를 고취시키고 있었다. 이는 실제로 혁명적 수단으로 군벌통치를 뒤엎는 데 반대하는 것이었다. 1924년 호적 등은 〈현대평론(現代評論)〉을 창간하여 자유주의의 간판을 내걸고 제국주의와 봉건군벌을 옹호하면서 청년 학생의 애국운동을 헐뜯고 멸시함으로써 우익의 정치·문화 파벌인 현대평론파를 형성했다. 1924년 이후 〈신보부간〉도 점점 현대평론파의 꼭두각시가 되어 정치상 우익으로 방향전환을 뚜렷이 했다. 노신을 주장으로 한 주간지 〈어사〉가 1924년 11월 창간된 뒤, 현대평론파의 '정인군자(正人君子)'들과 날카로운 대립을 펼침으로써 이른바 '어사파'가 형성되었다. 〈어사〉에 뒤이어 출간된 〈분원(奔原)〉, 손복원(孫伏園)이 편집을 맡은 〈경보부간(京報副刊)〉은 모두 어사파의 진지가 되었다.

당시 임어당은 서양 문화를 숭배하는 사상 면에서 현대평론파와 서로 통하는 것이 있었고 호적과도 친분이 있었으나, 봉건군벌이 시대의 흐름에 역행하는 만행에 불만을 가지고 있었고 현대평론파 문인들의 고상한 척하고 거드름을 피우는 글 스타일도 싫어하여 현대평론파와 어사파의 대립·투쟁에서는 의연히 어사 쪽에 가담하여 〈어사〉에 늘 글을 투고하는 고정 멤버가 되었다. 임어당의 인생과 문학 생애에서 이것은 대단히 정확한 선택이었다. 1925년 임어당은 북경사범대학 강사를 맡았고, 또 북경여자사범대학 교수 겸 교무처장으로 임명되었다. 그때 노신도 북경여사대에서 강의를 하고 있었다. 임어당과 노신의 관계는 더욱 가까워졌고 노신으로부터 정신적 감화를 많이 받게 되었다. 그는 그 당시를 이렇게 회고한다.

말하기도 기이하게 나는 호적 집단에 속하지 않고 〈어사〉 잡지에 가담했다. 우리는 모두 저들 일파가 '배워 여유가 생기면 벼슬을 하려는' 사람들로 정론 따위를 써서 향후 관리가 될 준비를 한다고 여겼다. 우리들은 매 개인은 모두 자신의 진심에서 우러나는 말을 해야지 남의 말을 해서는 안 된다고 주장했다. (우리는 정객들을 비꼬았다.) 이런 스타일이 내 마음을 깊이 사로잡았다. 우리들이 꼭 자유주의라고 할 수는 없었지만, 우리는 〈어사〉를 우리 마음에서 솟아나는 소리와 말, '심어(心語)'가 뛰어놀 수 있는 공원으로 여겼다.[132]

당시 반군벌·반제국주의의 격렬한 투쟁에서 임어당은 기본적으로 진보세력 쪽에 서 있었다. 그는 소년 시절 종교의 인도주의와 평화주의의 교육을 받았고, 대학에 들어간 후에는 서양 문명과 보통의 서양 생활을 기본적으로 동경하고 있었으며, 유학 기간에는 자본주의사회의 민주와 자유를 보고 들었다. 따라서 귀국한 후 봉건·전제주의를 계승한 군벌통치에 대해 불만을 가졌고, 청년 학생의 애국운동에 깊은 동정을 표시했다. 그는 "내가 북평(北平, 북경)에 있을 때 대학교수로 시사·정치에 대해 늘 거침없이 비평했다. 이 때문에 나는 늘 '이단의 본산'—북경대학—의 과격한 교수로 간주되었다"고 회고한다. 그리고 당시 그는 "나도 학생들의 시위운동에 동참하여 깃대와 벽돌을 가지고 경찰들과 싸웠다. 경찰은 웃통을 벗은 부랑아들을 고용하여 학생들에게 돌을 던지며 학생들이 제3강의동을 빠져나와 거리로 뛰쳐나가는 것을 막았다. 그때 나는 내 야구 솜씨를 발휘할 기회를 많이 가졌다."[133]

1925년에 일어난 북경여자사범대학 사건에서도 임어당은 학생 쪽에 서서 당시 교육계 및 학교 당국의 수구세력들과 투쟁을 펼쳤다. 1925년에서 1926년에 이르기까지 임어당은 한편으로는 가르치며 한편으로는 글을 쓰면서 정치적 열정과 창작 열정을 한껏 드높였다. 특히 5·30에서 3·18에 이르는 기간 동안 그는 북경과 전국 각지에서 용솟음치던 애국운동에 고무되어 강한 투지로 적극적으로 학생운동을 지지하고, 학생운동에 대한 현대평론파의 공격과 헐뜯음에 반박하는 글을 써서 어사파의 '거리낌 없이 뜻을 토로한다'는 공통된 특징을 유감없이 발휘했다.

임어당이 군벌통치에 대해 불만을 토로하고 학생운동을 지지한 것은 부르주아 계급의 민주주의와 인도주의에서 나온 것일 따름이다. 혹 일종의 정의감에서 나온 것이라고도 할 수는 있지만, 반제국·반봉건의 민족혁명에 대한 각성에 뿌리를 둔 정확한 인식은 아니었다. 사상적 기초도 탄탄하지 못했다. 그 당시의 정치세력과 투쟁 환경은 대단히 복잡해서 임어당은 수시로 갈피를 잡지 못했다.

〈어사〉 제57기에 발표된 〈어사의 문체 ― 온건·매도 및 페어 플레이에 관한 논의(揷論語絲的文體 ― 穩健·罵人及費厄潑賴)〉는 그의 소극적이고 타협적인 사상과 정서의 표현이었다. 이 글에서 그는 주작인(周作人)이 제창하고 나선 '페어 플레이'[134] 정신에 찬성하면서, "실패자를 다시 공격해서는 안 된다. 우리가 공격하는 것은 사상이지 사람이 아니기 때문이다. 오늘날 단기서(段祺瑞)나 장사소(章士釗)를 그 예로 들 수 있겠는데, 우리는 이들을 다시 공격해서는 안 된다"고 말했다. 노신은 주작인과 임어당이 페어 플레이라는 타협 정신을 〈어사〉의 공통된 기치로 삼으려는 추세를 경계하면서, 여러 해 동안의 실제 경험에 근거하여 〈'페어 플레이'는 아직 이르다(論'費厄潑賴'應該緩行)〉는 글을 발표하여 그것을 분석하고 반박하여 〈어사〉의 전투 경향을 수호했다. 이는 임어당의 흔들리는 사상과 정서를 바로잡는 데 도움을 주는 것이었다.

그때 주작인은 노신의 비판적 충고를 받아들이지 않고 갈수록 〈어사〉의 경향에서 벗어났다. 그러나 임어당은 노신의 견해에 대해 깨달은 바가 있었다. 그리고 얼마 되지 않아 3·18 참변이 일어나자 임어당은 정의감에서 군벌세력의 잔인한 폭행에 대해 비분강개를 표출했다. 3·18 참변이 있은 지 3일 후, 임어당은 〈유화진·양덕군 여사를 애도하며(悼劉和珍楊德群女士)〉라는 글을 써서 그녀들을 '전국 여성혁명의 선열'이며 '죽어 광영을 얻었다'며 찬양했다. 피의 교훈은 그로 하여금 물에 빠진 놈 다시 돌로 친다는 '타락수구(打落水狗)'의 이치를 분명하게 깨닫게 했다. 〈'타구'에 대한 의심을 풀다(打狗釋疑)〉라는 글에서 그는 "사실의 경과가 나로 하여금 노신 선생의 '무릇 모든 개는 반드시 먼저 물에 빠뜨린 후 다시 때려야 한다'는 말을 더욱 믿게 만들었다."라고 했다. 그는 잇달아 〈한담과 헛소문(閑話與謠言)〉, 〈토구격문(討狗檄文)〉, 〈적화와 상갓집 개에 관한 총론(泛論赤化與喪家之狗)〉 등과 같은 글을 써서 타구운동을 적극 지지했다.

임어당의 사상적 기초가 노신의 그것과는 결코 같을 수는 없었지만, 북경여자사범대학 사건과 3·18 참변 과정에서는 같은 전선에 서 있었으며 왕래도 매우 긴밀했다. 3·18 이후 정국은 더욱 혼란에 빠졌고 '백색공포'가 북경을 휩쓸었다. 노신과 임어당은 모두 군벌에 의해 지명수배자 명단에 올랐다. 임어당의 식구들은 한동안 잘 아는 사람 집에 숨어 있다가, 5월 하순 다사다난했던 북경을 떠나 복건으로 내려가 하문대학 언어학 교수, 문과 주임 겸 연구구원 총비서로 취임했다. 하문대학에 취임한 후로도 임어당은 노신과 계속 편지를 주고받는 한편, 학교 당국에 권유해서 노신, 심겸사(沈兼士), 손복원 등 유명인사들을 강사로 초빙했다.

　1926년 하반기, 하문대학 문과는 임어당의 주도 아래 번영기를 맞이했다. 그러나 노신이 말한 바와 같이 "현대평론파의 세력은 이곳에서도 기승을 부리고 있었다. 당국자의 성격도 이 무리들과 다를 바가 없었다. 이과가 문과를 크게 꺼리는 것도 북경대학과 마찬가지였다."[135] 임어당 자신이 문과의 주임이었지만 지휘는 뜻대로 될 수 없었다. 노신은 섣달 그믐날 밤 모든 직무를 버렸고, 1926년 1월 16일 배로 광동으로 떠났다. 이에 임어당은 특별히 〈니체의 '지나쳐 가다'를 번역, 하문대학을 떠나는 노신에게 드림(譯尼采'走過去'送魯迅離廈門大學)〉이라는 글을 써서 노신에 대해 꽤나 불만스럽고 섭섭한 뜻을 나타냈다. 노신은 여러 차례 '이곳을 버리고' 함께 광주(廣州)로 갈 것을 권했다. 임어당이 주저

주저하는 사이 유명한 학자들은 하나 둘 떠났고 하문대학 문과는 더 이상 빛을 발하지 못했다. 임어당은 북벌의 승리에 고무되어 "중국의 새날이 이미 밝았다"[136]고 외쳤다. 노신이 광주로 떠난 지 얼마 되지 않아 임어당도 하문대학을 떠났다.

1927년 3월, 임어당은 한구(漢口)에 도착했다. 당시 국민정부의 외교부장 진우인(陳友仁)이 그를 외교비서로 발탁했기 때문이다. 무한(武漢)에 있는 동안 임어당은 송경령(宋慶齡)을 알게 되었다. 그는 그녀에 대해 다음과 같이 회상하고 있다.

> 그녀는 내가 떠받드는 중국 여성계의 첫째 인물이다. 그녀가 혁명가이든 현대 교육을 받은 여성이든 자연스러운 여인이든, 중국 또는 외국의 기준으로 보든 말이다.[137]

장개석(蔣介石)과 왕정위(汪精衛)를 대표로 하는 국민당 우익의 변질과 진독수를 대표로 하는 공산당 내의 우경 기회주의자의 타협으로, 1925년에서 1927년에 이르는 기간 동안 대혁명은 참담하게 실패했다. '중국의 새날이 이미 밝았다'던 임어당의 환상은 급속도로 무너졌다. 1927년 9월 임어당은 무한에서 상해로 거처를 옮겨 글 쓰는 일에만 전념하기로 결심한다. 이해 11월 중앙연구원(中央研究院)이 남경(南京)에 세워졌고, 상해에 그 분원이 설립되었다. 임어당은 원장 채원배(蔡元培)의 초청을 받고 영문 편집을 맡게 되었다. 이때 노신은 수(穗. 광주의 다른 이름)에서 호(滬. 상해의 다른 이름)로 와서 〈어사〉, 〈분원〉, 〈조화(朝花)〉와 같은 간행물들을 주도하고 계속 붓을 휘두르며 군벌세력과 투쟁하고 있었다. 임어당은 노신이 편집을 주도하고 있는 간행물에 적극적으로 투고했으며, 노신과도 비교적 많은 관계를 가졌다. 그러나 정치사상이라는 면에서는 갈수록 거리가 멀어졌다. 언젠가 한 연회 석상에서 구체적인 사건을 놓고 노신과 다투고 난 뒤로는 둘의 관계는 또 한 번 소원해지고 말았다.

1923년 귀국한 해로부터 20년대 말까지 임어당은 사상적인 면에서 파란과 좌절을 겪긴 했지만, 그래도 그때가 적극적이고 진취적인, 문학 생애 중에서도 중요한 시기였다. 1928년 말 임어당은 초기작들을 모아《전불집(翦拂集)》이란 제목으로 출간했다. 이 문집을 모을 때 임어당의 정치적 열정은 이미 식어 있었다. 그렇지만 지난 몇 년 동안의 족적을 되돌아보는 일은 감개무량한 것이었으며, 문집의 제목도 지난날을 되새겨보고, 옛 친구들을 생각하고, 종이를 잘라 넋을 기린다는 뜻에서 '전불집'이라도 했다. 이 문집이 신문학운동에 있어서 뚜렷한 영향을 미친 것은 아니었다 하더라도, 임어당 문학 생애에서는 중요한 자리를 차지하는 것이었다. 이 문집은 그로서는 최초의 것이었고, 그의 저작 전체를 놓고 보더라도 가장 진보적 정치색이 짙은 작품이었다. 이 문집이 나온 20년대 중·후기의 시대와 사회적 배경에서 고찰해보면, 그

것이 다음과 같은 몇 가지 뚜렷한 사상적 특색을 지니고 있음을 어렵지 않게 볼 수 있다.

첫째, 북양군벌(北洋軍閥. 청 말기에서 민국 초기까지 중국을 30년 이상 지배한 군사세력) 통치 아래에서 부르주아 계급의 민주에 대해 열렬히 호응하고 있다. 당시 군벌은 파벌을 이루며 각자 제국주의의 지원을 받으며 격렬한 세력 쟁탈전을 벌여 끝이 보이지 않는 혼전 양상을 연출함으로써 수많은 군중의 반제·반봉건의 애국운동은 여러 차례 좌절을 겪었으며, '민국(民國)'은 그야말로 유명무실해졌다. 《전불집》에 수록된 글을 보면, 임어당은 단기서나 장종창(張宗昌)으로 대변되는 군벌통치에 강력한 불만을 품고 '말하지 말자는 정치(勿談政治)'를 반대하고 '반드시 대화로 풀어야 하는 정치(必談政治)'를 주장하면서, 부르주아 계급의 민주에 열렬한 호응을 보냈다.

특히 1925년에서 1926년 사이 잇달아 '필담정치'와 같은 부류의 〈북경에 돌아와 느낀 네 가지 이런저런 느낌(回京雜談四則)〉, 〈황당무계한 독서구국론을 한데 묶다(讀書救國謬論一束)〉, 〈토구격문〉, 〈적화와 상갓집 개에 관한 총론〉, 〈발미와 고밀(發微與告密)〉, 〈총국서어해제(冢國絮語解題)〉 등 정치색 짙은 글을 발표하여 군벌통치를 비난하고 민주 자유를 호소함으로써, 5·4 신문화운동의 민주정신과 관계를 유지했다. 이는 당시 반제·반군벌의 군중운동과 보조를 같이하는 것이었다. 그는 노신의 "침묵에는 폭발이 있는 것이 아니라 멸망이 있을 뿐이다"라는 말을 칭찬하며, "생활이 곧 투쟁이며, 침묵은 결코 좋은 현상이 아니며, 평화는 특히 우리의 저주를 받는다"[138]고 여겼다. 이런 견해는 반제·반군벌 투쟁에서 자연스럽게 진보적인 의의를 가지는 것이었다.

둘째, 혼탁한 문단, 앞잡이가 되어 나쁜 짓을 일삼는 '문요(文妖)', 소위 정인군자에 대해 신랄한 공격을 퍼붓고 있다. 이른바 문요니 정인군자니 하는 자들은 봉건적 잔재에 물들어 있는 존재들로, 주로 현대평론파로 대표되는 5·4 신문화 진영에서 분열되어 나간 우익 부르주아 계급 지식분자를 가리키는 말이었다. 임어당이 5·4 후 혁명운동의 심화, 계급세력의 분화·개편으로부터 지식계의 분열과 그 원인을 분석하기란 불가능했지만, 행동은 문화계 진보세력 편에 서 있었다.

그는 〈축토비(祝土匪)〉, 〈영명류(咏名流)〉, 〈문기설(文妓說)〉, 〈한담과 유언비어〉 등과 같은 적지 않은 글을 써서 문요와 정인군자에 대해 풍자와 공격을 가했다. 〈축토비〉라는 글에서 그는 반어법을 구사해가면서, '학자', '신사', '사대부', '군자'라는 팻말을 내걸고 중화온건(中和穩健)의 면목을 내보이지만 '뼈는 이미 절단 나 있고' '진리를 힘 있는 자에게 파는' 문요의 정체를 폭로하고 공격하는 한편, 차라리 체면을 돌보지 않고, 문에 기대서서 웃음을 파는 창녀처럼 진리를 지키는 데 용감한 '멍청이 토비'들을 열렬히 찬양하고 있다.

셋째, 국수주의 폐단을 지적하고 서구화를 제창하면서 국민성의 개조를 탐색하고 있다. 임어당은 현대평론파를 공격하는 동시에, 〈갑인주간(甲寅周刊)〉을 기치로 내건 국수주의의 잘못을 글을 통해 지적했다. 대중적인 애국운동을 반대한다는 점에서 〈갑인주간〉과 〈현대평론〉은 한 통속으로 의기투합하여 국수주의의 번영을 부르짖었다. 임어당은 〈전현동 선생의 편지에 대한 답장(答玄同先生的信)〉 중에서 이런 국수주의에 채찍을 가하고 전현동이 제기한 '서구화된 중국'을 지지하면서, "오직 산뜻하게 서구화하는 법을 말하는 것일 뿐이다"라 말하고 있다. 이 '서구화'는 국수주의에 맞서기 위해 나온 것이지만, 거기에는 또한 '국민성 개조'의 의미도 내포되어 있었다. 임어당이 중국의 '민족적 몽매함, 비겁함, 의기소침, 오만함과 게으름'과 같은 고질병을 고쳐야 한다고 한 것은 진보적인 의의를 가지는 것이었지만, '산뜻하게 서구화'하는 것이 '고질적 국민성'을 바꾸는 '유일한 길'이라고 한 것은 오랫동안 봉건통치로 인해 심각한 정신적 손상을 입은 인민의 실상을 제대로 드러내지 못한 것이었고, 은근히 전반적인 서구화나 외국 숭배와 같은 소극적 요소를 함축하고 있는 것이었다.

《전불집》은 사상적 특색이 뚜렷한 것 외에 언어 예술적인 면에서도 장점을 갖고 있다. 문집 중 대다수 글들이 임어당 자신이 말하는 "귀국하여 중국어 실력이 얼치기 수준일 때 아무렇게나 되는 대로 쓰던" 시절에 쓴 것으로, 글이 비교적 단순하고 때로는 문어체가 튀어나오곤 하지만, 정열적이고 명쾌한 언어 스타일을 갖추고 있어 언어를 통해 기꺼이 말하고 싶어하는 것을 토해내는 간절한 심정을 드러내고 있다. 토비를 찬양하고 문요를 채찍질한 것은 말할 것도 없고, 군벌을 배척하고 앞잡이를 성토하고, 국수주의를 꾸짖고 서구화를 찬양했으며, 정치 · 사회를 이야기했다.

그 어조는 급하고 정서는 간절하여 마치 입담 좋은 사람이 한번 입을 열었다 하면 못 말리는 것과도 같다. 문장과 언어는 대체로 소박하고 꾸밈이 없으며, 다듬지 않았지만 소박함 중에 가벼운 기교가 엿보인다. 《전불집》에 실린 글들은 시사평론이 다수를 차지하지만 평론과 서술이 한데 녹아들어 있고, 일상생활의 현상을 가지고 어떤 이론적 관점을 비유하고 있어 읽기에 결코 따분하지 않다. 문집 중에는 단도직입적으로 시사를 토론한 글들이 다수를 차지하고 있지만, 필치가 날카롭고 언어가 함축적인 산문도 약간 있다. 5 · 4 이래 잡문이나 산문 창작에서 임어당이 대표적인 작가로 꼽힌 것도 이 때문이다.

20년대 말에 썼지만 《전불집》에 미처 넣지 못한 글들과 30년대 초기에 쓴 글들은 《대황집(大荒集)》이란 제목으로 1934년에 출간했다. 이 문집은 논문과 연설문을 위주로 한 것으로, 사상 면에서 임어당 자신이 말한 바와 같이 "이미 《전불집》의 담백함은 없어졌다." 그래도 작자의 사상적 흔적은 여기저기 남아 있다. 특히 중국과 서양의 문화 비교, 국수주의 반대, 서양 문화 흡수와 같은 점에서는 유익한 견해들이 적지 않게 발표됐다. 문집에는 또 월간지 〈분류(奔流)〉에 발표한 희곡 〈자견남자(子見南子)〉도 들어 있다. 이것은 봉건적 예교를 죽어라 붙들고 놓지 않으려는 고루한 사람들에게 야유를 보내고, 공자와 경서를 떠받드는 복고적 사조를 조롱하고 있는 작품이다. 노신은 이 극을 산동에서 상연한 후 다른 자료를 더 보태 공표함으로써 한바탕 평지풍파를 일으키기도 했다.[139] 봉건 문화를 반대하는 전선에서 노신과 임어당이 이 당시만 해도 서로 지지를 보내고 있었음을 잘 보여준다.

유학에서 돌아온 후부터 20년대 말까지는 임어당의 인생의 길과 문학 생애에서 대단히 중요한 시기로, 그는 교육이란 영역에서 문학의 대열로 발을 옮겼다. 그는 어사파의 한 명으로 봉건 군벌에 반대하고 봉건 문화를 비판하는 투쟁 속에서 노신을 기수로 하는 진보적 문화 진영 쪽에 서 있었다. 사상과 창작 면에서 소극적인 요소가 있긴 했어도, 주된 방향은 역시 적극적이었고 기본적으로 그 시대 신문학 작가로서의 사회적 책임을 다했다.

3

30년대 전반기, 중국의 민족해방과 인민혁명은 앞을 향해 깊숙하게 전진하고 있었다. 신문학운동은 반동 통치자의 압박 아래에서 우여곡절을 겪으며 발전하고 있었다. 그러나 이 짧은 5, 6년 사이 임어당의 생활 방향과 문학 노선은 중대한 전환을 겪는다.

대혁명의 실패와 시국의 역전에 따라 임어당의 '격렬한 사상'과 '격렬한 이론'은 빠른 속도로 위축되어갔다. 그는 단기서나 장종창으로 대표되는 구군벌에 대해서는 강한 불만을 나타냈지만, 장개석이나 하응흠(何應欽)으로 대표되는 신군벌에 대해서는 환상을 품고 있었다. 그는 많은 책을 읽었지만 사회과학 서적은 적게 읽은 편이었고, 더군다나 마르크시즘 저작은 접촉하지 못했다. 그의 말을 빌리자면, "니체도 어려워 나를 속박하는데, 하물며 마르크스야."[140] 깊지도 튼튼하지도 못한 낡은 민주주의 사상에 의존해서 복잡다단한 정치 형세에 직면하여 정확한 분석과 맑은 판단을 내리기란 불가능했다. 그래서 의심하고 관망하는 태도를 취하다 방황하고 위축되면서, 자기 스스로 인정했듯이 그때 "사람들은 나를 진짜 멍청이라 비웃었다."[141] 그러나 문학활동과 창작에 대한 정열만큼은 결코 감퇴하지 않았다. 어사파의 간행물들이 속속 간행금지를 당하자 그는 몇몇 사람들과 힘을 합쳐 반월간지인 〈논어(論語)〉를 창간했고, 이어 〈인간세(人間世)〉, 〈우주풍(宇宙風)〉과 같은 잡지를 창간하여, 숫자는 많지 않았지만 그 힘은 만만치 않은 이른바 '논어파'를 형성했다.

1932년 12월 송경령, 채원배, 노신, 양행불(楊杏佛) 등 유명인사들이 모여 '중국민권보장동맹'을 발기·조직했다. 임어당도 참여 요청을 받고 아홉 명의 전국집행위원 중 한 사람으로 뽑혔다. 동맹의 주요 임무는 국민당이 조성하고 있는 백색공포에 반대하고 구속된 혁명가와 진보인사들의 석방을 촉구하며 언론, 출판, 결사, 집회의 자유를 쟁취하자는 것이었다. 동맹의 조직적 항의와 구속자 석방 활동에 임어당은 적극 참여하여 유익한 일을 해냈다. 이는 그가 '멍청한' 중에도 지혜로운 행동을 한 것이라 할 수 있다. 노신과의 관계도 회복되었다.

1933년에서 1934년에 이르는 기간 동안 국민당 통치 아래 백색공포는 더욱 강화되었고, 혁명가와 애국자들이 각지에서 잔혹한 박해를 받았다. 복건성 용계에서 항일회 상임위원과 민중교육관 관장으로 일하던 임어당의 조카 임혜원(林惠元)이 19로군(十九路軍) 특무단에 의해 총살당한 사건이 발생한 것도 이 무렵이었다. 송경령과 채원배는 전보를 띄워 항의를 전달했고, 유아자(柳亞子), 양행불, 노신, 욱달부(郁達夫) 등도 선언문을 발표하여 이 사건의 진상을 밝히고 나섰다. 임어당은 친척이자 동맹의 간부라는 신분으로 항의 활동에 참여했다. 그러나 그의 비분은 힘으로 바뀌지 못하고 타협으로 돌아서고 말았다. 그리고 얼마 후 양행불이 국민당 특무단에 의해 암살을 당했다. 임어당은 송경령이나 노신의 굳건한 입장과는 큰 차이를 보였고, 그 후로는 더 이상 진보적 정치활동에 나서지 않았다. 그가 즉시 중간노선을 버린 것은 아니었지만 갈수록 우경화 경향을 뚜렷하게 나타냈고, 노신과의 왕래도 갈수록 뜸해지더니 결국 끊어지고 말았다. 노신이 세상을 떠난 후 임어당은 이렇게 노신을 회고했다.

> 노신과 나는 두 번 서로를 얻었고, 두 번 멀어졌다. 그 두 가지는 모두 자연스러웠다. 노신과 나 사이에 무슨 높낮이가 있어서가 아니었다. 나는 줄곧 노신을 존경했다. 노신이 나를 생각해줄 때는 서로를 안다는 사실이 좋았고, 노신이 나를 버렸을 때도 나는 후회나 원망 같은 것은 하지 않았다. 헤어지고 만남에 있어서 절대 개인적 감정은 존재하지 않았다.[142]

이 말은 공교롭게도 정치사상이란 면에서 임어당이 노신과는 길을 달리했음을 보여준다. 임어당의 정치사상이 변화를 거듭한 사실은 그의 문학활동에 영향을 미치지 않을 수 없었다.

1932년 9월 반월간지인 〈논어〉가 창간된 뒤로 임어당은 주로 간행물을 내고 간행물에 글을 싣는 데 힘을 쏟았다. 〈인간세〉는 1934년 4월에, 〈우주풍〉은 1935년 9월에 각각 창간되었다. 이밖에 간우문(簡又文)이 편집을 맡은 〈일경(逸經)〉, 해과(海戈)가 편집을 맡은 〈담풍(談風)〉, 황가덕(黃嘉德)·황가음(黃嘉音)이 함께 편집을 맡은 〈서풍(西風)〉이 잇달아 나타났다. 이 잡지들은 당시 논어파의 진지라 할 수 있었다. 공통된 특징은 중도적 기치를 내걸고 자유주의 색채를 아울러 띠고 있었다는 점으로, 따라서 이 잡지에 글을 싣는 작자들은 논어파 동인들에만 국한된 것은 아니었다.

〈논어〉는 이런저런 느낌이나 수필을 위주로 하는 잡지를 표방하고 있었지만 그 큰 흐름은 경서인《논어》를 모방하여 공자(孔子)의《춘추(春秋)》필법을 배우고 이로써 세상의 도와 인심을 논하고 사회·정치를 두루두루 얘기한다는 데 있었다. 〈인간세〉는 '자아를 중심으로 하고 한적(閑適)을 문장 스타일로 삼아', '오로지 소품문(小品文)만 싣기 위해 만들어진' 것이라 선언하고 나섰다. 〈우주풍〉도 '인생에 대해 흉금을 터놓고 얘기하는 것을 주된 뜻으로 삼고 그 말이 반드시 정에 가까워야 한다는 것을 약속으로 삼아, 현대문화에 화합하고 인생에 절실한 간행물이 되기를 희망한다'고 선언했다.

이 간행물들은 시종 당파정치는 건드리지 않는다고 밝혔지만 그 내용은 정치와 전연 무관할 수는 결코 없었다. 〈논어〉는 창간된 후 1, 2년 사이에 정치성 잡문을 적지 않게 발표했다. '반월요문(半月要聞)'이라는 형식으로 단신을 발표한 것을 비롯하여 '우화(雨花)', '군언당(群言堂)', '고향재(古香齋)'와 같은 고정 칼럼들도 정치성을 띠고 있었다. 임어당은 '논어', '나의 말(我的話)'이라는 고정 칼럼을 통해 이런저런 느낌들을 발표했다. 그중에는 진보적인 정치색을 유지한 것들도 있긴 했다. 국민당의 파시스트적인 문화 전제주의가 날로 강화됨에 따라 임어당 등은 반동파의 압력에 겁을 먹고 우경화되어갔다. 〈논어〉 초기의 담백하고 진보적인 색채는 점점 퇴색되어, 노신이 말한 대로 '이미 대단히 무료한' 간행물이 되고 말았다. 〈인간세〉와 〈우주풍〉에는 좌익 문학 운동을 공격하는 글들이 점점 많은 비중을 차지하게 되어, 이른바 '당파정치를 거론하는 자는 싣지 않겠다'는 선언은 이내 거짓 구호가 되어버렸다.

임어당과 논어파는 뚜렷한 정치적 주장을 내세우지는 않았지만, 문학상 이론적 구호를 들고 나와 간행물들을 통해 되풀이해서 선전했는데, 그것을 총괄적으로 요약하자면 '유머(humor)', '성령(性靈 : human spirit)', '한적(閑適 : leisure and comfortable)'이라 할 수 있다. '유머'로 말하자면 확실히 임어당이 처음 제창한 것이었지만, 당초에는 문장 속에서 "그다지 긴요하지 않은 재미있는 말을 거리낌없이 끼워넣어 지나치게 건조하고 무료한 생활을 면하고자"한 것으로, "유머는 은근할수록 묵묵할수록 더욱 묘미가 있다"고 말하는 정도였다. 그런데 30년대에 오면 임어당은 유머를 언어나 문장 스타일에서 '인생의 한 부분'이자 '결국은 일종의 인생관이다'라는 고도의 경지까지 끌어올린다. 〈유머론(幽默論)〉이라는 긴 글에서 그는 횡적으로 유머의 범위를 확대하여 유머를 모든 사람과 관계가 있는 것으로 말하고, 종적으로 유머를 탐색해 들어가 장자(莊子)를 '중국 유머의 시조'로 떠받들면서 공자, 도가 및 명·청 시대의 전기문학(傳奇文學)을 모두

216

217

'유머파'에 집어넣었다.

임어당이 말하는 유머의 경계를 가지고 귀납해보자면 다음과 같이 나타낼 수 있다. 작자는 냉정하고 초월적인 방관자의 입장에서서, 사회의 부패와 국민의 고통에 대해 비분과 불만의 사상적 정서를 지니고, 장중함과 해학을 겸비한 청담하고 자연스러운 문장 스타일로 사회와 인생을 두루두루 뭉뚱그려 얘기한다. 이 '유머 문학'이 내포하고 있는 적극적이고 건강한 요소는 일찍이 노신과 좌익 문학 진영에서도 어느 정도 인정했다. 그러나 준엄한 계급투쟁의 소용돌이 속에서 '냉정하고 초월적인 방관자'의 입장은 결코 오래 지속될 수 없다. 노신이 말한 대로 "사회적 풍자 쪽으로 기울지 않고 전통적인 '우스갯소리'와 '자기 이익만을 꾀하는' 경향으로 추락하고 말았다."[143] 임어당의 '유머'는 갈수록 후자의 경향으로 방향을 틀고 있었다. 물론 일종의 언어 스타일로서 유머는 생명력이 있고 작품의 예술적 역량을 높일 수 있다. 이런 의미에서 본다면 임어당을 비롯한 논어파가 중국의 유머를 들고 나온 것은 착오가 있긴 했어도 어느 정도 공헌을 했다고 인정할 수 있다.

'성령'을 문학적으로 가장 먼저 외친 사람은 주작인이었다. 임어당은 거기에 호응하여, "주작인 선생이 공안(公安)을 제창해서 내가 거기에 화답한다. 대개 이런 종류의 문자는 현존하는 스타일로는 충분히 모범이 될 뿐 아니라 성령의 표준으로 들 수 있는 매우 실질적인 것으로, 백화문학이 표방하는 공허함과는 다르다"[144]
고 했다. '성령문학'을 고취시키기 위해 임어당은 〈유불위재수필
(有不爲齋隨筆)·논문〉, 〈자아론(說自我)〉, 〈성령기(記性靈)〉, 〈신
구문학(新舊文學)〉, 〈소품문의 문장 스타일에 관해(論小品文的筆
調)〉 등과 같은 일련의 글들을 써서, 성령에 대해 다양한 해석을
가했다. 그는 성령을 때로는 '개성'으로 보기도 하고, 때로는
'자아'라고도 했다가, 때로는 신비하여 알 수 없는 그 무엇이라
고도 했다. 물론 성령이 작가의 개성 또는 진실한 감정을 가리키
는 말이라면 시비할 것이 전혀 못 된다. 그러나 임어당이 '표준으
로 내세운' 성령의 뜻은 여기에 있지 않았다. 그것은 신문학과 현
실 투쟁이 서로 연관된다는 사실에 대한 불만의 반영으로, 명나라
때 작가들의 소품문 형식의 '성령문학'을 빌려 현실성이 풍부한
신문학을 대신하려는 의도가 내재되어 있었다. 게다가 그는 또 한
술 더 떠서 '반문반백(半文半白)'의 어록체(語錄體)를 제창했는
데, 이는 신문학운동에 있어서 명백한 퇴보였다.
　'한적'은 임어당이 소품문의 문장 스타일로 제창한 요소다. 본
래 작가가 어떤 스타일의 문장을 쓰든 그것은 작가의 자유이지 일
률적으로 강제할 수 있는 것이 아니다. 임어당이 '한적한 문장 스
타일'을 썼다면 그것은 그의 창작의 자유에 속한다. 그러나 그가
그것을 문단에 널리 퍼뜨리려고 한 것은 소득 없는 헛수고였고,
떠들면 떠들수록 본질에서 멀어지는 것이었다. 그는 결국에 가서

는 '한적'을 인류 문화를 생산하고 발전시키는 요소로까지 끌어올려놓고는 틈나는 대로 좌익 작가를 공격했다. 이 때문에 문학적 주장으로서의 한적은 유머나 성령에 비에 질이 떨어지는 것이 되고 말았다. 임어당의 이 같은 문학이론상의 주장은 모두 주관적 유심주의 문학에 기초를 두고 있는 것으로, 원래 결코 참신한 것이 아니다. 그런데 임어당이 지나치게 떠벌리는 바람에 논쟁이 일어날 수밖에 없었다. 《노신전집》및《신보자유담(申報自由談)》,《태백(太白)》등 30년대 간행물에서 그 당시 논쟁의 실마리를 찾아볼 수 있으므로 여기서는 더 이상 논하지 않는다.

임어당은 간행물을 창간하여 그를 통해 문학적 주장을 펼친 것 외에, 잡문과 산문의 창작 수량이 자못 많아 볼 만하다. 〈논어〉의 '논어', '나의 말'과 같은 고정 칼럼, 〈인간세〉의 '일석화(一夕話)'라는 전문 칼럼, 〈우주풍〉의 '고망언지(姑妄言之)', '소대유지(小大由之)'라는 고정 칼럼 등을 통해 잡문과 수필을 계속 발표했다. 1934년 이전에 쓴 글들을 모은《나의 말(我的話)》과《노사 유머 시문집(老舍幽默詩文集)》은 '논어총서'로 출간되었다. 그중《나의 말》은《행소집(行素集)》과《피형집(披荊集)》두 권으로 나누어져 있고, 모두 98편의 글이 실려 있다. 그 내용을 보면 대체로 다음 세 종류로 나누어진다.

첫째는 정론이나 시평 성격을 띠는 글로 정치 풍자에 가깝다. 〈자라투스트라와 동방삭(薩天師與東方朔)〉, 〈문자의 나라(文字

國)〉, 〈정치병(論政治病)〉, 〈민국 22년 국경일을 조문하며(弔民國二十二年慶日)〉, 〈증정 이솝 우화(增訂伊索寓言)〉, 〈중국에는 어째서 민치가 없나?(中國何以沒有民治)〉, 〈쓰다듬고 빗고 깎고 벗기고 및 기타(梳·篦·剃·剝及其他)〉 등과 같은 문장들은《전불집》의 반봉건적 색채를 계승하여 군벌통치와 관료정치에 대해 우회적으로 공격을 가하는 '눈물 속에 웃음을 머금고', '해학이 깃든' 적극적인 의의를 지니는 것들이다.

둘째는 임어당이 주장하는 '두루두루 뭉뚱그린 사회 풍자와 인생 풍자'다. 〈어떻게 '재계'를 쓸까?(怎樣寫'再啓')〉, 〈동짓날 아침의 살인기(冬至之晨殺人記)〉, 〈작문육결(作文六訣)〉, 〈국문강의(國文講話)〉 등이 이런 글들로, 우화적 의미는 깊지 않지만 사회비평과 문화 평론의 의미는 다소 포함되어 있다. 그중에는 또 '웃기 위해 웃는' 작품도 있다. 이를테면 〈나는 어떻게 칫솔을 사는가?(我怎樣買牙刷)〉, 〈영지군의 논어독법 논의에 관한 답장(答靈遲君論論語讀法)〉 같은 글들이 그런 것에 속한다.

셋째는 기술성(記述性) 산문이다. 버나드 쇼가 중국을 방문했을 때의 정경을 그린 〈물이여 물이여 흘러 흘러 넘치는구나(水乎水乎洋洋盈耳)〉라는 글이나, 젊은 여성 종업원을 묘사한 〈아방(阿芳)〉, 서호(西湖) 유람을 기술한 〈봄날 항주 유람기(春日游杭記)〉 등이 이런 성격은 띤 글들이다. 이런 글들이 수적으로 많지만 언어예술은 비교적 수준 높다고 할 만하다.

《나의 말》은 《전불집》에 비해 문장 스타일이란 면에서 변화를 보이고 있다. 단순·솔직함은 함축적인 것으로 나아갔고, 정열은 담백함으로 변하고 있다. 그러나 담백함 속에는 여전히 격정의 붓 끝이 느껴진다. 임어당 자신은 이를 두고, "무겁고 딱딱한 것에서 가볍고 느긋하게, 엄숙함에서 유머로 변화했다"라고 스스로 결론을 내리고 있다. 그러나 이 말은 일부 수준 높은 작품에 대한 개괄로는 그런대로 타당성을 가지지만, 상당수에 달하는 수준 낮은 글들은 실제로는 가볍고 느긋하기보다는 경박하고 자질구레하며, 유머라기보다는 유들유들하다고 할 수 있다.

《나의 말》은 비교적 일찍 책으로 묶여졌고, 또 주로 〈논어〉에 발표된 글들을 모은 것이었다. 〈인간세〉와 〈우주풍〉에는 많은 잡문과 문예평론 등을 계속 실었는데, 활용한 자료와 내용은 광범위하고 잡다하다. 사상과 예술적인 특색으로 말하자면 《나의 말》과 대체로 비슷하다. 임어당의 정치사상이 우경화되면서 좌익 문학운동을 공격하는 글도 많아졌는데, 〈어미돼지 강을 건너다(母猪渡河)〉, 〈내가 어찌 감히 항주를 유람하랴(我不敢游杭)〉, 〈네 번째로 나사못을 논함(四談螺絲釘)〉 같은 것들이 그러했다. 물론 현대 문학사에서 잡문과 산문의 발전을 추진했다는 점에서 임어당과 그가 창간한 간행물들은 어느 정도 적극적인 작용을 했고, 따라서 그 공을 모조리 없앨 수는 없다.

30년대 전반기 임어당은 중국어로 잡문과 산문을 쓴 것 외에도 영어로도 글을 썼다. 영자 신문 〈중국평론보(中國評論報, The China Critic)〉가 5·4 이후 상해에서 창간되었다. 임어당은 1928년 이 신문에 '노신'이란 제목으로 글을 발표한 적이 있었다. 1930년부터 임어당은 '소평론'을 써서 이 신문에 투고하기 시작해서 1936년까지 100여 편의 글을 실었다. 이것을 한데 모아《소평론선집(小評論選集)》이란 제목으로 상무인서관(商務印書館)에서 출판했다. 문장 내용은 〈논어〉, 〈인간세〉, 〈우주풍〉에 실린 것들과 대동소이했으며, 상당수가 중국어와 영어를 동시에 사용한 것들이었다.

1936년에는 손과(孫科)가 지원하는 영문 월간지 〈천하(天下)〉가 창간되었고, 임어당은 편집인의 한 사람으로 참여했다. 그의 《영역부생육기(英譯浮生六記)》는 바로 이 잡지에 연재되었다. 이어 상무인서관에서는 《영역 노잔유기 및 기타(英譯老殘游記及其他)》라는 제목으로 책을 출간했다. 임어당이 영역 작업에 종사하기 시작한 시기였다. 임어당의 영어 문장과 번역 작품의 수량이 많아지고 그 수준도 높았기 때문에 국외 학술계의 주목을 받게 되었고, 외국 잡지들도 임어당에게 원고를 청탁했다. 임어당의 영문 원고는 국내에서도 발표되었지만, 미국의 〈아주(亞洲)〉, 〈합보(哈普)〉 등과 같은 잡지에도 발표되었다. 1935년 임어당은 미국의 여류작가이자 출판가인 펄 벅의 요청에 따라 《내 나라 내 국민(吾國與吾民)》이란 책을 펄 벅 부부가 경영하는 뉴욕의 존 다이 출판사에서 출간했다.

　임어당은 일찍이 1920년대에 언어학과 음운학 연구에 몰두하여 일련의 논문을 발표한 바 있는데, 이것을 묶어 1934년《언어학논총》으로 출간했다. 이보다 앞서 지은《개명영문독본(開明英文讀本)》과《개명영문문법(開明英文文法)》도 한때 인기를 끌었다. 언어학 방면에 있어서 학술적 조예가 상당히 높았음을 볼 수 있다. 그러나 30년대 이후 문학에 대한 흥미가 언어학을 앞질렀다. "유머를 처음 인식하게 되면서 음운학은 걷어차 버려 점점 멀어졌다."[145] 그리하여 그는 기본적으로 언어학 연구를 중단했다.

　《내 나라 내 국민》이 미국에서 베스트셀러가 되자 임어당은 내심 출국을 희망했다. 자본주의사회의 물질생활에 대해 일찍부터 동경해왔고, 국내 정치투쟁에 대해 점점 권태 내지 두려움을 느끼고 있었고 문학에서도 별다른 이슈가 없는 차에, 펄 벅이 미국에 건너와 글을 쓰지 않겠느냐며 그를 초청하자 임어당은 기다렸다는 듯이 가족을 데리고 미국으로 건너갔다. 1936년 8월, 임어당은 아내와 딸들을 데리고 미국 대통령의 이름을 딴 기선 '후버호'에 올라 상해를 떠났다. '어사파' 주요 멤버로 상해 문단에서 활약한 시대는 이렇게 해서 마감되었다.

4

　1936년 9월부터 임어당의 문학 생애는 새로운 시기로 들어선
다. 오랜 기간 뉴욕에 거주하며 영어로 글을 쓰고 발표하기 시작
한 것이다.

　임어당은 출국하기에 앞서 이미 '두 발로 동서 문화를 밟고 코
스모폴리탄적인 문장을 쓰기로 마음먹은' 것으로 학문과 세상을
대하는 기본 노선으로 삼으면서, 아울러 "나의 가장 큰 장점이라
면 외국 사람에게 중국 문화를 얘기해주고 중국 사람에게는 외국
문화를 말해주는 것이다"라는 견해를 밝혔다.[146] 동서 문화의 물
길을 트고 중외 문화를 교류시킨다는 각도에서 보자면 임어당의
이런 바람은 나무랄 수도 없으며 또 확실히 문화 교류에 적지 않
은 도움이 되는 것이었다. '중국인에게 외국 문화를 말하고' '외
국인에게 중국 문화를 얘기하는' 두 방면 중에서도 임어당은 후
자에 더 많은 정력을 기울였다. 국내에 있을 때 이미 《노잔유기》,
《부생육기》를 영역했으며, 영어로 《내 나라 내 국민》을 펴내기도
했다. 그리고 미국에 건너간 지 얼마 되지 않은 1937년에 《생활
의 예술》을 미국, 영국, 캐나다 등에서 출간했다. 그 당시 외국의
독자들은 중국을 잘 몰랐지만 중국을 이해하고 싶어했기 때문에
《내 나라 내 국민》과 《생활의 예술》과 같이 중국인이 중국을 소개
한 책이 나오자 금세 베스트셀러가 되었다. 그러나 안타깝게도 작

가의 관점과 방법에서 타당성이 모자라 중국 사회에 대한 이해의 한계성을 적지 않게 드러냈다. 요컨대 외국 독자에게 중국을 정확하게 소개하는 책임을 다했다고는 할 수 없다.

《내 나라 내 국민》이 주관적으로 의도하는 바는 외국에 중국의 역사·사회, 중국인의 사상·생활 및 민족적 특성을 전면적으로 소개하려는 데 있었다. 그러나 임어당은 유심주의에서 출발하여 중국 역사와 중국 사회를 왜곡했다. 예를 들어 중국 역사 800년이 '일치일란(一治一亂)'의 '역사순환론'을 밟았다고 한 점이나, '중국에는 고정된 계급 구분이 없었다'는 '중국 무계급론' 따위는 모두 중국 역사와 중국 사회의 실제와 부합하지 않을 뿐만 아니라 일반 역사 지식에도 어긋나는 것이었다. 또 '중국인의 덕성', '중국인의 심령', '인생의 이상' 따위를 얘기하면서 중국 민족성의 소극적인 측면을 드러내고 있는데, 만약 그것이 민족정신을 진흥시키기 위한 것이었다면 크게 탓할 수 없을 것이다. 일찍이 노신도 "병폐를 드러내는 것은 그것을 치료하겠다는 생각을 불러일으키기 위한 것이다"라 말한 바 있다.

그러나 임어당은 외국인에게 중국을 소개하면서 중국인을 굼뜨고, 생긴 것만 번지르르하고, 세상 물정에 밝고, 개혁을 경시하는 사람들로 묘사했고, 나아가서는 '나이가 들수록 체면을 모르고 뻔뻔스러워진다'고까지 했다. 중국의 민족성을 이렇게 묘사한 것은 외국에 대해 중국의 낙후는 자업자득으로 외국과는 그다지 상관없다는 말로, 객관적으로 보아 제국주의 침략에 면죄부를 주는 것이나 다름없었다. 물론《내 나라 내 국민》에 장점이 전혀 없는 것은 아니다. 부분적으로 볼 만한 곳도 여러 군데 있다. 예컨대 중국 고대의 예술·건축·회화에 대한 소개는 돋보이는 점이 적지 않아 중국이 오랜 문명국임을 설명해주기에 충분하다. 책 끝머리에는 중국의 미래를 위한 출로를 모색하면서, 중국에 부르주아 계급 공화국이 세워져야 한다는 옛 꿈을 버리지 못하는 점도 보인다. 요컨대 이 책은 외국에서는 베스트셀러가 되었지만 중국의 애국자들에게는 환영을 받지 못했다.

《내 나라 내 국민》과는 달리《생활의 예술》은 예술성이 좀더 강화된 책이다. 그러나 문학작품이 아니라 산문화된 문장 스타일로 생활 철학을 서술한 것이다. 작가는 자칭 "한적한 생활 속에서 나오는 한적한 철학이다"[147]라고 말한다. 이 책에는 상당수의 중국 철학가·문학가 및 경전이나 일반 기록에서는 찾아보기 힘든 작가들과 그 작품이 소개되어 있어 지식성이 풍부하며, 특히 중국을 잘 모르는 외국 독자들에게는 눈과 귀를 새롭게 해준다. 그러나 책 곳곳에서 묻어나는 '낙도(樂道)'라는 것은 그저 '누가 가장 인생을 잘 누리는가', '인생의 성대한 향연', '유유하고 한가함의 중요성', '가정의 향수(享受)', '생활의 향수', '여행의 향수', '문화의 향수' 같은 것들로, 실제로 고대 중국 봉건 문인의 세상을 깔보는 '완세주의(玩世主義)'나 현대 부르주아 계급의 향락주의와 결합되어 있다. 이런 '생활의 예술'은 당연히 소수만이 누릴 수 있는 것으로, 당시 깊은 수렁에 빠져 있던 수많은 중국인들과는 무관한 것이 아닐 수 없다. 《내 나라 내 국민》과 마찬가지로 《생활의 예술》도 부분적으로 돋보이는 점이 적지 않다. 그러나 책 전체를 꿰뚫고 있는 것은 부르주아 계급의 인도주의를 핵심으로 하는 임어당의 인생관과 사회관이다.

임어당의 《내 나라 내 국민》과 《생활의 예술》은 '외국인에게 중국을 설명한' 것으로는 결코 훌륭하다 할 순 없지만, 진한 민족관과 민족 감정은 오히려 받아들일 만한 가치가 충분하다. 이는 그가 일본 제국주의 침략에 반대하면서 시비를 분명히 하고 민족적 입장을 굳게 지키게 하는 힘이었다. 임어당이 출국하기 전 항일 애국운동의 거대한 파도가 큰 고비를 넘고 있었다. 문학계는 중국 공산당의 항일 민족 통일전선의 추진과 호소 아래에서 항일 구국을 위해 연합하려는 분위기가 무르익었다. 노신, 곽말약(郭沫若), 모순(茅盾), 파금(巴金) 및 포천소(包天笑), 임어당 등 21명의 작가들은 '문예계 동인들의 단결과 침략 방어를 위한 언론자유선언'에 서명했다. 임어당의 정치적 입장은 좌익과 벌써 길을 달리하고 있었지만, 항일 구국을 위한 연합에는 기꺼이 찬동했다. 그러나 선언문이 발표되었을 때는 임어당이 이미 미국으로 떠난 뒤였다.

미국에 도착한 임어당은 일본 제국주의 침략의 마수가 중국에 깊숙이 뻗쳤다는 사실에 크게 주목하고, 미국 언론에 정론들을 발표하여 일본 제국주의의 침략적 야심을 폭로했다. 항일 전쟁이 터진 후 임어당은 항일을 외치는 정론을 많이 발표하여 일본 침략자의 만행을 꾸짖는 한편, 영국과 미국 등에 대해 중국의 항전을 도우라고 촉구했다. 정론 외에 임어당은 '대외에 중국을 알리는' 일을 계속 해나갔다. 그는 《논어》를 근거로 하여 《공자의 지혜》라는 책을 편역했으며, 계속해서 《노자》, 《맹자》, 《장자》 등을 번역하여 미국에서 출간했다. 이런 작업은 대단히 적극적인 의의를 지니는 것이었고, 또 임어당으로 보아서도 자신의 장점을 살릴 수 있는 것으로 뜬구름 잡는 식의 공허한 글들보다는 한결 실용적이었다.

1938년 봄, 임어당은 가족을 데리고 미국을 떠나 영국, 이탈리아를 거쳐 프랑스에 머물렀다. 가을에는 가족이 모두 스위스, 벨기에, 이탈리아 등 여러 나라의 명승고적을 유람했고, 이때 임어당은 유람기를 쓰기도 했다. 유럽에 전쟁의 먹구름이 몰려오자 임어당은 1939년 다시 가족을 이끌고 미국으로 되돌아왔다. 임어당은 《공자의 지혜》를 편역한 후 《홍루몽》을 번역할 생각이었으나, 생각을 바꾸어 《홍루몽》의 체제를 본받아 소설을 창작하기로 결심한다. 1938년 8월 프랑스에 머물고 있을 때 착수하기 시작해서 1939년 8월에 탈고한 후 미국에서 출간했다. 이것이 바로 영문 장편소설 《경화연운(京華烟雲)》(또는 《순식경화(瞬息京華)》로 번역하기도 한다)이다. 임어당은 〈논어〉 시절의 친한 친구로 싱가포르에서 항일 문학활동에 종사하고 있는 욱달부에게 편지를 보내 이 작품을 중국어로 번역하여 국내에서 출간해달라고 부탁하고 아울러 적지 않은 자료도 보냈다. 욱달부는 그러겠노라 답장을 보내고 번역에 착수하는 한편 〈우주풍〉에 연재할 준비까지 갖추었으나 안타깝게도 뜻을 이루지 못했다. 1941년 최초의 중역본이 '고도(孤島)' 상해에서 출간되어 항전 시기 후방 도시를 중심으로 퍼져나갔다.

이 소설의 창작 동기는 임어당 자신의 말에 따르면, "전선에 나가 있는 병사를 기념하기 위한 것이다. 이 책은 전쟁의 막바지에 일본인의 만행(마약을 비롯한 독약 판매, 밀수, 강간, 살인)을 폭로하기 위한 것으로, 사실 소설에 깊이 빠지면 그 정도는 논문보다 훨씬 강하다."[148] 이는 그가 정론을 쓰는 데 만족하지 못하고 소설로 항전을 선전하기로 마음을 바꾸었다는 말이다. 이 의도는 물론 좋은 것이었다. 《경화연운》은 스토리와 무관하고 수준도 그다지 높지 않은 정론이 군데군데 보이기는 하지만, 민족의식이 풍부하고 민족정의를 신장시키려는 작품이라 할 수 있다.

소설은 《도가(道家)의 딸》,《정원(庭園)의 비극》,《가을 노래》3부로 이루어져 있다. 스토리는 북경 동성(東城. 뒷날 요[姚]씨 집안은 북성[北城] 청왕부[淸王府]로 이사한다)의 요·증씨 두 부유한 집안의 40여 년에 걸친 변천사를 중심으로 하여 '현대(그 당시) 중국의 생활'을 표현하려 했다. 그중 제3부《가을 노래》는 9·18 이후 일본 제국주의 침략세력이 한 발 한 발 중국으로 침투하는 상황을 배경으로 묘사하고, 군사력으로 중국에 마약 같은 독약을 팔고, 천진(天津)을 점령한 후에는 강간, 살인 등 갖은 만행을 일삼는 과정을 그리고 있다. 소설은 북경 사람들이 수난을 당하는 이야기와 항일 의식에 넘치는 청년이 항일 투쟁활동에 적극 가담하여 자신을 항일 유격전쟁에 바친다는 이야기가 주로 묘사되고 있다.

이 소설은 '의화단'의 실패, 8개국 연합군의 북경 진입으로부터 항일전쟁 발발, 북경·상해가 함락되기까지의 40여 년 동안의 중대한 역사적 사건을 그리면서, 20년대 초 북경의 풍토와 인정을 묘사하고 있다. 그리고 주요 인물들의 형상은 선명하다. 그러나 '현대 중국의 생활'을 반영한다는 점에서는 그다지 성공을 거두지 못하고 있다. 지나치게《홍루몽》을 모방하는 바람에 현대 여성을 고대 여성과 같은 존재로 그리고 있다. 이는 현대 중국의 생활에 대해 작가가 익숙하지 못한 때문이며, 또 도가사상과 부르주아 계급의 인도주의 사상을 표리로 삼고 있어 '현대 중국의 생활'에 대해 정확한 평가를 내리기 힘들었기 때문이다. 물론 이 소설의 창작은 임어당 문학 생애에서 중요한 비중을 차지하며, 항전 시기에 출간된 장편 대하소설 중에서도 단연 큰 자리를 차지하고 있다.

《경화연운》에 뒤이어 임어당은 또다시 영문 장편소설《풍성학려(風聲鶴唳)》를 발표했다. 이 소설은 파란만장한 인생 역정을 겪는 한 중국 소녀를 중심으로 전개되는데, 이 소녀가 항일전쟁 초기의 빈민구제 활동에서 완전한 삶을 얻는다는 스토리다. 애정 전개가 소설의 중심을 이루고 있긴 하지만, 북경·천진·상해가 잇달아 함락된 후 전쟁 정국의 발전을 그리고 있으며, 부르주아 계급의 인도주의에서 출발하여 일본 침략자들이 중국 땅에서 저지른 천인공노할 만행을 폭로하고 중국인의 정의로운 항전 정신을 칭송했다. 이 소설에 나오는 일부 인물들과 스토리는《경화연운》과 어느 정도 연속성을 가지는데,《경화연운》의 주요 인물의 행방이 이 소설에 다시 나타나고 있다. 뒷날 임어당은 이 두 소설과 50년대 내놓은《주문(朱門)》을 합쳐 '임어당의 3부곡'이라 불렀다.

  항전기간 동안 임어당은 정치사상이란 면에서 장개석 통치 집단과 갈수록 가까워졌고, '반공'의식도 전쟁 전에 비해 더욱 강렬해졌다. 그러나 일본 파시스트에 대해서는 극도의 증오심을 보이며 민족정기를 유지했다. 그러나 〈논어〉 시절의 동반자였던 주작인과 도항덕(陶亢德) 등은 속속 민족적 절개를 저버렸다. 임어당은 국내 항일 문예계와 일정한 관계를 유지함으로써 어느 정도 명성을 얻었다. 항전기간 중 임어당은 두 차례 조국을 방문했다. 1940년 일본이 중경(重慶)을 폭격하던 시기에 1차 귀국했는데, 잠깐 머무르고는 이내 되돌아갔다. 두 번째 귀국은 1943년 가을이었다. 그는 이 두 번째 귀국에서 여러 사람에게 실망을 안겨주었다.

　중경, 서안(西安), 성도(成都), 장사(長沙), 계림(桂林) 등지를 두루 돌며 행한 연설은 대부분 당시 상황과 맞지 않았으며 항전과도 무관했다. 항일전쟁의 승리가 눈앞에 다가와 있었지만, 중국을 침략한 일제가 최후의 발악을 하고 있던 터라 상황은 그 어느 때보다 어려웠다. 그런데 임어당은 항전은 외면한 채 느닷없이《역경(易經)》을 들고 나와 '평화의 철학'을 떠드는가 하면, '동방의 달도 감상하고 서방의 달도 감상하며, 동방의 벌레도 박멸해야 하며 서방의 벌레도 박멸해야 한다'며 엉뚱한 소리를 늘어놓았다. 중경, 계림 등지의 언론들은 이런 적절치 못한 임어당의 강연을 강도 높게 비판하고 반박했다. 그러자 임어당은 〈좌파 형씨들에게(贈別左派仁兄)〉라는 통속적인 해학시로 답한 후 미국으로 가버렸다. 그가 말한 '좌파'란 곽말약과 조취인(曹聚仁) 등을 포함한, 그와는 의견이 다른 모든 사람을 가리킨다.

　임어당은 두 번째 귀국 때 영문 저작을 한 권 가져와 일부를 스스로 번역, 국내에서 출간했는데 이것이 바로《제소개비(啼笑皆非)》라는 정치 평론서다. 이 책에서 임어당은 구미 각국 언론계의 파시즘 침략을 변호하는 논리에 대해 비판과 반박을 가하고 있지만, 주된 의도는 영국과 미국의 장개석에 대한 원조가 힘이 되지 못한다고 비평하려는 데 있었고, 이와 함께 중국의 '공·맹의 도'를 가지고 구미 지도자들에게 도덕적 설교를 늘어놓고 있다. 이 책은 임어당이 20년대 반국수주의자에서 40년대에 오면 그 자신이 국수주의자로 변질되고 있음을 보여준다. 물론 지난날 국수주의와는 구별되어야 하겠지만. 두 차례 귀국에서 임어당은 단 한 번도 전선을 방문하지 않았다. 그런데도 미국으로 돌아가서는 반공적 내용이 담긴 '항일유기(抗日游記)'라는 부제가 달린《총을 베고 아침을 기다리다(枕戈待旦)》라는 책을 써냈다. 이러한 임어당의 언행은 국내외 문화계에서 그의 명성을 떨어뜨렸다.

1945년 8월, 일본 제국주의가 무조건 항복했다. 중국인의 항전은 위대한 승리를 거두었다. 〈논어〉와 〈서풍〉 등이 상해에서 다시 복간되었지만 이제 임어당과는 무관한 일이었다. 임어당은 상해 문단을 다시 중흥시킬 생각은 하지 않고 거액을 들여 중문 타자기를 연구하고 만드는 일에 열중하고 있었다. 1949년 분당 50자를 칠 수 있는 한자 타자기를 만들고, 또 〈중문 타자기의 발명〉이라는 글을 〈아주〉 잡지에 발표했다. 그러나 타자기는 제조원가가 너무 많이 먹혀 미국의 기업들도 감히 만들 엄두를 내지 못했다. 임어당은 10만 달러와 몇 년 동안 쏟은 심혈만 헛되이 낭비하고 말았다. 그러나 어떻게 보면 타국에서 영문으로 글을 쓰는 임어당도 한자의 응용과 오랜 중국 문화를 시종 잊지 못하고 있었음을 말해주는 사건이기도 했다.

중문 타자기를 연구하고 만드는 와중에도 임어당은 중국 고서를 계속 영역해냈다. 1947년 출판된 전기문학《소동파전(蘇東坡

傳)》과 1948년 출간된 장편소설《당인가(唐人街)》는 40년대 후반기 문학 생애에서 새로운 수확이었다.《소동파전》은 임어당이 전기문학에 발을 디딘 첫 작품으로, 수집한 자료도 비교적 풍부하며 3년이란 시간을 들여 완성했다. 작품 속의 소동파는 '당대에 보기 드문 기재이자 낙천가'로, 관직에 있을 때는 백성의 고통을 몸소 살펴 민심을 얻었으며, 귀양살이 때는 시를 즐기며 많은 시벗을 사귀었다. 소동파의 인생 역정과 주요 작품의 창작과정에 대한 묘사는 자못 생동감이 넘친다.

일부 역사적 사실들이 부정확하게 묘사되고 있는데, 이를테면 왕안석(王安石)과 사마광(司馬光)의 투쟁에 대해 봉건사가들의 낡은 관점을 그대로 이어받아 왕안석을 깎아내리고 사마광을 치켜세우고 있는 점을 그 한 보기로 들 수 있다. 특히 혐오스러운 점은 아주 오래전 옛사람의 전기를 쓰면서도 '반공'에 관한 구절들을 삽입하고 있는 것이다. 임어당의 저작에는 흔히 이런 투의 악필이 불쑥불쑥 튀어나오곤 한다. 그러나 어쨌든 전체적으로 보아《소동파전》은 학술성과 예술성이 비교적 강한 전기 작품이라 할 만하다.

《당인가》는 뉴욕 차이나타운에 모여 사는 화교들과 타운을 배경으로 해서 화교 노동자들의 생활을 그린 작품이다. 스토리의 중심은 세탁소 일을 하는 한 화교 집안이 두 세대에 걸쳐 뼈를 깎는 노력 끝에 창업을 이루고, 항일 전쟁이 터지자 차이나타운의 화교들과 함께 적극 조국을 지원하는 활동에 참여한다는 것으로, 강렬한 애국심이 표출되고 있는 작품이다. 그러나 작가의 실제 체험이 부족하고 기법은 너무 거칠고 소략하여, 인물 형상은 비교적 단순하고 예술적 매력도 모자란다. 《경화연운》에 비하면 크게 차이가 난다. 그러나 장기간 뉴욕의 빌딩에 살고 있는 임어당이, 반지하실 같은 곳에서 겨우 몸 하나 붙이며 살아가고 있는 하층민 화교를 깊이 있게 묘사한 것은 소중한 것이 아닐 수 없다.

1947년에서 1949년에 이르는 기간 중국은 해방을 맞이했다. 이 기간 동안 임어당은 연합국 자리를 차지하고 있는 장개석 집단의 추천을 받아 연합국 교과서 조직(유네스코) 내 예술조 조장을 맡게 되어 가족을 데리고 다시 프랑스로 이주하게 된다. 중국인들이 해방의 기쁜 환호성을 올리고 있을 때 임어당은 헤어날 수 없는 미혹 속에 빠져들고 있었다. 그러나 '대외에 중국을 알리는' 작업은 줄곧 중단되지 않고 계속되었다.

5

1949년 신중국이 탄생함에 따라 신문학 통일전선은 전에 없이 장대해졌다. 국외에 머무르고 있던 중국 작가들이 앞서거니 뒤서거니 귀국하여 인민을 위한 문학사업에 자신들의 재능을 바쳤다.

임어당은 여러 가지 주·객관적 이유 때문에 오랫동안 해외에서 문학과 학술활동에 종사해왔다. 그는 조국 땅의 진정한 현실을 체험할 기회를 갖지 못하고 제국주의자와 대만 통치자의 왜곡된 선전에 눈이 멀어 수시로 '반공'을 얘기하고 다녔으나, '있는 힘을 다해 목이 터져라 외치던'[149] 40년대와는 같지 않았다.

1950년 임어당은 연합국 교과서 조직의 직무를 사직하고 다시 미국으로 돌아와 책을 썼다. 여러 해 국내의 사회현실에서 벗어나 있었기 때문에, 지난날 익숙했던 생활을 소재로 해서 썼던《경화연운》이나《풍성학려》시절은 이미 되돌아올 수 없었다. 게다가 오랜 타향살이로 인해 창작의 원천이 바닥이 나서 몇 년 동안 소설을 전혀 쓰지 못하고 주로 중국 고전작품의 번역이나 개편 작업에만 종사했다. 두십낭(杜十娘)이 1백 가지 보물이 든 상자를 화가 나 물에 가라앉혔다는 '두십낭노침백보상(杜十娘怒沉百寶箱)'의 고사를 근거로 해서《두십낭》을 써서 1950년에 출간했다. 1952년에는《영역중편전기소설(英譯重編傳奇小說)》,《영역중편전과부고사(英譯重編全寡婦故事)》를 출간했다.

이렇게 책들을 개편하는 일은 문화 교류에는 유익했지만, 문학적 가치는 그다지 크지 않았다. 주로 수입을 늘려 미국 생활에 들어가는 막대한 지출을 충당하기 위해서였다. 1952년 4월, 임어당은 미국에서 〈천풍(天風)〉이란 월간지를 창간하여 자신이 사장이 되고 딸에게 편집을 맡겼다. 이름으로 보아 대체로 상해 시절 〈우주풍〉 스타일을 계승하고 드날리겠다는 뜻이었다. 그러나 임어당의 나이 이미 환갑을 바라보고 있었다. 지난날 〈논어〉나 〈우주풍〉 시대와 같은 정렬과 패기가 있을 수 없었고, 또 도항덕이나 서우(徐訏) 같은 배짱 맞는 동반자도 없었다. 〈천풍〉은 몇 차례 발간되지 못하고 요절하고 말았다.

생활의 원천이 말랐고 소재를 축적하기도 힘들었지만 임어당은 소설을 써서 후세에 남겨야겠다는 욕심을 버리지 않았다. 붓을 놓은 지 몇 년 만에 다시 영문으로 소설을 몇 권 더 썼다. 1953년 《주문(朱門)》이 출간되었고, 2년 후인 1955년에는 《원경(遠景)》('기도[奇島]'라고 번역하기도 한다)을 내놓았다. 《주문》은 임어당 자신이 스스로 자신의 '3부곡'의 하나로 꼽긴 했지만, 스토리와 인물이 이전 《경화연운》이나 《풍성학려》와는 전혀 관계가 없고, 단지 사상과 주제 면에서 어느 정도 계승 관계에 있을 뿐이다.

30만 자에 이르는 이 장편소설은 서안의 명문 부호 출신인 여대생과 서안 주재 상해신문사의 젊은 기자의 연애와 결혼을 중심으로 해서, 몇 쌍의 젊은 남녀의 애정 이야기를 30년대 초기 중국 서북 지구의 혼란스러운 사회적 배경 속에서 풀어나가고 있다. 그러나 묘사의 초점은 《경화연운》의 여주인공 요목란(姚木蘭)과 비슷한 젊은 여성 두유안(杜柔安)의 형상에 맞추어져 있다. 소설 속의 이 여성은 순진하고 꾸밈없고 품위가 있으면서도 열정적이고 선량하여 애정에 대해 충절을 다 바치는 인물이다. 그래서 부귀영화를 포기하고 청빈하지만 정직한 남자에게 헌신한다.

소설은 러브 스토리 및 가정·사회문제를 통해 진실하고 믿음이 충만한 미덕을 표현하면서, 부르주아 인도주의적 사회도덕과 윤리도덕을 찬양하고 있다. 소설은 당시 서북 지구의 정국과 시류를 다루면서 작가의 정치적 편견을 드러내고 있지만, 주된 내용으로 보아 역시 사회소설이며 스토리와 인물 묘사에서도 일부 볼 만한 곳이 있어 《당인가》보다는 잘 읽히는 편이다. 《주문》은 러브 스토리를 빌려 작가가 신봉하는 인생철학을 표현하고 있는 작품이지만, 스토리와 인물들에서 어느 정도 현실성이 느껴진다.

그러나 또 다른 작품 《원경》은 순전히 동화와 같은 환상에 속한다. 《원경》의 시대적 배경은 작품을 쓰던 때로부터 반세기 뒤, 즉 21세기 초로 건너뛴다. 스토리는 한 미국 여성이 비행기 고장으로 남태평양의 알려지지 않은 작은 섬에 떨어지는 것으로 시작된다. 이곳에서 주인공 여성은 원주민의 열렬한 환영을 받고 점점 원시적 멋과 평화로움이 넘치는 섬 생활에 적응해 나가면서 이 섬의 한 청년과 사랑에 빠지게 되고, 결국은 이미 제3, 4차 세계 대전을 겪은 문명 세계로 되돌아가지 않겠노라 결심한다.

소설은 젊은 미국 여성의 기이한 만남, 섬의 특이한 원시성 넘치는 풍토와 인정을 묘사하고 있는 것 외에, 중국 혈통을 가진 철학가가 수시로 등장하여 인도주의와 평화주의의 도덕적 설교를 하는 장면이 상당히 많다. 임어당은 일찍이 30년대에 "만약 돈이 좀 모이면 남태평양의 섬으로 도망가거나 아니면 아프리카 밀림으로 숨겠다"[150]고 말한 적이 있다. 이런 소설을 썼다는 것은 임어당이 사상 면에서 서양 세계에서 유행하던 '제3차 세계 대전을 피할 수 없다'는 비관주의의 영향을 깊게 받았고, 예술에서는 초현실주의와 상징주의의 영향이 적지 않았음을 보여준다.

《주문》이 출판되고 《원경》이 나오기 전, 임어당은 싱가포르에서 남양 화교들이 설립하고자 하는 남양 대학(南洋大學)의 교장으로 추대된다. 그러나 임어당은 예산 문제로 학교 집행위원회와 의견이 맞지 않아, 싱가포르에 온 지 반 년이 채 안 되어 학교의 결정이 내려지지도 않았는데 2년 6개월분 봉급을 가지고 뉴욕으로 되돌아온다. 그러고는 지면을 통해 남양 대학 집행위원회를 공격한다. 이 같은 행동은 이름난 학자로 화교들 사이에서 명망이 높았던 임어당 자신의 체면을 크게 손상시키는 것이었다. 싱가포르로 떠나기를 전후해서 임어당은 오랫동안 인연을 맺어왔던 펄 벅 부부와도 멀어져 결국은 관계가 끊어졌다. 이는 임어당의 저서와 역서 출간에 영향을 주었다. 본래 임어당의 책들은 모두 펄 벅 부부가 경영하는 존 다이 출판사에서 출간되었는데, 그 후로는 플랜티스 홀 출판사나 다른 출판사를 통해 출판할 수밖에 없게 되었다.

임어당은 남양 대학의 교장직을 제대로 해내지 못하고 뉴욕으로 돌아와 글을 썼지만 창작 열정은 전과는 사뭇 달랐다. 1957년 그는 《장자》를 번역한 다음 《측천무후(武則天傳)》를 써서 런던 윌

리엄 하이네만 출판사에 넘겨 출간했다. 이 작품은《소동파전》과는 서술체제가 다른 소설체 전기소설이었다. 서술이 자못 생동감 넘치기는 하지만 역사 인물 전기로는 자료와 관점이 모두 진부하고, 여전히 봉건시대 전통적인 관점을 그대로 물려받고 있다. 그는 측천무후를 "중국 역사상 가장 과장되고 가장 자부심이 강하고 가장 제멋대로이고 가장 평판이 나쁜 황후였다"[151]고 평했다. 새로운 해석도 없고, 학술성도《소동파전》에는 못 미치는 작품이었다.

60년대 초, 임어당은 다시 한 번 유럽 대륙을 여행한 것 외에도 미식(美食) 연구에 열중했다. 아내를 도와《중국요리비결(中國烹飪秘訣)》이란 책을 펴내 프랑크푸르트 요리학회로부터 상을 받기도 했다. 요리 연구에 빠져 있을 때도 그는 번역과 글을 쓰는 일을 게을리 하지 않았다.《중국고문소품선역(中國古文小品選譯)》과《중국저명시문선독(中國著名詩文選讀)》을 편역한 것 외에도 두 편의 장편소설을 썼다. 두 편의 장편소설은 1961년 완성한《홍목단(紅木丹)》과 1963년 세상에 나온《뇌백영(賴栢英)》이었다. 이 두 책은 모두 미국 클리블랜드 세계출판사를 통해 출간되었다.

《홍목단》은 청나라 말년 한 평범한 젊은 여성이 자주적인 혼인을 추구한다는 이야기가 주를 이루고 있는 작품이다. 홍목단은 소설 속 주인공의 별명이다. 주인공은 선량하고 정직하여 부모의 명대로 출가했으나, 남편이 죽은 뒤 봉건적 옛 습속을 버리고 혼인에서 자주성을 추구하며 여러 차례 우여곡절을 겪은 끝에 한 농부에게 헌신한다는 내용이다. 이 소설은 서양 문학작품을 본떠 성적인 면을 적지 않게 묘사하고 있으며, 결혼에서의 자주성 쟁취가 실제로는 성해방 추구로 변해 있다.

《뇌백영》은 작가의 첫사랑의 여인 뇌백영을 원형으로 한 애정소설이다. 일부는 사실이고 또 지엽적인 사실도 첨가한 것이나 허구적 성분이 상당히 많은, 반자전적 소설에 속한다. 부분적으로 문란한 성묘사가 있기는 하지만 전체적인 분위기는《홍목단》에 비해서는 건강하다. 특히 민남(閩南)의 산수와 풍속·인정에 대한 묘사에는 짙은 향수가 흘러 넘친다. 그러나 이 소설은 사상적인 면은 말할 것도 없고 예술적인 점에서도 초기의《경화연운》에는 훨씬 못 미치며, 50년대의《주문》에도 못 미친다. 이는 임어당의 소설 창작의 전성기가 이미 지났음을 말하는 것이자, 생활소재의 축적과 예술 기교의 컨트롤은 말할 것도 없고 더 이상 몸과 마음이 따로 놀아 그럴듯한 작품을 써내기 어려워졌음을 의미하는 것이었다.

임어당은 오랫동안 뉴욕에 살면서 글을 썼지만 사교도 좋아하지 않았고 손님이 찾아오는 것도 달가워하지 않았다. 그러나 가끔씩 초청을 받아 강연을 하곤 했다. 1961년 1월 16일에는 미국 의회의 초청을 받아 워싱턴에서 〈5·4 이후 중국 문학〉이라는 제목으로 강연을 했다. 이 원고는 의회 도서관에서 출판한《최근 소련

·중국·이탈리아·스페인의 문학에 대한 투시》라는 논문 보고서에 실렸다. 임어당은 '모든 창작은 모두 개인의 심령 활동이다'라든지 '문학은 영원히 개인의 창조'라는 관점에서 5·4 문학혁명의 역사를 논술하면서, 중국 현대의 몇몇 작가를 소개하고 "가장 괜찮은 시인은 서지마(徐志摩)이며" "단편소설에서는 노신, 심종문(沈從文), 풍문병(馮文炳)과 서우가 가장 낫다"고 평했다.

그는 마치 현대문학사가와 같은 자세로 '대외에 중국을 소개했다.' 그러나 그는 중국 현대문학에 대해 계통적인 연구를 한 것도 아니고, 잘 알고 이해하는 중국 현대작가의 범위도 매우 좁으며, 게다가 정치적 편견도 심했다. 따라서 중국 현대문학에 대해 객관적·역사적 평가를 그가 내린다는 것은 애당초 불가능에 가까웠다. 그는 이해에 대만 당국의 배려로 남미 6개국을 방문하게 되었다. 그의 저술 일부가 이미 스페인어로 소개되어 있던 탓에 그는 유명작가로 대접을 받았다. 그러나 가는 곳마다 행한 그의 연설은 시종《중서 문화의 차이(論中西文化之不同)》의 낡은 틀을 벗지 못하고 있었다.

만약 임어당이 시간과 정력을 문학 창작과 번역, 중국과 서양 문화의 비교연구에 집중했더라면 좀더 유익한 일을 많이 했을 것이다. 그러나 그의 정치의식은 다른 재미 작가나 학자들 중에서는 찾아보기 힘들 정도로 유달리 강렬했다. 그는 늘 반공 정견을 발표하며 많은 글과 정열을 낭비하여 국제적으로 '반공 작가'라는 아름답지 못한 별명을 얻기도 했다. 그러나 공산주의에 대한 그의 지식은 딱할 정도로 빈약한 것이었고, 공산주의에 대한 평론도 유치하고 가소로운 것이어서 반박의 가치도 없다. 1959년 발표된 《익명—1917년에서 1958년까지의 소비에트 러시아 기록》은 바로 이런 학자로서의 체면을 벗어던진 낭비성 작품이었다.

60년대 초 제국주의와 각국 반동파들은 반공·반중화·반혁명의 기치를 높였고, 대만의 국민당 집단도 '반격 대륙'을 외쳤다. 임어당의 반공의식도 이에 고무되어 학자로서 가져야 할 과학정신은 아랑곳하지 않고 잇달아 기본적 사실과 어긋나는 말과 글을 발표했다. 1964년 임어당은 광동성 혜양(惠陽)이라는 농촌을 배경으로 한 소설 《자유의 성을 향하여(逃向自由城)》라는 작품을 내놓아 신중국의 농촌을 크게 오염시키려 했다. 이 소설은 기교도 졸렬하여 차마 눈뜨고 못 봐줄 정도다. 〈논어〉 시절 임어당의 친구이면서 그 뒤 대만과 홍콩에서 많은 작품을 출간한 서우조차 "최후의 이 소설 《자유의 성을 향하여》는 사실 발표 안 하는 것이 좋았을 작품이다. 중국 대륙에 호기심이 많은 젊은이들이 모두 이 책을 비웃으며, 심지어는 '임어당이 이런 것을 써내고도 어떻게 대가 소리를 들을 수 있느냐?'고 했다"[152]라고 말할 정도였다. 이것은 확실히 작가의 이름을 더럽혔다. 이 소설(사실은 선전물)의 출판은 임어당이 소설 창작에서 이미 막다른 골목에 들어섰음을 말하는 것으로, 이제는 차라리 붓을 내려놓은 것이 낫다는 뜻이기도 했다. 뒷날 임어당이 자신의 소설을 재정리하면서 이 소설을 빼버렸다는 사실에서도 이 점은 더욱 분명해진다.

　임어당의 정치의식이 별로 취할 만한 구석이 없고 또 학자의 위신을 갉아먹는 황당한 글과 말을 발표했다고는 하지만, 어쨌거나 그는 작가이자 학자였다. 1936년부터 시작해서 30년 동안 해외에 살면서 주로 문학과 학술활동에 종사했고, 또 그 과정에서 중외 문화 교류에 유익한 일을 적지 않게 해왔다. 이 점은 당연히 '실사구시'적 입장에서 정당하게 평가되어야 할 것이다.

6

　1965년 1월, 임어당은 대만 중앙사(中央社)와 계약을 맺고 '못할 말 없다(無所不談)'라는 고정 칼럼에 평론을 쓰게 된다. 중앙사는 전신으로 대만 각 신문사에 이 평론을 발송하는 형식을 취했다. 1966년 6월, 임어당 부부는 마침내 30년 국외 생활을 청산하고 그의 고향과 바다 하나를 사이에 둔 대만 대북시로 거처를 옮긴다. 중앙사에도 계속 투고했다. 이때부터 임어당은 다시 한 번 중문으로 글을 쓰는 시기로 들어섰다. 1965년부터 1967년까지 그가 중앙사에 투고한 180편에 가까운 단문들을 모아《못할 말 없다》(1, 2집)를 출간했다.

임어당이 만년에 대만에 정착하게 된 것은 그의 진한 민족의식과 향토애와 관계가 있을 것이다. 그는 30년이라는 긴 세월을 미국에서 살았지만 끝내 미국 국적을 얻지 않았다. 그리고 적지 않은 돈을 벌었지만 집을 사지 않았다. 그의 마음에는 늘 조국 중국의 고향으로 돌아가야겠다는 생각이 자리잡고 있었다. 그는 친한 사람에게 "많은 사람들이 나에게 미국 국적을 얻으라고 했지만, 나는 이곳은 내가 뿌리를 내릴 곳이 아니기 때문에, 그래서 지금까지 내 집을 사지 않고 월세를 내며 살았다고 말해주었지"[153]라고 말한 적이 있다.

해협 양안은 서로 통행이 불가능했고, 임어당 자신이 여전히 진부한 정치적 편견을 고수하면서 대륙의 사회주의가 하루가 다르게 달라지는 변화상에 대해 전혀 무지했기 때문에 간절히 고향으로 돌아가고 싶어 했으면서도 다시는 고향을 보지 못했다. 본적지인 장주와 그가 태어나 어린 시절을 보낸 판자 및 소년 시절 공부했던 고랑서가 어떻게 변했는지도 볼 수 없었다. 단지 대만과 민남은 사투리가 같은 계통이고 풍속도 비슷했기 때문에, 임어당은 대만에서 고향의 사투리를 듣고 민남의 풍토와 분위기를 느낄 수 있었을 뿐이다. 그래서 그는 대만에서 고향의 사투리를 듣는 것을 "인생에서 즐거운 일의 하나"[154]라고 했다. 그는 이렇게 말했다.

대만에 와서 뜻하지 않게 고향 사투리를 들으니 절로 즐거워졌다.

영화관에서 여종업원이 뜻밖에 민남 사투리를 말했다. 자리에 앉자 옆자리의 관객도 뜻밖에 민남 본토 발음으로 말을 했다. 영화관을 나오자 흰 블라우스에 붉은 치마를 입은 두세 명의 여성들이 역시 민남 사투리로 서로를 놀리고 있었다, 나에게는 정말 복이 아닐 수 없었다.[155]

대북시에 정착하는 동안 그는 몇 편의 글을 통해 이 같은 향수를 서정적으로 표출했다. 〈물건을 산 이야기(論買東西)〉에서는 본래 그냥 구경만 하려고 들어간 오금점(五金店)이란 가게에서 진짜 용계 지방 사투리를 쓰는 주인을 만나 장주의 동문(東門), 강동(江東)의 대석교(大石橋) 이야기를 하며 몇 시간 추억에 잠겨 있다가, "어느 누가 고향의 정이 없겠는가? 그러니 어찌 물건을 사지 않고 나올 수 있었겠는가?"[156]라고 쓰고 있다. 그리하여 별 필요도 없는 물건을 한아름 사가지고 집으로 돌아왔단다. 고향에 대한 강한 향수는 사실 그의 민족관념을 강화하는 데 자극이 되었다. 그가 해외에서 중국을 소개할 때 소홀한 점이 많기는 했지만 민족관만큼은 대단히 강렬했다. 그래서 그는 일찍부터 미국 정치 지도자들과 '두 개의 중국'을 만들려는 정객들의 음모를 비판해왔다.

1967년 임어당은 홍콩 중문 대학(中文大學) 초청으로 연구교수가 되어 《당대한영사전(當代漢英辭典)》을 편찬하는 일을 맡게 되었다. 그는 조수 몇 명과 함께 2년 동안 심혈을 기울여 기간 내에 일을 끝내고 1972년 홍콩에서 출간했다. 만년의 임어당이 자신의 장점을 살려 이룩해낸 중외 문화 교류에 적지 않은 도움이 되는 일로,《자유의 성을 향하여》로 실추된 그의 명성을 어느 정도 만회시켜주었다.《당대영한사전》을 끝낸 뒤 임어당은 다시 국어사전을 재편집하여 대만 개명서점을 통해 출간할 계획이었으나 나이도 많고 힘도 달려 착수하지 못했다. 그러나 단문과 단편적인 연구는 약간 써냈다. 1973년 그는 대만 신문에 발표한 글들을 모아《못할 말 없다》(합집)를 출간했다. 이 책은 잡문을 모은 책인데, 그 서문에서 임어당은 이런 말을 하고 있다.

이 책은 동서고금의 산천과 인물을 잡담식으로 이야기한 다양한 소품들이다. 의견을 밝혀야 할 글들은 깊이 들어가서 얕게 나오는 식으로 주로 쉽게 뜻을 드러내는 데 중점을 두었지 이론은 중시하지 않았다. 현학적인 것도 건드리지 않았는데, 몇 편의 글들은 내 사상의 중심에 의지해 쓴 것들이다. 이를테면 〈대동원과 우리(戴東原與我們)〉, 〈진실과 허위(論誠與僞)〉, 〈중외의 국민성(論中外之國民性)〉 등은 허위에 찬 성리학을 배척하고, 공자와 맹자를 존중하자는 글들인데, 송나라 때 유학자들이란 불교를 가지고 유교로 들어가 심성을 논하면서도 오히려 공맹의 인정에 부합하는 철학은 멀리했으니, 유교를 믿어 선정(禪定)을 하지 않는 자도 이미 절반은 선정에 들어간 것이나 마찬가지였다. 이런 점은 나보다 먼저 안습재(顏習齋)나 고정림(顧亭林)이 이미 말한 바다. 이것이 유가가 동(動)에서 정(靜)으로 들어가게 되는 커다란 요체(要諦)였다. 그렇게 된 까닭은 깊게 생각하지 않으면 안 된다. 〈동서 사상의 차이(論東西思想法之不同)〉는 나의 일관된 중심 사상으로 이 문제를 좀더 상세하게 논의한 글이다. 마음에 위기의식이 생겨 말하지 않을 수 없었다.

이상에서 우리는 이 책의 내용이 어떠한지 어렵지 않게 알 수 있다. 이 책에는 반공을 외치고 마르크시즘을 왜곡하는 구태의연한 정론들도 몇 편 실려 있는데, 대만과 같은 정치 풍토에서는 흔한 것이었다. 대만의 일부 작가나 학자들도 이런 정치 환경에 맞추어 글을 쓰곤 했지만 속으로는 못마땅하게 생각하는 학자들도 있었다. 그러나 임어당은 자각에서 나온 것이었다. 그러나 만년으로 갈수록 그런 글은 거의 쓰지 않게 되었다. 따라서 이 책에 실린 문장들은 대부분 문화평론과 학술적 토론, 산수 유람기 및 추억담과 같은 것으로, 학술성과 지식성을 띠면서도 일부는 상당히 흥미롭기도 하다.

임어당은 유학에서 돌아온 후 중외 국민성 비교와 동서 문화의 비교에 관심을 기울여 만년에는 여기에 열중했다. 《못할 말 없다》(합집)에 보이는 이런 성격의 글들은 그의 동서 문화 비교관을 반영하고 있다. 그는 다음과 같이 말한다.

중화 민족을 서양 국가와 비교해보면 진취성이 모자라고 보수적이며, 용감하고 의연한 정신이 모자란다. 반면에 인내심이 매우 깊다. …… 중국의 문화는 정적인 문화고, 서양의 문화는 동적인 문화다. 중국은 음(陰) 위주이고 서양은 양(陽) 위주다. 중국은 정(靜) 위주고 서양은 동(動) 위주다.[157]

그는 또 이런 말도 했다.

중국은 실천을 중시하고 서양은 추리를 중시한다. 중국은 정을 중시하고 서양인은 논리를 중시한다. 중국 철학은 천명을 따라 마음의 평안을 얻는 '입명안심(立命安心)'을 중시하며, 서양인은 객관적인 이해와 해부를 중시한다. 서양은 분석을 중요하게 여기며 중국은 직감을 중요하게 여긴다. 서양인은 지식 추구에 중점을 두고 객관적 진리를 추구한다. 중국인은 도의 추구를 중시하여 행동의 도를 추구한다.[158]

이러한 분석이 꼭 정확하다고는 할 수 없지만 전체적으로 보아 일가견을 이루고 있다고는 할 수 있다. 물론 임어당의 학술 사상은 결국 유심주의에 기초를 두는 것으로, 사물을 관찰하는 방법은 형이상학이다. 따라서 거시적이 되었든 미시적이 되었든 사물의 본질을 드러내서 과학적 답안을 얻기란 어렵다.

《못할 말 없다》(합집)에는 산천과 인물을 얘기한 소품문들이 적지 않게 수록되어 있다. 〈호연지기―국부 손중산을 기념하며(一點豪然氣―紀念國父)〉, 〈끝없이 광활한 돈황(記大千話敦煌)〉, 〈전목선생의 경학 이야기(談錢穆先生之經學)〉 및 〈뉴욕에서의 낚시(記紐約釣魚)〉, 〈스위스 풍광(瑞士風光)〉, 〈오스트리아의 이것저것(雜談奧國)〉 등이 그런 것들로, 문체가 활발하고 자연스러우며 유머가 수시로 번득인다. 임어당은 오랫동안 영문으로 글을 써오다 만년에 와서 다시 중문으로 글을 쓰게 되었는데도, 그 문장이 자유롭고 유창하며 영어 투와 서양 끼가 적어 참으로 귀중한 모습을 남겼다.

임어당은 만년의 문학 연구논문도 이 책에 넣었다.《홍루몽》후반부 40회의 작자에 대해 연구하고 쓴 〈평안한 마음으로 고악을 논함(平心論高鶚)〉이나 〈새로 발견한 조설근이 손수 정정한 120회 홍루몽본(新發現的曹雪芹手訂紅樓夢本)〉 등이 그것이다. 그는 《홍루몽》을 매우 높게 평가하여, "중국 문학사상 가장 위대한 창작으로 상상 문학의 최고봉이다. 나는 그것을 톨스토이의《전쟁과 평화》와 같이 세계 10대 소설의 하나로 꼽고자 한다."[159] 그는 《홍루몽》후반부 40회가 고악(高鶚)이 이은 것이라는 고증과 결론에 관한 호적의 견해에 동의하지 않고, 정을본(程乙本)의 고증에 근거하여 후반부 40회는 조설근의 남은 원고이며, 그가 수정하고 보완하여 완성한 것이라 추단하고, 고악 또는 다른 사람이 이은 것이라는 설에도 찬성하지 않았다. 그의 추론이 성립하느냐의 여부를 떠나 이는 하나의 학술연구로 공허한 정론에 비하면 그 가치가 크다.

책을 통해 자신의 견해를 제기하는 것 외에도 임어당은 대만에 있는 동안 여러 가지 문화활동에 참여했다. 호적과 나가륜이 세상을 떠난 뒤 임어당은 대만에서 가장 명망 높은 신문학 원로작가로 대접받았다. 그래서 늘 대만의 중국 작가를 대표하여 여러 문화 교류에 참여하여 활동했다. 1968년 6월 18일부터 6월 20까지 제2회 '국제대학총장협회'가 한국 서울에서 열렸다. 임어당은 이미 남양 대학 총장은 아니었지만 대만 '중앙연구원'의 원장 왕세걸(王世杰)과 함께 이 대회에 참석해서 〈전 인류 공동 유산의 추세(趨向于全人類的共同遺産)〉란 제목으로 동서 문화의 차이 및 양자의 조화와 앞날을 분석한 강연도 했다. 1969년 임어당은 나가륜의 뒤를 이어 대만의 국제 펜클럽 회장이 되었다. 그리고 프랑스에서 열린 제36회 국제 펜클럽 대회에 참가했다. 1970년 6월, 임어당은 '제3차 아시아 작가 대회'를 대북에서 주관하여 열었다. 그런 다음 다시 서울에서 열린 제37차 국제 펜클럽 대회에 참가하여 〈동서 문화의 유머(論東西文化的幽默)〉라는 제목으로 강연했다. 1975년 4월 제40차 국제 펜클럽 대회가 빈에서 열렸고, 이 대회에서 임어당은 부회장으로 추대되는 한편 노벨 문학상 후보의 한 사람이 되기도 했다.

임어당은 《당대한영사전》을 편찬하는 동안 여러 차례 대만과 홍콩을 오갔다. 사전의 편찬이 끝나고 《못할 말 없다》(합집)가 출간된 후 임어당의 정력은 이미 전 같지 않았고, 대만에서의 생활은 기본적으로 조용히 은거하는 생활 그것이었다. 그는 이렇게 말한다.

나의 일생을 되돌아보면 이런 느낌이 든다. 인생은 성공이든 실패든 쉬면서 유유자적 날을 보내고, 손자들을 무릎에 올려놓고 재롱을 보며 즐거워하고, 친척들에 둘러싸여 인생 최고의 복을 누릴 권리가 있는 것이라고.

그는 대북시 교외 양음산(陽陰山) 기슭에 정원이 딸린 하얀 집을 세내어서 정원 가운데에 작은 연못을 파고는 위쪽에는 화초를 심고 못에는 금붕어를 놓아길렀다. "그는 마당에서 자연의 소리를 듣는 것을 가장 좋아했다. 아침을 먹고 나면 더 오랫동안 담배를 입에 물고 연못 속의 고기를 바라보며 생각에 잠겼다."[160] 임어당 생애에서 최후 몇 년은 이런 은둔생활과 함께 지나갔다.

그는 가정생활의 즐거움을 한껏 누렸지만 정신적으로는 오히려 공허를 느끼고 있었다. 기독교에 대한 그의 믿음과 열정은 청년시절 한때 꺾인 적이 있긴 하지만, 시종 진짜로 기독교를 떠난 적은 없었다. 1959년 그는 《이교도에서 기독교로(從異教徒到基督

敎)》라는 책을 냈는데, 거기서 그는 "나 자신의 신앙상의 탐험·난제 및 혼란, 그리고 기타 철학과 종교의 연구 및 옛 성현과 철인이 가장 귀하게 여긴 말과 후회·반성을 기록했다"[161]라고 말한 적이 있다. 이 책은 임어당 자신의 심령생활을 기록한 자전이라 할 수 있다. 나이가 들고 기력이 쇠퇴해지면서 기독교에 대한 그의 자세는 더욱 경건해졌다. 특히 큰딸 임여사(林如斯)가 1971년 자살한 뒤로 그는 정신적으로 큰 충격을 받았다. 당시 둘째딸 임태을(林太乙)과 셋째딸 임상여(林相如)는 모두 홍콩에서 일을 하고 있었다. 큰딸이 죽은 뒤로 임어당 부부가 홍콩에 머무는 시간은 더 많아졌지만 수시로 대북 양음산 기슭의 하얀 집으로 돌아오곤 했다.

1974년 대만 문화계는 임어당의 80세 생일을 위해 파티를 열었다. 임어당은 《팔십자서(八十自敍)》라는 책을 써서 자신의 일생을 전체적으로 되돌아보았다. 이때 임어당의 문학 생애는 사실상 막을 내린 셈이었다. 이후 임어당은 건강이 나빠져 걸음걸이도 불편했고 기억력도 많이 떨어졌다. 그 스스로도 이제 '언제 소멸될지 모르는 바람 앞의 다 타버린 촛불과 같은' 인생의 막바지에 와 있음을 잘 알고 있었다. 1976년 3월 26일 홍콩, 임어당은 82세의 나이로 세상을 떠났다. 그의 시신은 대북 양음산 기슭에 묻혔다. 임어당은 세상을 떠나기 전 자신의 영문 소설을 미아공사(美亞公社)에 넘겨 대만에서 번역, 출판하도록 했다. (대부분의 작품이 그 뒤

원경출판사업공사를 통해 출간되었다.) 개명서점에서는 임어당의《못할 말 없다》(합집)를 제외한 중문으로 쓴 글들을 모아《어당문집(語堂文集)》으로 편집해서 1978년 출판했다.

7

임어당의 인생 80년 중 문학 생애는 반세기를 넘게 차지한다. 그는 '용계촌의 촌아이'에서 다년간 각고의 노력과 학습을 거쳐 30부에 달하는 저서와 역서를 써낸 작가이자 학자였다. 그의 후반기 인생의 정치적 입장과 사상은 그다지 볼 만한 것이 없지만, 문학과 학술 영역에서는 확실히 부지런한 개척자로 많은 일을 해냈다. 그중에는 보잘것없는 헛수고의 결과물도 적지 않지만, 전체적으로 보아 그가 남긴 성과와 공은 말살될 수 없다. 임어당이 해외와 대만 그리고 홍콩에서 높은 명성을 누린 것도 그만한 까닭이 있어서였다. 물론 임어당을 연구하고 평가하는 일은 다른 역사적 인물을 연구하고 평가하는 일과 마찬가지로 역사적 사실을 근거로 삼아 그 공과 시비에 대해 과학적인 분석과 실사구시적 평가를 내려야지, 공허하게 또는 추상적으로 치켜세우거나 깎아내려서는 안 될 것이다. 임어당이 세상을 떠난 뒤 일부 학자들은 그를 '일대철인'이니 '위대한 중국 작가'니 '세계 문단에 이름을 드날린 중국의 대문호'니 '수천 년 중국 문명에서 피어난 기이한 꽃'이니 하면서 공허한 미사여구로 과학적 평가를 대신하려 했다.

'철인(哲人)' 또는 사상가로서 임어당은 대가의 대열에 오르기 어렵다. 이는 그가 어떤 정치관과 역사관을 가졌느냐로 평가하는 말이기도 하지만, 주로 그의 사상이론이 사상가가 가져야 할 수준과는 한참 멀다는 것을 뜻한다. 그런 그에게 '일대 철인' 운운하는 수식은 명실이 상부하지 않는다. 임어당은 자신의 저서에서 늘 사상가와 같은 자태로 정치, 문화, 사회, 인생 등에 대해 거리낌 없이 말했고, 또 번거로움을 마다하지 않고 이런저런 도덕적 설교를 늘어놓았지만, 유럽과 중국 인문주의의 이론적 관점과 중복되는 부르주아 계급의 민주와 자유를 선양하거나 종교적 인도주의를 고취하려 한 것 외에, 그 자신만의 사상체계를 형성하지는 못했다.

임어당은 20, 30년대에 이미 호적을 대표로 하는 현대평론파를 비판하여 어느 정도 공을 세우기도 했다. 그러나 철학사상의 이론 체계를 놓고 보면, 오히려 호적이 비교적 틀이 잡히고 나름대로의 일가를 이루는 이른바 '호적사상'의 이론적 관점을 형성했다고 할 수 있다. 그리고 구중국 지식인들 사이에 적지 않은 영향을 미치기도 했다. 임어당 역시 중국 부르주아 계급의 문화계를 대표하는 인물이라 할 수 있지만, 사상이론이 대체로 잡다하여 정치, 사회, 인생 문제에 대한 사고와 탐구는 왕왕 천박하고 기복이 심하며 또 심오한 견해를 제기하는 것도 아니어서 중국 지식인 사이에서는 그 영향력이 극히 제한적이다. 임어당은 저술은 많았지만, 시종 도덕가의 정원에만 머무르고 사상가나 철학가의 전당으로는 들어가지 못했다. 당연한 말이지만 임어당이 남긴 많은 저술 역시 앞사람의 사상·문화유산에 속한다. 따라서 다른 사상·문화유산들과 마찬가지로 우리가 필요하면 가져다 연구하고 본받고 구별하여, "쓸 것은 쓰고, 치워둘 것은 치워두고, 없앨 것은 없애야 한다."[162]

번역가로서 임어당은 부끄러움이 없이 훌륭했다. 또 번역 방면에서 그를 '세계 문단에서 이름을 드날렸다'고 평한다 해도 지나친 것이 아니다. 어떤 학자가 임어당을 엄복(嚴復), 고홍명(辜鴻銘), 임서(林紓) 이후 등장한 복건성 출신의 네 번째 대번역가라고 말한 것도 그럴듯하다. 임어당은 '두 발로 동서 문화를 밟고' 번역하기 대단히 어려운 중국 고전문학을 영문으로 번역해냈다. 이는 중국어와 외국어 수준이 깊지 못한 번역가는 엄두도 못 내는 일이었으며, 번역한 고전의 수량도 선배 번역가들의 그것을 훨씬 뛰어넘고 있다. 노신은 일찍이 임어당이 번역에 재능이 있는 것을 알고는, 외국 문학작품을 많이 번역하고 의미 없는 잡담이나 소품문 따위는 적게 쓰라고 충고한 적이 있다. 그러나 당시 임어당은 이 말에 귀를 기울이지 않고 '유머 문학'에 열을 올렸다. 그러나 훗날 임어당은 역시 번역 일에 큰 힘을 기울였다. 비록 외국 문학작품은 별로 번역하지 않았지만, 중국 문학의 영역도 마찬가지로 유익한 것이었다. 번역 방면에서의 성과와 유명한 번역가로서의 임어당에 대한 평가는 대륙과 대만, 홍콩, 나아가서는 국제 학술계의 평가가 모두 대체로 일치하고 있다.

학자로서 임어당은 대내외 학술계에서 모두 지명도가 높았다. 그는 외국에 유학하여 명문 대학에서 석·박사 학위를 따내고 귀국해서는 여러 해 동안 대학교수로 후진을 가르쳤다. 또 학술연구에서도 값있는 일을 적지 않게 해냈다. 그는 일찍부터 언어 연구에 종사하여 《개명영문문법》은 물론 《언어학논총》 등이 모두 학술계에서 호평을 얻었다. 만년에 그는 또 《당대한영사전》을 편찬했고, 중국 고대 경서의 번역과 《홍루몽》 연구에도 힘을 쏟아 나름대로의 학술적 견해를 제기했다. 특히 중국과 서양 문화 비교연구에 관해 많은 힘을 쏟아 두 문화가 서로 흐름을 트고 한 곳에서 만날 수 있는 길을 탐색했다.

그가 처했던 시대 조건과 사회 환경의 제한 때문에 그의 연구는 사회적 실천과 동떨어진 것이 되었다. 좋은 견해들을 제기했지만 실용화되기는 어려웠다. 더욱이 세계관과 방법론의 한계 때문에 중서 문화의 비교에서는 왕왕 단편적이지만 왜곡된 결론이 나타나기도 했다. 또한 그는 늘 곤혹감과 미로 속에 빠져 중서 문화를 섭취하면서 자주성을 잃었고, 일찍부터 '전반적인 서구화'를 추구했으며, 만년에는 국수주의로 돌아서기도 했다. 이 때문에 중서 문화의 비교연구에서 임어당은 노력은 많이 들였지만 거두어들인 효과는 미미했다. 그러나 성패와 득실을 떠나 후세인에게 귀감이 될 수 있음은 말할 것도 없다. 임어당이 이름난 학자이자 문화계의 명사라는 점에 의문을 달 수는 없다. 다만 그를 '수천 년 중국 문명에서 피어난 기이한 꽃'이라는 평가는 실제에서 벗어난 과장이 아닐 수 없다.

　작가로서 임어당은 문학 영역에서 파란만장하고도 우여곡절의 길을 걸었으며, 창작의 양도 볼 만하다. 그는 일찍이 어사파의 한 명으로 문학활동에 참여했고, 이어 논어파의 대표 주자가 되어 상해 문단에서 활약하여 중국 신문학운동에 공로와 잘못을 함께 남겨놓았다. 잡문이나 산문 창작에서 그는 아영(阿英)이 편찬한《현대 16인 소품(現代十六家小品)》에 글이 뽑힌 것처럼 일가를 이루었다고 할 수 있다. 임어당은 출국한 후 주로 영어로 장편소설을 썼는데, 중국 현대작가들 중 이런 일을 해낸 사람은 없었다. 그가 쓴 일곱 편의 장편소설 중에서도 '임어당의 3부곡'이 그런대로 소설적 의미가 있는데, 또 그중에서도《경화연운》이 비교적 잘된 작품이고, 나머지는 그저 평범하여 우수한 소설에 포함시키기는 힘들다. 따라서 이른바 '위대한 중국 작가'니 '중국의 대문호'니 하는 월계관은 임어당으로서는 낯뜨거운 것이다.

　한 작가의 위대성 여부는 창작 수량에서 결정나는 것이 아니라, 작품의 사상 예술이 시대적 최고 수준에 와 있느냐, 사회에 대한 영향력은 큰가 하는 점에서 결정 난다. 임어당의 예술적 조예와 성취는 이 경지와는 거리가 멀다. 《경화연운》이 좋은 작품이라고는 하지만 어찌 《아Q정전(阿Q正傳)》, 《자야(子夜)》, 《격류삼부곡(激流三部曲)》, 《낙타상자(駱駝祥子)》와 비교할 수 있겠는가? 문학 창작에 대한 임어당의 야심은 자못 컸지만, 창작능력이 거기에 못 미쳐 예술적으로 높은 경지에는 이르지 못했다.

이는 그의 사상, 생활, 예술적 수양 등 여러 가지 요인 때문에 결정된 것으로, 창작상 극복하기 어려운 많은 모순이 존재하고 있었다. 문학 영역에서 그는 넓게 발을 뻗쳤지만, 생활 반경은 오히려 이상할 만큼 좁았다. 창작의 제재는 끊임없이 새롭게 바뀌었지만, 주된 사상은 오히려 진부함에서 벗어나지 못했다. 중외의 문화유산을 넓게 받아들였지만, 섭취하고 소화하여 창조하는 능력은 그리 강하지 못했다. 예술적 아름다움에 대해 탐색하려고 노력했지만, 예술창작의 기교는 그것을 따르지 못했다. 이 때문에 그는 창작열도 높고 수량도 많았지만 대부분의 작품들이 깊은 사상과 예술적 매력이 모자랐다. 그는 그저 다산하는 작가라 할 수 있다.

물론 문학 창작에 대한 임어당의 업적을 전반적으로 부정할 수는 없다. 그는 국내에서든 국외에서든, 영어로 쓰든 중문으로 쓰든, 어디까지나 한 사람의 어엿한 중국 현대작가였다. 중국 현대작가를 연구하면서 임어당을 한쪽으로 밀어놓을 수 없는 이유도 여기에 있다. 임어당의 작품 및 문학상 그가 남긴 공과 시비는 전면적이고도 깊이 있는 연구의 기초 위에서 실사구시적으로 분석

· 평가해야 할 것이다.

이 글은《임어당선집(林語堂選集)》의 출간을 위해 쓴 임어당에 대한 소개이자 평가이며, 또 임어당 연구를 위해 '벽돌을 던져 옥을 끌어내려는' 포전인옥(抛磚引玉)의 자세로 행한 작업이다. 국내외 학자들과 함께 연구할 수 있길 기대한다.

1987년 2월 2일
용성(榕城)에서 탈고하다

15 임어당의 주요 저작 목록

1. 중문 저작 목록

01 《전불집(翦拂集)》, 1928년, 上海 北新書局.

02 《언어학 논총(言語學論叢)》, 1933년, 上海 開明書店.

03 《대황집(大荒集)》, 1934년, 上海 生活書店.

04 《나의 말(我的話)》, 1934년, 上海 時代書局.(이 책은《행소집行素集》과
《피형집披荊集》두 책을 합친 것임)

05 《어당문존(語堂文存)》, 1941년, 上海 林氏出版社.

06 《평안한 마음으로 고악을 논함(平心論高鶚)》, 1967년, 臺北 文星書店.

07 《못할 말 없다(無所不談)》 1, 2집, 1967, 臺北 文星書店.

08 《못할 말 없다》(1·2합집), 1974년, 臺灣 開明書店.

09 《어당문집(語堂文集)》, 1978년, 臺灣 開明書店.

2. 영문 저작 목록

01 《개명영어독본(開明英語讀本, The Kaiming English Books)》 3권, 1929년, 上海 開明書店.

02 《여 병사의 자전과 전시 수필(Letters of Chinese Amazon and War-Time Essays)》, 1930년, 上海 商務印書館.(《여 병사의 자전》은 사빙형[謝冰瑩]의 작품임)

03 《개명영어문법(The Kaiming English Grammar Based on National Category)》, 1931년, 上海 開明書店.

04 《소평론 선집(The Little Critic : Essays, Satires, and Sketches on China, Second Series : 1933~1935)》, 1935년, 上海 商務印書館.

05 《내 나라 내 국민(My Country and My People)》, 1935년, 뉴욕.

06 《소평론 선집(The Little Critic : Essays, Satires, and Sketches on China, First Series : 1930~1932)》 상편, 1936년, 上海 商務印書館.

07 《공자 남자(南子)를 만나다 및 기타(Confucius Saw Nancy and Essays About Nothing)》, 1936년, 上海 商務印書館.

08 《중국 신문 여론사(A History of the Press and Public Opinion in China)》, 1936년, 上海 凱刊與華都公社.

09 《영역 노잔유기(老殘游記) 및 기타(A Nun of Taishan and Other Translations Translated by Lin Yutang)》, 1936년, 上海 商務印書館.

10 《생활의 예술(The Importance of Living)》, 1937년, 뉴욕.

11 《공자의 지혜(The Wisdom of Confucius)》, 1938년. 미국 현대도서관.

12 《경화연운(京華烟雲, Moment in Pecking)》, 1939년, 뉴욕.

13《풍송집(諷頌集, With Love and Irony)》, 1940년, 뉴욕.(이 책은 장기
[蔣旗], 임준천]林俊千] 등이 나누어 중문으로 번역했으나, 작가가 승인
하지 않았다)

14《풍성학려(風聲鶴唳, A Leaf in the Storm)》, 1941년, 뉴욕.

15《영역 부생육기(浮生六記, Six Chapters of a Floating Life, by Shen Fu,
Rendered into English by Lin Yutang)》, 1941년, 上海 西風出版社.

16《중국과 인도의 지혜(The Wisdom of China and India)》, 1942년, 뉴
욕.(《중국의 지혜》와《인도의 지혜》두 책으로 나누어 출판됨)

17《제소개비(啼笑皆非, Between Tears and Laughter)》, 1943년, 뉴욕.

18《침과대단(枕戈待旦, The Vigil of a Nation)》, 1944년, 뉴욕.

19《소동파전(蘇東坡傳, The Gay Genius : The Life and Times of Su
Tangpu)》, 1947년, 뉴욕.

20《당인가(唐人街, Chinatown Family)》, 1948년, 뉴욕.

21《노자의 지혜(The Wisdom of Laotse, Edited and Translated with a
Introduction and Notes by Lin Yutang)》, 1948년, 뉴욕. (임어당이 노
자를 편역하고 그것에 대한 소개와 주를 달았다)

22《미스 두(Miss Tu)》, 1950년, 런던. (이 책은《두십낭노침백보상杜十娘
怒沉百寶箱》이야기에 근거하여 고쳐 쓴 것임)

23《미국의 지혜(On the Wisdom of America)》, 1950년, 뉴욕.

24《영역 중편 전기소설(Famous Chinese Short Stories : Retold by Lin
Yutang)》, 1952년, 뉴욕.

25《주문(朱門, The Vermilion Gate)》, 1953년, 뉴욕.

26 《원경(遠景, Looking Beyond)》, 1955년, 뉴저지. (이 소설은 《기도[奇島], The Unexpected Island》라고도 함)

27 《영역 장자(Chuangtse : Translated by Lin Yutang)》, 1957년, 臺北 世界書局.

28 《측천무후(則天武后, Lady Wu)》, 1957년, 런던.

29 《익명(匿名, The Secret Name)》, 1958년, 뉴욕.

30 《이교도에서 기독교인으로(From Pagan to Chris-tian)》, 1959년, 클리블랜드.

31 《중국고문소품선역(中國古文小品選譯, The Impor-tance of Uunderstanding : Translation from the Chinese)》, 1960년, 클리블랜드.

32 《홍목단(紅牧丹, The Red Peony)》, 1961년, 클리블랜드.

33 《불기(不羈, The Pleasure of a Nonconformist)》, 1962년, 클리블랜드.

34 《뇌백영(賴柏英, Janiper Loa)》, 1963년, 클리블랜드.

35 《중국저명시문선독(中國著名詩文選讀, Translation from the Chinese The Importance of Understanding)》, 1963년, 클리블랜드.

36 《자유의 성을 향하여(The Flight of the Innocents)》, 1964년, 뉴욕.

37 《중국화론 : 중국화 명가로부터(The Chinese Theory of Art : Translations from the Masters of Chinese Art)》, 1967년, 뉴욕.

38 《현대한영사전(A Chinese-English Dictionary of Modern Usage)》, 1973년, 뉴욕.

16 임어당의 생애 및 작품 연보

연도	임어당의 생애 및 작품 활동	주변 정세
1895	10월 10일 복건성 장주 평화현 판자에서 출생.	청·일간에 하관조약 체결. 일본, 요동반도와 대만을 점령함. 삼국간섭.
1900(6)	소학교에서 공부를 시작함.	1899년 외국의 '애정소설'을 번역하는 풍조가 일어남.
1904(10)	소학교를 마치고, 하문의 심원서원에서 공부함. 영어에 많은 흥미를 느낌.	1904년 러일전쟁이 일어남.
1906(12)	고향 판자에 교회가 설립되고 미국인 전도사가 활동하여 그 영향을 받음.	
1912(18)	심원서원을 2등으로 마치고, 상해의 성 요한 대학에 들어가 언어학을 전공.	1911년 신해혁명이 일어남.
1916(22)	2등의 성적으로 성 요한 대학을 졸업하고 북경 청화학교 교사로 부임함.	1915년 진독수가 〈신청년〉을 창간함. '문학혁명' 제창.
1917(23)		호적이 귀국함. 문학혁명이 시작됨.
1918(24)	옥당이란 이름으로 〈신청년〉에 '한자 색인과 서양 문학'에 관해 발표함.	노신이 《광인일기》를 발표함. 〈신청년〉 4권부터 백화를 사용함.

1919(25)	고향에서 요취봉과 결혼한 후 미국 유학에 올라 하버드 대학교에서 비교문학을 연구함.	5·4운동이 일어남. 존 듀이가 중국을 방문함.
1920(26)	학비 보조가 중단되어 프랑스로 건너감. 독일 예나 대학에서 한 학기를 공부한 후 라이프치히 대학으로 옮겨 언어학에 열중함.	러셀이 중국을 방문함.
1923(29)	여름에 라이프치히 대학에서 철학박사 학위를 받고, 9월에 귀국함. 북경대 영문학과 언어학 교수로 초빙됨. '유머론'을 제창함.	일본의 관동 지방에서 대지진이 발생함.
1924(30)	노신·주작인 등과 함께 '어사파(語絲派)'를 만들고 〈어사〉를 창간함.	주간지 〈현대평론〉이 창간되어 호적을 중심으로 '현대평론파'가 성립, '어사파'와 대립함.
1925(31)	북경사대 강사, 북경여사대 교수로 임명됨. 노신과 친해짐.	손중산이 사망함.
1926(32)	복건성 하문대학 언어학 교수로 취임함. 노신과 1차로 헤어짐.	노신, 소설집 《방황》을 발표함.
1927(33)	국민당 정부 외교부장 진우인의 비서로 발탁됨. 곧 상해로 옮겨 저술에 전념함. 중앙연구원의 영문 편집을 맡음.	하이데거, 《존재와 시간》을 발표함.
1928(34)	초기작을 모은 《전불집》을 출간함.	노신, 월간지 〈분류〉를 창간함.
1932(38)	상해에서 반월간 〈논어〉를 창간함.	만주 괴뢰국이 수립됨.
1934(40)	《유머론》을 발표함. 《인간세》를 창간, '소품문'을 추구함. 《대황집》·《나의 말》을 출간함.	히틀러가 총통으로 취임함.
1935(41)	〈우주풍〉을 창간함. 이른바 '논어파'를 형성함. 영문으로 《내 나라 내 국민》을 출간함.	호적, 서구화·세계화를 제창함.

1936(42)	영문으로《노잔유기》등을 출간함. 미국으로 건너감. 상해 문단 시대를 마감함.	노신이 사망함.
1937(43)	《생활의 예술》을 출간함.	중일전쟁이 발발함.
1938(44)	《공자의 지혜》를 출간함. 가족과 함께 유럽 여행을 감.	《노신전집》이 예약 발매를 시작함.
1939(45)	소설《경화연운》을 출간함. 미국으로 다시 돌아옴.	제2차 세계 대전이 발발함.
1940(46)	《풍송집》을 출간함. 일시 귀국, 이내 미국으로 돌아감.	노신 예술학교가 설립됨. 일본, 중경을 폭격함.
1941(47)	소설《풍성학려》와 영역《부생육기》를 출간함.	전목, 〈동서 문화의 재검토〉를 발표, 동방 문화를 재평가함.
1942(48)	《중국과 인도의 지혜》를 출간함.	
1943(49)	잡문집《제소개비(啼笑皆非)》를 출간함. 가을에 일시 귀국하여 강연에 참가함.	카이로 선언.
1947(53)	전기소설《소동파전》를 출간함. 《경화연운》이 중문으로 출간됨.	장개석이 총통으로 추대됨.
1948(54)	소설《당인가》와《노자의 지혜》를 출간함.	중국 공산당이 북경에 입성함.
1950(56)	《미스 두》와《미국의 지혜》를 출간함.	1949년 신중국이 성립됨.
1952(58)	월간지 〈천풍〉을 창간함. 《영역 중편 전기소설》을 출간함.	
1953(59)	소설《주문》을 출간함.	
1954(60)	싱가포르 남양 대학 교장으로 추대되나 반년 만에 미국으로 되돌아옴.	1954년 토인비의 《역사의 연구》가 완료됨.
1955(61)	소설《기도》를 출간함.	
1957(63)	《영역 장자》와 소설《측천무후》를 출간함.	
1958(64)	소설《익명》을 출간함.	

1961(67)	소설《홍목단》을 출간함. 미 의회의 초청으로 〈5·4 이래 중국 문학〉을 강연함.	헤밍웨이가 사망함.
1963(69)	자전적 연애소설《뇌백영》을 출간함.	케네디가 암살을 당함.
1964(70)	소설《자유의 성을 향하여》를 출간, 혹평을 받음.	
1965(71)	대만 중앙사와 계약하고 평론을 씀.	
1966(72)	미국 생활을 청산하고 대북으로 건너옴.	중국 문화혁명.
1967(73)	《못할 말 없다》(1·2집)를 대만에서 출간함.《중국화론》(뉴욕)을 출간함. 홍콩 중문 대학 초청으로 《당대영한사전》편찬 착수함.	
1968(74)	제2회 국제 대학총장 협회(서울) 참가, 〈전 인류 공동 유산의 추세〉를 강연함.	
1970(76)	제37차 국제 펜클럽 대회(서울)에서 〈동서 문화의 유머〉를 강연함.	
1971(77)	큰딸 임여사가 자살함.	
1972(78)	《당대영한사전》이 출간됨.(홍콩)	
1973(79)	《못할 말 없다》(합집)가 출간됨. 《현대한영사전》(뉴욕)이 출간됨.	
1974(80)	제40차 국제 펜클럽 대회(빈)에 참가, 노벨 문학상 후보로 추천됨. 여든 살 생일을 기념한《팔십자서》를 출간함.	1975년 장개석이 사망함.
1976(82)	3월 26일 홍콩에서 세상을 떠남. 시신은 만년의 거처 대북 양음산 기슭에 묻힘.	주은래·등소평이 실각함.
1978	대만의 개명서점에서 그의 중문으로 된 글을 모아《어당문집》을 출간함.	

10년 먼지를 털며 임어당을 다시 생각한다

이 책은 10년 전에 번역했던 글을 다시 다듬은 것이다. 당시 번역자는 임어당의 한 열성 팬으로부터 임어당 수필을 번역해달라는 부탁을 받았다. 자료를 수집하고 국내의 번역 상황을 검토한 결과, 초기 수필이 전혀 번역되어 있지 않고, 국내 번역본이래봤자《생활의 발견》(영문판) 한 종류가 압도적이었다. (당시에는 10여 종이라 했는데, 이번에 출판사 쪽에서 조사해보니 수십 종이란다.) 그래서 초기 수필과 기왕에 번역된 글들 중에서도 다시 번역했으면 하는 글 몇 편을 골라 번역에 착수했다. 약 1년 동안의 작업 끝에 대체로 두툼한 한 권 분량을 번역했다. 편수는 많지 않지만 역주가 워낙 많아 양이 늘어났다. 한 권으로 하기에도 그렇고, 또 수필이라는 장르의 특성상 분량이 너무 많은 것도 독자들에게 부담이라는 생각에 부록을 보완해서 두 권으로 만들기로 했다.

그 결과 당시 중국 본토의 임어당에 대한 재조명 분위기도 전달할 겸해서 임어당에 대한 간략한 평전과 작품 목록 및 연보를 덧붙였다. 이렇게 해서 두 권 분량의 임어당 수필집 번역이 완성되었다. 당시 번역자가 생각한 제목은 각각 《유머와 인생》, 그리고 《여인의 향기》 였다. (두 책 중에서 '공자'와 '유머' 관련 부분만 따로 뽑아 2010년 《공자의 유머》로 다시 펴냈다 : 편집자) 그런데 뜻밖의 상황이 번역자를 기다리고 있었다. 번역을 의뢰·지원하고 이를 출판하기 위해 출판사까지 설립했던 열성 팬이 현실적 사정 때문에 출판사 문을 닫은 것이었다.

나는 다른 출판사를 찾아보라는 권유에도 불구하고 그냥 원고를 묵히기로 결정했다. 그것이 원고를 부탁한 분에 대한 최소한의 도리라고 판단했기 때문이다. 적어도 계약 기간이 만료될 때까지는 어디에도 원고를 넘기지 않기로 했다. 그렇게 임어당은 8년을 내 서재 한 귀퉁이에 처박혀 있었다. 당시 나는 다음과 같은 '옮긴이의 말'을 썼는데 독자들에게 이 책이 출간하게 된 경위를 보고 드리는 심정으로 그대로 소개한다.

＊　　　＊　　　＊

1995년 10월 10일은 임어당이 태어난 지 100주기가 되는 날이다. 그리고 1995년 3월 26은 그가 사망한 지 20년이 되는 날이다. 과거 임어당에 대한 평가나 그의 작품들을 한번 되돌아보아야 할 시기가 된 것 같다. 국내에 소개된 임어당의 작품은 그에게 쏟아졌던 찬사와 명성에 비한다면 너무도 빈약하기 짝이 없다. 수필집으로는 《생활의 발견》이 거의 유일하다시피 하고, 소설도 한때 임어당의 작품이 전집 형태로 발간된 것 외에 《소동파전》과 《측천무후》가 별도로 나와 있을 뿐이다. 그나마 《소동파전》을 제외하면 번역의 질을 논한다는 것이 쑥스러울 정도다.

임어당에게 쏟아졌던 찬사들이 대부분 지나친 것이었음은, 그의 문학 세계에 대한 진지한 연구는 물론 《생활의 발견》 외에 그의 문학 세계를 살펴볼 수 있는 기초 자료가 번역·출간되지 않았다는 점에서도 증명된다. 특히 그의 문학 생애에서 가장 활동적이고 진지했던 초기 상해 문단(上海文壇)에서 중문으로 발표한 글들이 번역은 물론 거의 소개조차 되어 있지 않기 때문에, 임어당의 생애와 문학에 대한 진지한 이해와 평가는 어느덧 아름다운 추억 같은 '정체된 과거'가 되어버렸다.

임어당의 산문류는 워낙 많기 때문에 모두 번역한다는 것은 어렵고 또 그럴 필요도 없지만, 임어당의 명성에 비해 그의 산문은 문고판 한두 종류를 제외하면 《생활의 발견》 하나만 계속 발간되고 있을 뿐이다(국내에서는 이것 하나만 10여 종이 나와 있다). 임어당의 진면목을 이해하기 위해서라도 다른 산문들이 번역되어야 할 것이다. 특히 상해 문단을 주도하며 중문으로 발표한 많은 글들은 초기 문학 생애와 문학 사상을 이해하는 데도 대단히 중요하며, 임어당의 진면목을 제대로 이해하는 데에도 필수적인 것이다.

임어당의 소설은 모두 영문으로 출간되었고 우리나라에서 번역된 것 역시 영문을 텍스트로 한 것이다. 그의 소설들은 일찍부터 중국어로 번역되어왔고 최근 중국 대륙에서도 그의 소설을 전부 중국어로 번역했다. 중역(重譯)의 문제점은 있지만 임어당이 중국인이었고, 소설의 배경이나 인물들이 모두 중국이라는 점에서 중국어 번역본을 텍스트로 삼아 번역하는 것도 좋을 것 같다. 더욱이 이제는 영문판을 구하기도 힘들다.

임어당의 소설 중에서 가장 뛰어난 것으로 평가받고 있는 것은 3부작 대하소설 《경화연운(京華煙雲, Moment in Peking)》인데, 임어당은 자신의 소설 중 《주문(朱門, The Vermilion Gate)》과 《풍성학려(風聲鶴唳, A Leaf in the Storm)》 그리고 《경화연운》을 '삼부곡(三部曲)'이라 부르며 대표작으로 꼽았다. 그중 《경화연운》은 《도가의 딸》, 《정원의 비극》, 《가을 노래》 등 3부로 이루어진 것으로, '의화단'의 실패로부터 일본 제국주의 침략과 그에 맞서는 항일 전쟁에 이르기까지 약 40년 동안의 격렬한 시대의 소용돌이 속에서 요(姚)씨 증(曾)씨 두 집안의 변천사를 그리고 있다. 이 작품은 노벨 문학상 후

보작으로 추천되기도 했다.

임어당의 문학 생애와 문학 세계가 바르게 평가되고 재조명되기 위해서는 그의 수많은 산문들과 대표적인 소설, 특히 《경화연운》이 번역되어야 한다. 그리고 이와 함께 임어당에 대한 최근의 평가도 소개되어야 할 필요가 있다. 지금까지의 그에 대한 평가가 과연 바른 것인지도 점검해보아야 할 시기다. 최근 중국(대만이 아닌 대륙)에서는 임어당에 대한 재조명과 재평가가 이루어지고 있다. 80년대 후반부터 그의 산문집이 잇달아 출간되었고 소설들도 모두 번역되었다. 그리고 그에 대한 전문적인 평론서도 나와 있다. 대표적인 것들을 참고로 들어보면 다음과 같다.

《임어당론(林語堂論)》(萬平近 著, 中國現代作家硏究叢書, 87年, 陝西
　人民出版社)

《임어당산문선집(林語堂散文選集)》(林吶主編, 87年, 百花文藝出版社)

《임어당선집(林語堂選集)》(上·下, 88年, 海峽文藝出版社)

《임어당론중서문화(林語堂論中西文化)》(萬平近 主編, 89年, 上海 社
　會科學院出版社)

《임어당대표작(林語堂代表作)》(施建偉 編, 90年, 黃河文藝出版社)

《임어당산문(林語堂散文)》(劉志學 主編, 全 3券, 河北 人民出版社)

이 중에서도 전3권으로 된《임어당산문》이 산문집으로서는 가장 많은 부수(초판 각 1만 5천 부)로 발행되었다.

임어당에 대한 재조명의 필요성을 제기하면서, 참고로 임어당에 대해 가장 활발하게 연구하고 그의 작품들을 모아 펴내고 있는 만평근(萬平近)의《임어당의 문학 생애(林語堂的文學生涯)》(《임어당선집》에 수록)를 옮겨본다. 불과 얼마 전까지만 해도 중국 대륙에서 임어당의 평가는 당초 부정적이었던 경향이 그대로 이어져왔고, 또 재평가는커녕 그의 작품집조차 제대로 출간되지 않았다. 그러나 최근에 와서 이런 분위기는 변화하고 있다. 그의 초기 활동과 대외에 중국문화를 적극 소개한 활동상 등을 중심으로 서서히 긍정적인 평가가 가해지고 있다. 물론 사회주의 입장에서 도저히 수용할 수 없는 그의 사상 편력과 정치적 성향에 대해서는 여전히 신랄한 비난이 따르고는 있지만, 전에 없이 그의 인생을 객관적으로, 그리고 문학작품에 대해서는 '실사구시(實事求是)'적으로 보려는 경향이 눈길을 끈다. 물론 그것은 중국의 개방 물결과 무관하지 않겠지만, 큰 흐름으로 보아 이제 임어당을 재평가할 시기가 되었기 때문이라는 생각도 든다.

임어당을 이해하기 위한 참고 자료로 임어당의 작품 목록과 연보도 함께 다듬었다. 이 자료들은 위에 든 참고 자료들을 바탕으로 재구성한 것이다. 시중에 나와 있는 임어당 관련 책들에 간략하게 딸려 있는 그의 작품 목록이나 연보에는 상당한 착오가 있는 것으로 보인다. 이는 지금까지 임어당이 중문으로 글을 발표했던 그의 초기 문학 활동상이 우리에게 제대로, 번역 보급되지 않았던 탓이기도 하다.

1994년 6월에 처음 쓰다

＊　＊　＊

21세기에 접어들 때까지도 나는 임어당을 잊고 있었다. 그러다 어느 날 지난 원고들을 죄다 정리해야겠다며 법석을 떨다가 결국 이 원고를 찾아냈다. 망설인 끝에 이제는 세상의 빛을 보게 해야겠다는 생각이 들었다. 하지만 그동안 출판계의 사정과 출판 상황이 엄청나게 변했기 때문에 그냥 낼 수는 없었다. 사실 나는 임어당을 잊고 지낸 것은 아니었다. 소주나 항주로 여행을 갈 때면 늘 임어당과 소동파를 생각했고, 그 때문에 훗날 이 책의 출간을 위해 준비한다는 마음으로 소주와 항주를 비롯한 강남 지방의 옛 풍경사진들을 수집했다.

지난 10년 동안 임어당의 글은 전혀 소개되지 않았다. 최근《베이징 이야기》가 나와 잠깐 임어당이란 이름을 상기시키긴 했지만 명수필가로서의 임어당에 어울리는, 이를테면《생활의 발견》류의 글이나 책은 없었다. 그런 점에서 이 책은 명수필가 임어당의 면모를 상기시키에는 적절할 것이다. 올드 팬의 향수를 자극하고, 임어당이 누구지 하는 젊은이들에게는 호기심을 불러일으킬 수 있었으면 한다. 임어당에 대해 알고 싶은 독자는 이 책 4부에 실린 그의 평전을 먼저 읽길 바란다.

10년 전이나 우리 상황은 별로 달라진 것은 없다. 중국은 계속 임어당을 재조명하고 그의 작품들을 출간하고 있다. (영문으로 쓴 글들은 번역해서.) 부록에 실린 간략한 평전을 썼던 만평근은 상당한 분량의 본격적인 평전을 최근 출간했다(중경출판사, 1996년 초판, 2001년 재판). 기본 방향이나 논조는 달라진 것이 없다. 임어당의 생애와 문학적 평가 부분 등이 집중 보완되었다.

임어당의 글은 그의 유머론에서 잘 드러나 있듯이 '한담'에 가깝다. 혹자는 가볍다며 깎아내리고 혹자는 인생의 깊이를 물씬 풍기는 좋은 글이라고 치켜세운다. 그에 대한 평가는 전공자가 아닌 다음에야 그리 중요하지 않다. 다만 《생활의 발견》한 종류만 편식해왔던 우리 독자들에게 임어당의 또 다른 산문들을 소개함으로써 조금이나마 인식의 지평을 넓혔으면 하는 바람이다.

이 책에는 역주가 많다. 독자의 가독성을 해칠 정도로 많다. 하지만 그냥 두기로 했다. 역주에 신경 쓸 필요 없이 읽을 수도 있고, 역주만 읽어도 재미를 느끼는 사람이 있기 때문이다. 또 미숙하나마

10년 전 번역자의 자세를 독자들에게 전달하고 싶기도 했다. 사실은 역주를 살리자는 출판사의 권유가 큰 힘이 되었다.(각주로 되어 있는 것을 [공자의 유머]로 편집하면서 한 데로 모았다 : 편집자)

책이 이렇게도 빛을 볼 수 있구나. 인생의 묘미도 이런 것이 아닐까? 이런저런 궁상맞은 생각을 해본다. '지혜는 듣는 데서 오고 후회는 말하는 데서 온다'는데 말이 너무 많았다. 하지만 말이든 글이든 마음을 제대로 전달 못하기는 매한가지 아닌가? 어쨌거나 이 책은 임어당의 열성 팬 김정자 님께 드리는 선물이 될 것이다. 어딘가에서 이 책을 반갑게 만날 수 있기를 바라면서 10년 만에 두 번째 옮긴이의 말을 쓴다.

2003년 3월
생명의 기운이 가득 찬 땅에서

1. 유머를 제창한 초기 문장 두 편

001 영어의 humour를 幽默으로 번역한 것은 임어당이 처음이다. 幽默이란
번역어는 humour를 음사(音寫)한 것으로 'yōu-mò'(요우머)로 발음된
다. 현재 이 幽默이란 단어는 중국어 사전에도 올라 있고, 소리뿐 아니라
그 뜻에서도 humour가 갖고 있는 깊은 뜻을 전달하는 단어로 인정받고
있다.

002 시(詩)는 《시경》을 말한다. 원래는 《시》라고 했으나 한무제 때 《주역》 《상
서》 《의례》 등과 함께 유가의 경전이 되었다. 진시황의 분서갱유 이후 소멸
되었다가 한나라 초기 제(齊)·노(魯)·한(韓) 3가에 의해 전해져온 것이
라면서 다시 나타났는데, 제나라 사람 원고(轅固)가 전한 것을 《齊詩》, 노
나라 사람 신배(申培)가 전한 것을 《魯詩》, 연나라 사람 한영(韓嬰)이 전
한 것을 《韓詩》라 했다. 그 후 노나라 사람 모형(毛亨)이 전한 것을 《毛詩》
라 불렀다. 지금 전하는 것이 바로 《모시》다. 임어당이 말하는 '신배시'는
신배가 전했다고 하는 《노시》를 가리킨다.

003 《좌전》은 대체로 전국시대에 완성된 것으로 보이는, 기원전 722년에서 기원전 464년까지 259년의 역사를 연대순으로 정리한 편년체 역사책이다. 공자와 동시대 사람인 좌구명(左丘明)이 지었다는 설이 있다. 공자가 노나라 사관이 편찬한 《춘추》를 근거로 해서 기원전 722년에서 기원전 481년까지 242년 동안의 역사를 기록한 중국 최조의 편년체 역사책인 《춘추》를 해석한 것이 바로 《좌전》이라는 설이 있다. 《좌전》을 《춘추좌전》 또는 《좌씨춘추》라고 부르는 것도 이 때문이다. 서한 말기 유흠(劉歆)이 개작을 가했다. 《좌전》은 흔히 《곡량전(穀梁傳)》《공양전(公梁傳)》과 함께 '춘추삼전'이라 불린다. 《곡량전》과 《공양전》은 공자의 제자 자하(子夏)의 제자인 전국시대 공양고(公羊高)와 양적(梁赤)이 지었다고 하는데, 《춘추》와 기술 기간은 같지만 관점이 다르다고 한다.

004 유흠(劉歆 : 기원전53～기원후23)은 서한시대 학자로 각종 서적을 모아 분류하고 해설한 중국 최초의 도서 분류 목록책으로 평가받는 《칠략(七略)》을 편찬했다. 유교의 고문(古文) 경서를 연구하는 학관(學官)을 세울 것을 주장했다. 흔히 그를 고문경학자라 부르는 것도 이 때문이다. 서한 정권을 무너뜨리고 신(新)나라 정권을 세운 왕망(王莽)을 살해하려는 모의가 발각되는 바람에 자살했다.

임어당은 유흠이 도학적 입장에서 여러 경서에 개작을 가한 사실을 중시하여 그를 비판하고 있다. 임어당의 글에서 '도학'(道學)이니 '도통'(道統)이니 하는 표현은 모두 은근한 야유를 내포하고 있는 비판적 표현이다.

005 《잡사비신(雜事秘辛)》은 동한시대 환제(재위 132～167)의 왕비 간택 과정 등에 관한 일들이 기록되어 있는데, 그 표현이 외설스럽다는 평가를 받고 있다. 세 권으로 되어 있으며 작자 미상.

006 《비연외전(飛燕外傳)》은 한 권으로 된 소설로 책 끝에 한나라 때 영원(伶元)이 쓴 서문이 있어 그가 지은 것이라 하나, 노신(魯迅)은 당나라 때 만들어진 것이 아닌가 추측했다. 서한시대 성제(재위 기원전51～7) 때 조비연(趙飛燕)과 그 여동생이 궁중에서 서로 왕의 총애를 얻으려는 것을 주

된 내용으로 하며 외설스러운 표현이 많다.

007 《한무제내전(漢武帝內傳)》은《한서(漢書)》를 편찬한 동한시대 역사학자 반고(班固)가 지었다고 하나 믿을 수 없다. 한무제의 출생에서부터 죽음에 이르는 이야기를 도교의 여신 서왕모(西王母)와 관련지어가며 화려한 문장으로 기술하고 있다. 한 권으로 된 괴기소설로 황당무계한 내용이 대부분이고 신선 사상과 불로술(不老術) 등 도교 색채가 강하다.

008 《흑막대관(黑幕大觀)》은 중국 근대소설 유파의 하나로 '흑막소설'(노신의 표현)의 대표작이다. 원래 제목은《중국흑막대관》이다. 이 유파는 20세기 초 상하이의 해안거리인 십리양장(十里洋場)을 중심으로 활동한 문학 유파 '원앙호접파'(鴛鴦胡蝶波)와 맥이 같은데, 유희적이고 소비적이며 취미주의적인 문학관을 가졌다. 이 책은 당시 중국 정계, 군계, 학계 등 사회 전 분야의 각종 비리를 폭로하고 있지만, 그 근본적인 원인까지는 제시하지 못했다. 내용이나 형식상 크게 볼 만한 것이 없어 단명하고 말았다.

009 제임스(James, William : 1843~1916)는 미국의 철학자이자 심리학자로, 생물학 및 영국 경험론에서 출발하여 철학에서는 절대적인 실체를 부정하고 프래그머티즘(실용주의)을 창시하였으며, 심리학에서는 연상주의를 배격하고 기능적 심리학을 제창했다. 독일 신칸트파의 선구자인 랑게(Lange, Carl)와 거의 동시에 정서와 신체적 변화의 관계에 대한 학설을 발표했는데 이를 제임스-랑게 설이라 한다. 이 설에 따르면 슬프기 때문에 울고 무섭기 때문에 도망치는 것이 아니라, 울기 때문에 슬프고 도망치기 때문에 무섭다고 하고, 그에 따라 신체적 변화가 생기는 느낌을 정동(情動)이라 한다. 이 설은 뒤에 실험적으로 부정되었다.

010 실러(Schiller, Ferdinand Canning Scott : 1864~1937)는 영국의 철학자로 영국 프래그머티즘의 주창자다. 저서로《실용의 논리학》이 있다.

011 진독수(陳獨秀 : 1879~1942)는 중국의 사상가이자 정치가이다. 프랑스와 일본에 유학한 다음 귀국하여 상해에서 〈신청년(新青年)〉을 창간하여 사상계에 큰 영향을 미쳤다. 1917년 북경대학 교수가 되어 신문화운동을

지도했다. 점차 마르크스주의에 접근하여 이대소(李大釗)와 함께 중국사회주의청년단을 조직했고, 1921년에는 중국공산당을 창립하여 초대 서기장이 되었다. 1919년 트로츠키파로 몰려 제명되었다. 저서에는 《독수문존(獨秀文存)》이 있다.

012 소품문은 산문의 일종으로, 불경 번역본 중 간략한 본을 '소품'이라 하고 상세한 본을 '대품'이라 한 데서 비롯된 말이다. 그 후 소품은 자유롭고 길이도 짧은 잡글이나 수필 모두를 가리키는 말이 되었다. 30년대 상반기 소품문은 일세를 풍미하게 되는데, 1932년 임어당이 창간한 잡지 〈논어(論語)〉는 이런 소품문을 전문적으로 싣는 잡지였다. 임어당은 소품문에 대해 "자아를 중심으로 하고 한적함을 격조로 삼아야 한다"고 했다. 임어당과 주작인(周作人)이 이 소품문의 대표적인 인물이다. 반면 노신 등은 이런 소품문은 사회 현실을 외면한 겉만 번지르르하고 사용가치가 없는 '소파설(小擺設)'이라 비판했다.

013 노신(魯迅 : 1881~1936)은 중국의 문학가이자 사상가로 절강성 소흥(紹興) 출신에 본명은 주수인(周樹人)이다. 주작인(周作人)의 형이기도 하다. 1902년 일본으로 건너가 유학생활을 시작했고 1906년 센다이 의학전문대를 중퇴하고 본격적으로 문학에 뛰어들었다. 1918년에 《광인일기》를 〈新青年〉에 연재하면서 처음 노신이란 이름을 사용했다. 1921년에는 그의 소설 중 최고의 걸작으로 꼽히는 《아Q정전》을 〈신보부간(晨報副刊)〉에 파인(巴人)이란 필명으로 연재했다. 중국 현대소설사(특히 단편)에서 매우 중요한 인물이며, 판화의 개척자로도 유명하고 금석학·고고학 등 다방면에서 선구적인 활동과 업적을 남겼다.

014 주작인(周作人 : 1885~1966)은 중국 문학가로 형 노신과 함께 신문학 운동의 중심인물이었다. 그러나 형과는 달리 인도주의 문학을 제창하고 서양 문학과 일본 문학을 소개하는 데도 힘을 썼다. 중일전쟁 때에는 일본에 협력한 전력 때문에 전범으로 몰렸으나 후에 석방되었다.

015 〈신보부간(晨報副刊)〉은 중국 신문화 운동기인 5·4운동 시기의 유명한

4대 부간(副刊)의 하나다. 1921년 19월 12일 독립 발행되어 1928년 6월 5일 제2314호로 종간했다. 중국 현대문학 선구자들의 숱한 작품들이 이를 통해 소개되었고, 외국의 유명 작가들의 작품도 번역, 소개되었다. 노신의《광인일기》와《아Q정전》도 여기에 소개되었다.

016 메리디스(Meredith, George : 1828~1909)는 영국의 소설가이자 시인으로 예리한 심리 해부와 시적이고 난해한 표현으로 가득 찬 작품을 썼다. 따라서 그의 작품은 번역하기가 상당히 어렵다는 평가다. 아내에게 버림받는 등 시련을 겪었으나 굴하지 않고 출세작《리처드 페베벨의 시련》(1859)을 발표한다. 그 후 '희극론'(On the Idea of Comedy : 1877, 1879 출간)을 강의하고 그 이론을 실천에 옮긴《에고이스트》를 출판했으나 이해하기 어려운 표현 때문에 일반에게 인정받지 못했다. 소설《십자로 집의 디아나》《우리들의 정복자 중 한 사람》《놀랄 만한 결혼》은 그의 최후 3부작으로 꼽히며, 시집으로《근대의 사랑》등이 있다. 그는 이성과 지혜를 중시하고, 특이한 코미디 정신을 구사하여 인간의 우열 및 위선을 예리하게 풍자했다. 심각한 심리 묘사와 진보적인 사회성의 이면에는 아름다운 목가적 서정미가 넘친다는 평가를 듣는다. 11장 '유머론' 참조.

017 채혈민(蔡孑民)은 채원배(蔡元培 : 1868~1940)로 중국의 사상가이자 교육가다. 혈민은 그의 자다. 노신과 같은 절강성 소흥 출신이다. 젊어서 진사에 합격했으나 관직의 길을 버리고 신문학운동에 뛰어들었다. 신해혁명 이후 임시정부의 교육총장을 역임했다. 그는 새로운 교육제도의 건설자이기도 했다. 1938년 최초로《노신전집》이 나왔을 때 서문을 쓰기도 했다.

018 호적(胡適 : 1891~1962)은 문학가이자 사상가로 5·4 문학혁명을 주도한 인물이다. 자는 적지(適之)이고 안휘성 적계(績溪) 출신이다. 1917년 미국에 있으면서 〈新靑年〉에 '문학개량추의'(文學改良芻議)라는 글을 발표하여 문자혁명과 신문학 건설의 길을 걷기 시작했다. 1927년 북경대학 교수로 있으면서 진독수 등과 백화문학(白話文學)을 주장하여 구어체 문학에 의한 현대화에 노력했다. 1948년 정치노선의 차이로 미국에 망명

하여 미국과 대만에서 활동하다가 대만에서 세상을 떠났다.

019 남공무(藍公武 : 1886~1957)는 강소성 오강(吳江) 출신으로 〈교육잡지〉를 편집했다.

020 임어당은 이 '수재'를 구시대의 사고방식에 얽매인 존재를 비꼬는 말로 사용하고 있다. 노신의 소설《공을기(孔乙己)》에 보면, 공을기는 최하급 시험에도 합격하지 못한 셈이지만 본인은 공부꾼으로 자부심을 가지고 있어 책을 훔치는 것은 도둑질이 아니라고 우기고 있다. 진부한 사고방식에 얽매여 있는 존재를 잘 부각시키고 있는 것이다.

021 이 고사는《한서》《권76)에 나온다. 장창은 서한시대 경조윤(京兆尹)이란 벼슬에 있었는데, 격의 없고 굳이 위엄을 부리지 않는 등 백성을 잘 다스려 도적이 없었다고 한다. 그 뒤 어떤 사건에 연루되어 관직에서 물러났으나 도적이 끓자 그를 다시 기용했다. 선제(재위 기원전74~49)는 재위 기간 동안 유능한 인물을 기용하고 세금을 줄이고 언론을 열어놓는 등 국가를 안정시켰다.

3. 공자의 유머

022 계환자(季桓子)는 당시 노나라의 실권을 쥐고 있던 계씨 집안의 인물이다. 가신인 양화(陽貨)에게 정권을 빼앗긴다.

023 양화(陽貨)는 당시 노나라의 실권자였던 계환자를 치고 정권을 차지한 인물이다. 이름은 호(虎)였다. 기원전 502년 삼환(三桓 : 孟孫·叔孫·季孫)을 공격하다 실패하여 제나라로 도망갔다. 공자가 陳나라 광읍(匡邑)을 지나가다 양화로 오인을 받아 구금당한 적이 있다. 울퉁불퉁하게 생긴 둘의 모습이 닮았던 모양이다. 이를 좀더 설명하면, 공자가 안각(顔刻)이 모는 수레를 타고 陳나라로 가는 도중 광읍을 지나게 되었다. 안각이 허물어

진 성곽을 가리키며 말했다. "지난날 내가 이곳에 왔을 때 저 허물어진 곳으로 들어갔었지." 그 소리를 들은 광읍 사람들이 몰려들어 공자 일행을 포위했다. 노나라의 양화가 전에 광 지방을 공략한 적이 있는데, 그때 양화는 성을 뚫고 들어가 포악한 짓을 자행했다. 그 당시 공자의 제자 안각이 양화를 따라갔었다. 광 사람들이 안각을 알아본데다 공자의 생김새가 양화와 흡사해 그들을 죽이려고 달려든 것이다. 무서운 포위 속에 갇혀 있게 되자 제자들은 근심에 잠길 수밖에 없었다. 그러나 공자는 시종 여유 있는 태도로 자신이 해를 당하지 않는다는 확신을 제자들에게 보여주었다. "주문왕이 돌아가시고 나서 문화(文化)가 나한테 전해지지 않았느냐? 하늘이 이 문화를 없애버리려 하였다면 (나처럼) 뒤에 죽을 사람들이 이 문화에 관계를 갖지 못했을 거다. 하늘이 이 문화를 없애려 하지 않는데 광 사람들이 나를 어쩌겠느냐?" 결국 공자가 양화가 아니라는 사실이 밝혀져 그 지방을 떠날 수 있었다.

024 이는 《사기》 공자세가에 나온다. 공자가 위(衛)나라에서 등용되지 못하고 서쪽의 조간자(趙簡子)를 만나러 가다가 황하에 이르렀을 때 두명독(竇鳴犢)과 순화(舜華)가 조간자에게 죽임을 당했다는 소식을 들은 공자는 강물에 다가가서 "내가 이곳을 건너지 않은 것은 하늘의 뜻이다"라고 개탄했다. 자공이 그게 무슨 뜻이냐고 묻자 공자는 이렇게 대답해주었다. "두명독과 순화는 진(晉)의 현명한 대부이다. 조간자가 뜻을 이루지 못했을 때이 두 사람의 힘을 얻어 정권을 잡게 되었다. 그가 뜻을 이룬 후에는 이들을 죽이고서야 정권을 유지하는 것이다. 내가 듣건대 배를 갈라 잉태한 새끼를 꺼내고 어린 것을 죽이면 기린이 들에 오지 않고, 물을 말려서 고기를 잡으면 교룡(蛟龍)이 음양의 조화를 부리지 않고, 둥우리를 뒤엎어 알을 깨버리면 봉황은 날지 않는다고 한다. 군자는 자기 동류를 해치는 것을 꺼리기 때문이다. 조수(鳥獸)들까지도 의롭지 않은 것을 피할 줄 알거늘, 하물며 나의 경우에랴."

025 이 말은 《논어》 술이편에 나온다. 공자는 여기서 "하늘이 나에게 덕을 주셨

는데 환퇴 그자가 날 어찌 하겠는가?"라고 말한다. 환퇴(桓魋)는 송(宋)나라 사마(司馬. 지금의 국방장관)로 성은 상(尙)이고 퇴는 이름이다. 송나라 환공(桓公)의 후예이므로 환퇴라 하였다. 이 장면은 공자가 조(曹)나라를 떠나 송나라에 이르러 큰 나무 아래서 제자들과 예에 대해 강습하고 있을 때였다. 환퇴가 공자를 죽이려고 그 나무를 뽑아버렸고 제자들이 빨리 떠나자고 하자 이에 공자가 대꾸한 말이다.

026 《사기》공자세가에 나오는 대목이다. 이에 대해서는 '4장 공자를 생각하며' 참조.

027 공자가 제자들과 진, 채 사이에서 일주일 동안 굶었을 때의 일은《논어》위령공편을 비롯,《맹자》진심장(하),《묵자》유좌,《순자》유좌 등에도 전하는 유명한 일화다. 임어당이 여기서 인용한 내용은《장자》외편 '천운' '산목', 잡편 '양왕' '어부' '도척' 등에 잘 보인다. '진채지액'(陳蔡之厄)이라고 하는 이 내용은 다음과 같다. 섭(葉)지방과 채(蔡)나라로 갔던 공자는 다시 진(陳)나라로 들어갔다. 공자 나이 63세(기원전490년) 되던 해 봄, 오(吳)나라 국왕 부차(夫差)는 옛 원한을 갚는다고 진나라로 쳐들어갔다. 이 소식을 들은 초나라 소왕(昭王)이 선대에 진나라와 맹약이 있었다며 진나라를 구하기 위해 출병하여 성보(城父)에 진을 치고 나가 있었다. 초나라 소왕은 공자가 진나라에 와 있다는 것을 알고 사신을 보내 공자를 초빙했다. 공자는 소왕의 초빙을 받아들여 그에게 가기 위해 진나라와 채나라의 접경지대로 나섰다. 그런데 진과 채나라의 대부들은 공자가 초나라에 가서 정치를 맡아보게 되면 그들이 위태로워진다고 여겨 군사들을 풀어 공자 일행을 들판에서 완전 포위하고 오도가도 못하게 했다. 공자 일행은 절망적인 상태에서 헤어나지 못하고 있다가 자공(子貢)을 초나라로 보내 그 사정을 알려 소왕으로 하여금 군대를 동원시켜 공자를 맞아 오게 해서 비로소 그 곤욕에서 벗어날 수 있었다.

028 이 대목은《논어》양화편에 나온다.

029 《공자가어(孔子家語)》는 공자의 언행과 문인들과의 문답·토론을 모은 책

이다. 당초에는 27권이었다 하나 점차 흩어져 없어졌고, 위(魏)의 왕숙(王肅 : ?~256)이 주를 붙여 10권 44편으로 편찬했다. 왕숙의 위작이라는 설도 있다.

4. 공자를 생각하며

030 안습재(顔習齋 : 1635~1704)는 청나라 때의 사상가이자 교육가인 안원(顔元)을 말한다. 습재는 그의 별호다. 그는 중국 사상사에서 공허하기 짝이 없는 송, 원 시대의 성리학을 격렬히 비판하고, 극단적이기까지 한 공리주의와 실리주의를 제창했다. 이를 위해 '실천'과 '행동'을 강조했다. '사존편'(四存編) '사서정독'(四書正讀) 등이 《안씨유서(顔氏遺書)》에 편입되어 있고, 1871년 공양(公洋)학자인 대망(戴望)에 의해 《안씨학기(顔氏學記)》 10권이 간행되었다.

031 고향인 노나라로 돌아온 후 공자의 말년에 대해서는 《사기》 공제세가가 비교적 자세한데, 《춘추》를 완성한 다음 공자는 그것을 제자들에게 보이면서 "후세에 내가 칭송을 받느냐 여부는 모두 《춘추》를 어떻게 해석하느냐에 달려 있다"라고 말했다.

032 《단궁(檀弓)》은 예(禮)의 이론과 실제를 기술한 오경(五經 : 《시경》《서경》《주역》《춘추》《예기》)의 하나인 《예기》라는 책의 한 편이다. 전국시대 노나라 사람으로 예에 밝은 단궁이란 사람의 이름에서 따왔다는 설이 있다.

033 이 대목은 《논어》 양화편에 나온다. 필힐은 진(晉)의 대부 조간자(趙簡子)의 가신이었다. 노나라 애공 5년(기원전490년) 여름 晉의 조간자가 범인(范寅)의 세력을 꺾기 위해 위(衛)나라를 토벌하고 범씨의 힘이 뻗어 있던 晉의 변두리 읍인 중모(中牟)를 포위했다. 조간자의 가신이었던 필힐이 중모의 읍재(邑宰)로 있었는데, 이때 중모를 근거지로 하여 필힐이 조간자에

게 반기를 들었다. 필힐은 반기를 들어놓고 공자에게 함께 일하자고 초청했다. 공자는 가려고 했고, 자로는 그것이 마땅치 않아 공자를 만류했다.

034 비간(比干)은 은나라 紂王의 숙부로 주왕의 악정을 간하다 심장을 찢기어 죽었다. 기자(箕子), 미자(微子)와 더불어 殷의 삼인(三仁)이라 부른다.

5. 다시 공자의 정(情)을 말한다

035 모기령(毛奇齡 : 1623~1716)을 흔히 서하(西河) 선생이라 부른다. 청년 시절 조국이 만주족인 청에 망하는 것을 보고 산속에 숨어 독서로 나날을 보냈다. 강희제 때 잠시 《명사(明史)》를 편집하는 일에 참여했으나 곧 물러나 저술 활동에 힘을 쏟았다. 기이한 것을 좋아하고 색다른 설을 제기한 인물로 유명하다. 자신의 설을 증명하기 위해서라면 문헌을 날조·개작하는 일도 서슴지 않았다. 《서하함집(西河含集)》에 업적이 망라되어 있으며, 원나라 때 유명한 극인 '서상기'(西廂期)에 우수한 주석을 달기도 했다.

036 《논어》 자한편에 나오는 이 대목은 역대로 해석이 분분하다. 일반적으로 '하찮은 사람의 질문'을 '어리석다 하여도 나는 그 양끝을 두드려 밝혀준다'는 식으로 해석한다. 임어당은 이 구절을 공자가 하찮은 질문에도 제대로 대답을 해주지 못하고 있다는 식으로 해석을 하고 있다. 어느 쪽이 옳은지 선뜻 판단이 서지 않지만, 이 구절이 공자가 다른 사람이 아닌 자신에 대한 평가를 내린 말이라면 임어당 식의 해석도 일리가 있어 보인다. 즉 '나는 아는 것이 없어 하찮은 사람의 어리석은 질문에도 전전긍긍할 때가 있다'는 해석이 가능할 것이다.

037 《논어집해(論語集解)》는 삼국시대 학자인 하안(何晏 : 190~349)이 《논어》에 주를 단 책으로, 오늘날까지 비교적 좋은 주석서로 꼽힌다. 주자도

같은 이름의 주석서를 냈는데, 임어당이 가리키는 것은 주자의 《논어집해》
인 것 같다.

038 이 말은 '미자편'에서 공자가 우중(虞仲)과 이일(夷逸)이란 인물 평을 하
면서 "은거하여 말을 함부로 하였으나 내 몸을 깨끗이 하여 세상을 버리고
시세에 알맞게 처신했다. 그러나 나는 이런 사람들과는 다르다. 되는 것도
없고 안 되는 것도 없는 그런 사람이다"라고 말한 것에서 나왔다.

039 숙손통(叔孫通 : ?~?)은 한나라 초기의 유학자로 옛날의 의례와 진(秦)
나라의 제도 등을 두루 채용하여 유생들과 함께 조정에 건의했다. 임어당
은 소동파의 입을 빌어 숙손통이 이런저런 예법을 제도화한 점을 가지고
구차하게 예의를 따지는 정이(程頤)를 비꼰 것이다.

6. 사디즘과 공자 숭배

040 〈신청년(新青年)〉은 1915년 9월 진독수(陳獨秀)에 의해 창간된 잡지로,
처음 이름은 〈청년잡지〉였다가 〈신청년〉으로 바꾸었다. 문학혁명의 중심
세력을 결집하여 중국 문학사에 불멸의 업적을 남겼다. 처음에는 계몽적
색채가 짙었고, 미국에서 돌아온 호적(胡適)을 맞이한 뒤로는 반유(反
儒)·문어체의 목표가 뚜렷이 부각되고, 다시 5·4운동을 거친 후로는 차츰
마르크스주의로 기울어지는 경향을 띠기 시작하여 내부 통일을 잃고
1922년 7월에 휴간했다. 그 뒤 같은 이름의 잡지가 두 차례 발간되었으나
모두 중국공산당의 기관지로 성격이 전혀 다르다.

041 '북벌전쟁'이라고도 하며, 중국공산당과 국민당이 합작한 광주(廣州) 국
민 정부가 국민혁명군을 이끌고 1926년에서 1927년에 이르기까지 북양
(北洋) 군벌의 통치를 뒤엎기 위해 진행한 혁명전쟁이다.

042 물극필반(物極必反)이라는 성어는 《전국책(戰國策)》과 《여씨춘추(呂氏

春秋)》등에 보인다.

043 봉선(封禪)은 춘추전국시대에 기원한 천자가 하늘의 명을 받아 지낸다고
하는 제사다. 당시에는 태산(泰山)이 천하에서 가장 높은 산이라 생각했
기 때문에, 인간으로서 지존무상인 황제는 마땅히 이 산에 올라가 하늘에
제사를 지내야 한다고 여겼다. 이것이 천하통일을 기원하는 제사로 확대되
었다.

044 교사(郊祀)는 천자가 하늘과 땅에 지내던 제사를 말한다. 하지와 동지에
교외에 나가 지낸다. '교천제지'(郊天祭地)라는 말도 여기서 생겨났다.

045 왕양명(王陽明 : 1472~1528)은 명나라 때 유학자이자 정치가로 이름은
수인(守仁)이고 자는 백안(伯安)이다. 양명동(陽明洞)에서 학문을 강의
했기 때문에 학자들이 양명 선생이라 부른 데서 호가 나왔고 그의 학설을
양명학(陽明學)이라 부르게 되었다. 그는 '마음이 천지 만물의 주인이다'
라는 관점에서 인간의 마음[心]을 강조했는데, 그 학설이 정자나 주자보
다 한결 간결하여 많은 사람에게 호응을 얻었다. 지식과 행동의 합일을 주
장하고, 해방적인 평등사상을 주장함으로써 자본주의가 싹트기 시작한 당
시 사람들의 마음을 사로잡았다는 평가를 받는다.

046 장종창(張宗昌 : 1881~1932)은 1900년대 초반 중국을 혼란으로 몰아
넣은 북양군벌(北洋軍閥) 중 요녕성에 있는 봉천(奉天. 지금의 심양)을
중심으로 세력을 떨치던 장작림(張作霖 : 1875~1928)을 우두머리로 한
봉계 군벌(奉系軍閥)의 주요 구성원이었다.

047 원래 제목은 '관우부의문수이혼지일봉서'(關于溥儀文綉離婚之一封書)
이다. 부의(溥儀 : 1906~67)는 청나라 마지막 황제로, 선통제(宣統帝)
또는 손제(遜帝)라고도 한다. 세 살의 나이에 황제로 즉위했다가 여섯 살
때 강제로 퇴위했다. 1934년에 일본의 괴뢰국인 만주국의 황제가 되었다
가 제2차 세계대전 후에는 전범재판에 회부되기도 했다. 1950년 중국으
로 인도되어 무순(撫順)의 전범관리소에 수용되었다가 1959년 특사로 풀
려나왔다. 그 후 평범한 신분으로 살다가 예순두 살에 세상을 떠났다.

7. 공자가 南子를 만났을 때

048 거백옥(蘧伯玉 : ?~?)은 춘추말기 衛나라의 대부로 이름은 원(瑗)이다.
전해오는 말로는 50년 동안 살아오면서 지난 49년의 잘못을 알았다는 인
물로, 허물을 고치는 데 힘을 썼으며 진퇴가 분명했다. 오(吳)나라 공자 계
찰(季札)이 위나라에 놀러왔다가 그를 보고는 군자라고 칭찬했다. 공자도
그를 존경하여 위나라를 지날 때 그의 집에 머물렀다.

049 미자하(彌子瑕)는 위나라 영공과 남자의 측근으로 막후에서 상당한 실권
을 행사한 인물로 알려져 있다. 아첨꾼으로 좋지 않은 평가를 받았다. 자로
(子路)의 처형인 안탁추(顏濁鄒)의 남편으로, 안탁추라는 이름은《사기》
에 나온다.

050 자로(子路 : 기원전542~480)의 이름은 유(由)로, 춘추 말기 노나라 변
(卞. 지금의 산동성 사수[泗水] 동쪽) 사람이다. 자로는 그의 자다. 공자
제자들 중에서도 정치에 수완이 좋은 인물로 강직하고 용기가 대단했다.
이 때문에 경솔하다는 평가를 듣기도 했고 심지어는 공자로부터 제 명에
죽지 못할 것이라는 말도 들었다. 포(蒲)의 대부와 계씨(季氏)의 가신을
거쳐 위나라 대부 공리(孔悝)의 가신이 되었다가 내분 때 살해되었다.

051 南子는 위나라 영공(靈公 : 기원전534~493)의 부인으로 막후에서 막강
한 정치력을 행사했다. 미남자 송조(宋朝)를 애인으로 두는 등 행실이 바
르지 못한 인물로 평가되었으나, 임어당은 이 희곡에서 대단히 새로운 사
고방식을 가진 파격적인 여성으로 묘사하고 있다.

052 곡식 6만이란 말은《사기》에 보인다. 공자가 위나라에 와서 자로의 처형 안
탁추의 집에 머무르면서 영공을 만났는데, 이 자리에서 영공은 노나라에
있을 때 녹봉을 얼마나 받았느냐고 물었다. 이에 공자는 곡식으로 6만 두
(斗)를 받았다고 대답했다. 위나라에서도 역시 곡식 6만 두를 녹봉으로 주
었으나 얼마 되지 않아 누군가가 공자를 참소하자 영공은 동요를 일으켜
공손여가(公孫余假)를 시켜 칼을 휘두르고 공자의 숙소를 한바탕 들어갔

다 나왔다 했다. 공자는 불미스러운 일이 벌어질까 근심되어 10개월 만에 떠났다. 이 희곡은 공자가 위나라를 떠났다가 다시 돌아온 뒤의 상황을 다루고 있다.

053 이 말의 원문은 '無可無不可'로《논어》미자편에 나온다. 공자는 백이, 숙제 등 과거 여러 인물들을 평하면서, 자신은 이들과는 달리 "할 것도, 하지 못할 것도 없다"고 하였다.

054 이 말은《논어》양화편에 나오는 공자의 말로, 역대로 해석이 분분한 대목이다. 거백옥이 공자의 말을 인용했기 때문에 서로 웃었던 것이다. 임어당은 이 대목을 공자 역시 먹지 않고는 살 수 없는 사람으로, 표주박처럼 먹지도 않고 매달려 있는 사람은 아니라는 식으로 이해하고 있다.

055 사추(史鰌 : ?~?)는 춘추 말기 위나라의 사관으로 자가 자어(子魚)로 흔히 사어(史魚)로 불렸다. 추는 그의 이름이다. 정직함으로 이름이 난 인물이었으며 공자는 그를 두고 어떤 경우에도 편견이 없는 대나무같이 곧은 인물이라 평했다. 임종 때 영공에게 충신 거백옥을 가까이하고 아첨배 미자하를 멀리하라고 당부했다고 한다. 후세 사람들이 이를 두고 '시간'(屍諫 : 시체가 직간했다는 의미)이라 했다.

056 자공(子貢 : 기원전529~456)은 춘추 말기 위나라 사람이다. 이름은 단목사(端木賜)이고 자공은 자다. 공자의 수제자 가운데 한 사람으로 말을 잘했다. 위, 노나라에서 벼슬을 했고 제, 오나라를 다니며 유세를 했다. 때로는 상업에도 손을 대서 많은 돈을 모았다. 제나라에서 죽었다.

057 이 노래는《사기》에 보이는데, 노나라 환자(桓子)가 제나라로부터 무희를 선물 받고는 정사를 게을리 하자 공자는 노나라를 떠나면서 이 노래를 불렀다. 이 노래의 마지막 구절은 "마음 편히 놀자꾸나, 죽을 때까지!"이다. 임어당은 앞 두 구절만 인용했다.

058 공자는 처음 위나라에 10개월 머문 다음 위나라를 떠났다가 1개월 만에 다시 위나라로 돌아와 거백옥의 집에 머물고 있었는데, 南子가 사람을 보내 연락을 취했다. 이 역시《사기》에 보인다.

059 공자가 南子를 만나려 하자 자로가 불쾌하게 여겼다. 이에 공자는 "만일 내가 잘못한다면 천벌을 받아도 좋다! 천벌을 받아도 좋다!"라고 말했다. 《사기》와《논어》옹야편에 보인다.

060 거백옥에 대해서는 앞에서도 소개했듯이(주48 참조) 그는 자신의 과거를 반성하는 데 최선을 다한 인물이었다. 이에 대해서는《회남자(淮南子)》 원도훈(原道訓)에 보인다.

061 괴외(蒯聵)에 관한 행적은《사기》공자세가에 보인다.《논어》술이편에도 있다. 노나라 정공 14년(기원전496년) 위나라 영공은 아들인 괴외가 자신의 부인인 南子를 죽이려 했기 때문에 그를 국외로 추방하였다. 그 후 영공이 죽자(기원전493년) 南子는 괴외의 아들이자 영공의 적손인 첩(輒. 출공[出公])을 임금으로 삼았다. 괴외는 왕위계승권을 주장하며 진(晉)나라의 원조를 얻어 위나라로 돌아오려고 하였으나 아들인 첩이 군대를 보내 그를 저지하였다. 부자간에 왕위를 놓고 다툼이 벌어진 것이다(훗날 자로도 이 다툼에 휘말려 희생되고 만다). 이 부자간의 다툼은 무려 16년간 계속된다.

062 이 대목은《사기》공자세가에 보이는데,《논어》자로편에도 같은 내용이 보인다. 여기서 자로의 질문에 나온 위군(衛君)은 영공의 손자인 출공(出公) 첩(輒)을 가리킨다. 공자가 '명분을 세우자'(正名 : 이름을 바로세우는 것)고 한 데는 아버지 괴외와 아들 첩 사이에 왕위계승권을 놓고 벌어진 부자간의 갈등이라는 특수한 배경이 있다(주61 참조). 공자는 이런 상황 속에서 누가 정당한 계승권자인지를 밝혀내는 것이 무엇보다 중요하다고 대답한 것이다. 그러나 이 장의 진위 여부에 대해서 상당한 의문이 제기되고 있는 실정이다. 공자의 말이라고 보기에는 지나치게 법가적이고, 평소 형벌에 의한 정치를 반대(안연편)한 공자가 형벌을 당연시하고 있어 공자의 언행과는 일치하지 않는다는 것이다. 또 공자는 말재주가 좋은 자를 영자(佞者)라 하여 탐탁해 하지 않았다. (공야장편) 그런 공자가 여기에서는 마치 삼단논법을 연상케 하듯 정연한 논리를 전개하고 있다는 것이다. 공자

는 일일이 설명해주기보다는 스스로 직접 깨닫게 했으며, 따라서 그 말 또한 장황하기보다는 간략하며, 논리적이라기보다는 비유적이었다. 크릴(H. G. Creel)은 이 장이 후세 법가에 의해 위작, 삽입된 것으로 보고 있다.

063 공자와 南子가 만나는 대목인데, 《사기》에는 "부인의 구슬 장신구가 아름다운 소리를 냈다"고 되어 있다.

064 공자는 위나라로 오기 전 광(匡) 지방에서 양호로 오인 받아 닷새나 구금당했다가 풀려나 포(蒲) 지방을 거쳐 한 달 만에 위나라로 왔다. _《사기》 공자세가. (주23 참조)

065 바로 위(주64 및 주23)에 나온 양호(양화) 이야기다. 출전은 《논어》 양화편이다. '제3장 공자의 유머' 참조.

066 이 대목과 관련된 말은 《논어》 위정편에 보인다. 자장이 물었다. "10대의 앞날까지 내다볼 수 있습니까?" 공자가 답했다. "은 왕조는 하 왕조의 예를 이어받았으나 무엇이 줄고 무엇이 늘 것인지 알았다. 주 왕조는 은 왕조의 예를 계승했지만 무엇이 줄고 무엇이 늘 것인지 미리 알았다. 주 왕조의 뒤를 계승하는 자는 100대 앞까지도 내다볼 수 있다."

067 이 말은 《시경》국풍 중 '빈풍'(豳風)에 나오는 것으로, 7월이 되면 정남에 있던 화성이 서쪽으로 기울고, 9월이 되면 추워지므로 가족이 추위를 타지 않도록 겨울옷을 준비해두어야 한다는 뜻이다.

068 서주(西周)의 몰락을 얘기할 때 흔히 포사를 거론한다. 잘 웃지 않은 포사를 웃기기 위해 유왕이 봉화를 올리게 하여 여러 사람들이 허둥지둥 난리법석을 떨게 했는데, 정작 외적이 쳐들어왔을 때에는 아무도 방비를 하지 않아 결국은 동쪽으로 쫓겨났다는 것이다. 이솝우화를 연상시키는 고사다.

069 '패용'은 《시경》국풍 중 패풍(邶風)과 용풍(鄘風)을 말한다. 여기에 위풍(衛風)을 합쳐, 실제로는 '위풍'인 것이다. 패(邶)는 殷 도성의 북반(北半)으로서 周무왕이 殷주왕의 아들 무경(武庚)을 봉(封)한 땅이며 지금의 하남성 위휘부(衛輝府) 지방. 용(鄘)도 殷주왕 도성의 일부였으나 周무왕이 殷을 멸한 후 도성을 이분한 후 남쪽의 반을 '용'(북쪽의 반은 패

[邶])이라 하여 관숙(管叔)을 그곳의 윤(尹)으로 봉했다. 지금 하남성 급현(汲縣) 남쪽 지역.

070 이 대목은 《논어》 선진편에서 공자가 제자들을 불러모아 놓고 각자의 뜻과 포부를 물은 대화를 연상시킨다. 여기서 공자는 늦봄에 옷을 맵시 있게 차려 입고 아이들과 함께 목욕하고 노래를 부르며 돌아오겠다는 점(點. 증석)의 말에 공감을 표시했다. 임어당은 南子의 입을 빌려 공자가 제자들과 나눈 대화를 패러디하고 있다.

071 이 노래는 《시경》 위풍(衛風) 중에 나오는 '석인'(碩人)이라는 것으로, 위나라 장공(莊公)의 부인 장강(莊姜)이 제나라에서 위나라로 시집올 때의 모습을 노래한 시라고 한다.

072 이 노래는 《시경》 당풍(唐風) 중의 '실솔'(蟋蟀. 귀뚜라미)이라는 노래다.

073 이 노래는 《시경》 위풍 '석인'에 나오는 것으로, "이가 누군가 형후(邢侯)의 처제로다"하는 부분은 본래의 노래와 다르다. 이 대목 바로 위에 "제후의 따님이요, 위후의 아내요, 형후의 처제이니 담공은 형부가 되신다네"라는 구절에서 갖다 붙인 것이다. 자로와 공자가 南子의 노래에 대해 "동궁의 누이요" "위후의 아내요"라고 화답한 것도 이 때문이다. 형(邢)은 주공(周公)의 아들을 봉한 나라로, 지금의 하북성 형대현(邢臺縣)의 서남 지방이다.

074 이 노래는 《시경》 용풍(鄘風) 중 '상중'(桑中)이란 노래의 한 소절로, 상중은 음란한 자가 밀회하는 모습을 시인이 노래한 것이라고 한다. 앞 구절을 소개하면 이렇다.

새삼덩굴 뜯으러 매(沬) 마을에 갔네
누구를 생각하나, 아름다운 강씨 집 맏딸일세
상중(桑中)에서 날 기다리고 상궁으로 맞이하여
기수의 상류까지 바래다주네

075 공자는 위나라에 머문 지 1개월 만에 영공과 마음이 맞지 않아 떠난다. 그
후 진(晉)에 3년 정도 머문 다음 다시 위나라를 방문했는데, 이때 영공은
몸소 교외까지 마중나와 포(蒲) 지방 정벌에 관한 논의를 했으나 정사를
게을리 하는 영공은 실천에 옮기지 않았다. 또 공자를 등용하지도 않았다.
이에 공자는 "진실로 1년 만이라도 나를 써줄 사람이 있다면! 3년 정도면
큰 성과가 있을 텐데……." 하며 크게 탄식했다. 그러고는 위나라를 떠났
다가 얼마 있지 않아 다시 위나라를 방문하여 거백옥의 집에 머물렀다. 영
공은 공자와 만나 전쟁에 관해 묻기도 했으나 공자의 존재를 잊은 것 같았
다. 이에 공자는 위나라를 떠나 다시 진나라로 갔다. 그 뒤로 공자는 위나
라를 방문하지 않았다. _《사기》공자세가 참고.

10. 유머감각

076 빌헬름 2세(재위 1888~1918)는 독일의 황제로 철혈재상 비스마르크를
등용하여 독일 통일을 완수한 빌헬름 1세의 손자이다. 비스마르크를 배척
하고 스스로 국가정책을 주도하였다. 범게르만주의를 표방하여 군비 확장,
식민지 획득, 식역시장 확대 등에 힘을 기울여 제1차 세계대전을 일으켰으
나 패했다. 1918년 황제 자리에서 물러나 네덜란드로 망명하여 그곳에서
죽었다. 망명 중《손자병법》을 보고는 일찍 이 책을 보지 못한 것을 안타까
워했다는 일화가 전한다.

11. 유머론

077 메리디스의 희극에 관한 견해를 좀더 소개한다. 희극, 특히 고급 희극
(hight comedy)과 관련하여 메리디스는 '지적인 웃음'을 얘기하고 있다.
고급 희극이란 이야기 줄거리로부터 정서적으로 거리를 두고 있는 관객의
사려 깊은 웃음, 즉 지적인 웃음을 불러일으키며 그 웃음의 표적은 인간 행
위의 어리석음, 허세, 모순의 광경이다. 메리디스는 희극의 최고 형식을 풍
속을 다룬 희극 안에서 찾고 있다. 특히 셰익스피어의《헛소동》의 베네디
크와 베아트리체처럼 영리하고 교양 있고 표현력이 풍부하고 잘 어울리는
여인들에서 찾는다. 반면에 극단에 있는 저급 희극(low comedy)은 지적
호소력이 극히 미약하거나 전혀 없지만 농담(gag)과 떠들썩한 유머나 난
폭하거나 우스꽝스러운 육체적 활동으로 웃음을 자아낸다.

078 오마르 하이얌(Omar Khayyam : 1040~1123)은 페르시아의 시인, 수
학자, 천문학자이다. 16세기에 나온 그레고리 달력보다 더 정확한 달력을
만들었으며, 3차 방정식의 기하학적 해결을 연구했다. 4행 시집인《루바이
야트》는 영국의 시인이자 번역가인 피츠제럴드(Fitzgerald, Edward :
1809~1883)가 영어로 번역한 후 세계적으로 유명해졌다.

079 이 시는《시경》국풍·당풍에 나오는 '산유추'(山有樞)라는 시이다. 이 시
는 검소하고 절도만 지키고 즐기는 일 없이 세월을 보내면 죽고 난 다음 후
회해도 소용없다는 내용이다.

080 이 시는《시경》국풍·당풍에 나오는 '건상'(褰裳)이라는 시이다. 남녀가
서로 희롱하며 노니는 모습을 노래한 것으로 전문을 소개하면 다음과 같다.

그대가 날 사랑한다면 치마 걷고 진수라도 건너겠지만
그대가 날 사랑하지 않는다면 어찌 다른 사람이 없으리까
얄밉고 밉살스런 나의 님이여

그대가 날 사랑한다면 치마 걷고 진수라도 건너겠지만
그대가 날 사랑하지 않는다면 어찌 다른 사람이 없으리까
얄밉고 밉살스런 나의 님이여

081 《사기》열전(권126) 중에 '골계열전'이 따로 있다. 이 열전에는 해학, 풍
자, 위트, 익살이 뛰어난 인물들의 행적이 소개되고 있다. 골계란 말은 여
러 의미를 함축하고 있지만 그래도 '익살' 쪽이 가장 가깝다.

082 종횡가(縱橫家)는 전국시대에 독자적인 정책을 가지고 군주들 사이를 돌
아다닌 외교가들을 통틀어 부르는 말이다. 소국이 힘을 합쳐 대국인 진
(秦)을 상대하자며 합종책(合縱策)을 주장한 소진(蘇秦)과, 이에 대응하
여 횡으로 6국이 진을 섬기자는 연횡책(連橫策)을 주장한 장의(張儀)를
대표적인 인물로 꼽는다.

083 귀곡자(鬼谷子 : ?~?)는 전국시대의 사상가로 초나라 출신이라 한다. 귀
곡에 숨어 살았다고 해서 이런 이름이 생겼다. 모든 행적이 신비에 쌓인 인
물이다. 그의 학설은 변화에 따라 무상하다고 전해지며, 종횡가에서는 그
를 큰 스승으로 떠받들었다.《귀곡자》(3권)가 그가 지은 것이라 하나 후세
사람들의 위작일 가능성이 크다 한다.

084 순우곤(淳于髠 : ?~?)은 전국시대 제나라의 대신으로 은어와 풍자로 위
왕(威王)의 정치를 보좌해서 국력 증강을 꾀했다. 법치 개혁을 지지한 것
으로 보아 법가 쪽에 편입할 수 있다.《왕도기(王度記)》를 편찬했다 하나
일찍이 없어졌다.

085 전국시대 사상의 흐름은 각종 사상가와 정치 외교가들이 나와 화려한 꽃을
피웠는데, 이를 흔히 제가백가(諸子百家), 백가쟁명(百家爭鳴)이라 한
다. 한나라 때 들어와서는 이를 대체로 아홉 가지로 분류했는데 이를 구류
(九流) 또는 구가(九家)라 한다. 이에 대한 의견은 분분하지만 대체로 유
가·도가·법가·음양가·명가(名家)·묵가(墨家)·종횡가·잡가·농가(農家)
를 말한다.

086 양주(楊朱 : ?~?)는 전국시대의 사상가로 위(魏)나라 출신이다. 양자(陽子)·양생(楊生)·양자거(楊子居)라고도 한다. 노자의 '섭생'(攝生)이라는 관점을 넓혀 극단적인 개인주의를 주장했다. "터럭 한 올을 뽑으면 천하가 이로워진다 해도 그렇게 하지 않는다"는 말은 극단적인 개인주의를 상징적으로 나타낸다. 그의 이러한 설은 이기주의라 하여 맹자가 맹렬하게 비난했다. 《열자(列子)》 중에 '양주편'이 있지만 후세 사람들에 의해 이루어진 것이다. 《장자》에는 열어구(列御寇)란 이름으로 등장한다.

087 절성기지(絶聖棄智)는 《노자》 제19장과 《장자》 외편 '거협'(胠篋), '재유'(在宥)에 나오는 것으로 여러 해석이 있으나 '성인과 지식인을 끊고 버린다'는 뜻이다. 장자는 이래야만 백성과 천하가 편안해진다고 했다.

088 관어지락(觀魚之樂)은 《장자》 외편 '추수'(秋水)에 나오는 유명한 이야기다. 피라미가 물에서 놀고 있는 모습을 보고 장자가, "조놈은 조놈 나름대로의 즐거움이 있으렸다!"라고 말한다. 이때 말 잘하기로 유명한 혜자(惠子 = 혜시)가 물고기의 즐거움을 당신이 어떻게 아느냐고 묻자 장자는 같은 반문으로 혜자의 질문에 답한다. 물고기가 노니는 모습을 즐기는 장자의 천진함과 반문과 반문으로 이어지는 논쟁 자체가 흥미로운 대목이다. 이인호 교수의 글에서 이 대목을 옮겨본다 : …… 혜시가 딴지를 걸었다. "자네가 물고기도 아닌데 물고기의 행복을 어떻게 아는가?" 장자가 되받아쳤다. "자네야말로 내가 아닌데, 내가 모를 거란 사실을 어떻게 아는가?" 혜시도 물러서지 않았다. "내가 자네는 아니니까 물론 자네의 마음을 모르지. 그렇다면 자네 역시 물고기가 아닌데 물고기의 행복감을 알 리가 있겠는가. 당연한 소리 아니야?" 장자가 말했다. "말 돌리지 말고 처음으로 돌아가세. 자네가 나한테 뭐라고 물었나. 물고기의 행복을 어떻게 아느냐고 물었지? 그렇게 물었다는 것 자체가 자네는 이미 내가 안다는 사실을 알면서도 일부러 물어본 것일세. 나는 호수 위 다리를 거닐 때 이미 물고기의 행복감을 알았다네."

089 호접지몽(胡蝶之夢)은 《장자》 내편 '재물론'(齋物論)에 나오는 너무도

유명한 장자의 '호랑나비 꿈' 이야기다. 장자가 꿈에서 호랑나비가 된 것을 빌려 세상 사물의 변화에 대해 깊은 사색을 추구한 대목이다. 장자가 나비가 된 꿈을 꾼 것인지, 아니면 나비가 장가가 된 꿈을 꾼 것인지 모르겠다면서, "이처럼 존재하는 것 같으면서도 정해진 것이 없는 것, 이것이 바로 '사물의 끊임없는 변화'라는 것이다"라고 말한다.

090 설검지유(設劍之喩)는《장자》잡편 '설검'(設劍)에 나오는 이야기로 그 대략적인 내용은 이렇다. 조(趙)나라 문왕의 태자인 이(悝)가 아버지 문왕이 나라를 망하게 할 계략을 세우고 있는 것을 걱정하여 장자에게 그것을 막아달라고 부탁한다. 장자는 검객을 가장하여 문왕을 찾아가서 천자의 검, 제후의 검, 평민의 검을 나누어 그 차이를 설명함으로써 문왕의 마음을 돌리고 검객들을 모두 자결케 했다.

091 와별지어(蛙鱉之語)는《장자》외편 '추수'에 나오는 우화다. 우물 안에만 살던 개구리가 바다에 사는 거북이에게 자신이 사는 우물을 자랑하자 거북이는 자신이 사는 동해바다 이야기를 해줌으로써 개구리의 말문을 막았다는 우화다. '우물 안 개구리'[井中之蛙]란 고사성어는 여기에서 비롯되었다.

092 이 대목은《사기》노자열전에 나오는 것이다. 괄호 안의 글은 원문에는 없으나 독자들에게 참고로 제시한 부분이다.

093 굴원(屈原 : ?～?)은 전국시대 초나라 시인이자 애국지사다. 왕을 도와 큰 공을 세웠으나 누명을 쓰고 쫓겨나 방랑생활을 한 끝에 울분을 참지 못하고 멱라수에 스스로 몸을 던져 죽었다. 그가 남긴〈초사(楚辭)〉는 '초사'라는 운문 형식의 시초가 되었고 그 내용은 고대문학에서는 보기 드물게 서정성을 띠고 있다.〈초사〉중에서도 '이소'(離騷), '천문'(天問)이 유명하다.

094 가의(賈誼 : 기원전201～168)는 중국 서한시대의 문인이자 정치가다. 낙양 출신으로 문제를 도와 여러 제도를 개혁하여 초기 한나라의 기틀을 잡는 데 큰 공을 세웠다. 진(秦)나라의 폐단을 날카롭게 지적한〈과진론(過

秦論))은 정치론의 걸작으로 꼽히며, 굴원을 추모하는 서정미 넘치는 글을 남기기도 했다. 저서로 《신서(新書)》《치안책(治安策)》 등이 있다.

095 소정묘(少正卯 : ?~기원전498)는 노나라 사람으로 무리를 모아 가르치는 등 그 영향력이 상당했는데, 공자와 의견이 반대되는 점이 많았다고 한다. 공자가 노나라에서 사구(司寇) 벼슬을 할 때 그를 처형했다.

096 이 대목은 《맹자》 '등문공장구(滕文公章句)[하]의 이른바, 공자에게 석 달 동안 섬길 군주가 없었다는 '공자삼월무군'(孔子三月無君) 장에 나온다. 주소(周宵)란 자가 군자들이 그렇게 급하게 벼슬하기를 바라면서도 그것을 왜 어려워하는지 모르겠다며 비아냥거린다. 맹자는 부모의 허락이나 중매 없이 구멍을 뚫고 서로를 들여다보고 담을 넘어서 서로 만나려는 남녀의 정당치 못한 행위를 얘기하며, 군자는 그처럼 정당하지 못한 방법으로 벼슬을 살지 않는다고 대답한다.

097 이 이야기는 《맹자》 '이루장구'(離婁章句)[하]의 이른바, 처 하나에 첩 하나를 가진 제나라 사람이라는 '제인유일처일첩'(齊人唯一妻一妾) 장에 나온다. 자신은 밖에 나가 빌어먹고 다니면서도 처와 첩에게는 높은 사람이 자기에게 늘 사준다며 큰소리를 친 남편의 정체를 알고 난 처와 첩이 목 놓아 울었다는 얘기를 통해, 맹자는 부귀와 명예를 좇는 세상 사람들의 처세방법이 거의 다 이렇다는 것을 보여준다.

098 세난(說難)이란 상대를 말로 설득하여 공감대를 불러일으키기 어렵다는 뜻이다. 전국시대에 각 나라를 유세하여 벼슬자리를 얻는 자가 많았지만 그래도 성공한 경우는 매우 드물었기 때문에 한비자는 이 편을 지었다.

099 동방삭(東方朔 : 기원전154~93)은 서한 무제 때의 문학가다. 무제가 즉위하면서 전국 각지의 재능 있는 인재를 모을 때 스스로를 추천하는 장편의 글을 올려 발탁되었다. 성격이 해학과 익살이 넘쳐 왕왕 무제의 정치를 풍자하곤 했다. 그러나 정계에서는 출세하지 못했다. 그래서 그는 〈답객난(答客難)〉이라는 글을 써서 재주는 있지만 그것을 펼치지 못하는 고민을 나타냈다. 속설에 의하면 서왕모의 복숭아를 훔쳐 먹어 죽지 않고 장수했

다고 한다. 그래서 그를 신선이라고도 하고, '삼천갑자 동방삭'이라는 말도 생겨났다.

100 매고(枚皋)는 서한 무제 때의 인물로 해학에 능해 동방삭과 비교되곤 했다. 그는 또 글을 잘 지었는데, 특히 글을 빨리 짓는 능력이 뛰어나 전쟁터에 보낼 급한 문서를 많이 지었다고 한다.

101 왕필(王弼 : 226~249)은 삼국시대 위나라의 학자다. 20대에 요절했으나《주역》과《노자》에 단 주는 아주 유명하다. 그의 이상은 무(無)가 곧 절대유(絶對有)라는 극한적인 관념에 기초하는 독특한 것으로 청담(淸談)의 선구자로 평가받는다.

102 하안(何晏 : 190~232)은 삼국시대 위나라 사람으로 도교 학문에 정통한 현학가(玄學家)이다. 어려서부터 조조의 손에 키워졌고 천재적 재능으로 일찍부터 이름이 알려졌다. 노장사상과 청담으로 사대부 사이에 이름이 나 모두가 그를 본받으려 할 정도였다고 한다. 조조의 딸과 결혼하고 후에 실권자 조상(曹爽) 쪽에 가담하여 권세를 얻었지만, 정적 사마의(司馬懿)의 모략에 걸려 조상과 함께 피살되었다. 〈도덕론(道德論)〉을 비롯하여 여러 편의 글을 지었으나 전하지 않고《논어집해(論語集解)》가 전해온다.

103 죽림칠현(竹林七賢)은 3세기 위진(魏晉) 초기에 노장(老莊)의 허무사상을 숭상하여 유교의 형식주의를 무시하고 대나무 숲[竹林]에 모여 청담을 일삼던 선비 일곱을 말한다. 산도(山濤)·왕융(王戎)·유영(劉伶)·완적(阮籍)·완함(阮咸)·혜강(嵇康)·상수(尙秀)이다.

104 청담(淸談)이란 삼국시대로부터 남북조시대에 걸쳐 유행한 노장(老莊)적 색채가 짙은 담론을 말한다. 정치와 속세의 일을 떠나 인간의 본성 등에 관하여 철학적인 논의를 했으며, 특히 죽림칠현이 가장 유명하다. 이러한 역사적 사실로부터 청담은 속세를 떠나 학문·예술·취미 따위를 일삼는 고상한 행위나 말을 뜻하게 되었다.

105 임어당이 '주진 사상'(周秦思想)이라 한 것은 주나라 때 봉건제도와 진나라 때 사상 탄압과 같은 경색된 분위기를 염두에 둔 것 같다.

106 도잠(陶潛 : 365~427)은 자가 연명(淵明)이며 흔히 도연명으로 알려져 있다. 어려서부터 불교와 도교 계통의 책을 읽으며 공부했다. 405년 팽택(彭澤)의 영(令)이 되었으나 쌀 다섯 가마 때문에 허리를 굽힐 수 없다 하여 80여 일 만에 〈귀거래사(歸去來辭)〉를 남겨두고 귀향했다. 그 후 그는 숨어사는 선비로 문 앞에 오류수(五柳樹)를 심고 스스로를 오류선생이라 했다. 오묘하면서도 쉬운 시풍으로 자연을 아름답게 읊은 시가 많다.

107 제동야어(祭東野語)는 제나라 동쪽 교외에 사는 사람들의 인간성이 어리석어 그 말을 믿을 수 없다는 뜻을 가진 '제동야인'(齊東野人)과 같은 성어다. 송나라 때 주밀(周密)이 남송 때의 옛일을 기록한 20권의 책 제목도 《제동야어》다.

108 패관소설(稗官小說)은 민간의 이야기 등을 주제로 한 소설을 말하며 그러한 문학을 패관문학이라 한다. 패관은 하급관리라는 뜻인데, 이 문학에 종사한 사람들이 주로 하급관리였다.

109 평화(平話)란 쉬운 말이라는 뜻이다. 송대와 원대에 들어와 도시가 발전하면서 시민들의 오락에 대한 욕구가 증가하여 각종 놀이가 생겨났는데, 설화(說話)가 가장 유행했다. 이 설화를 기록한 본을 화본(話本)이라 하며, 화본의 말은 쉬웠다. 화본은 백화소설 발전사에 새로운 단계를 열어 소설과 희곡에 깊은 영향을 주었다.

110 전기(傳奇)란 이상하고 기이한 일을 기록한 것을 말하는데 소설로 발전했다. 중국 소설사에서 전기소설이 차지하는 비중이 적지 않다. 그 연원은 당나라 때까지 거슬러 올라간다.

111 《유림외사(儒林外史)》는 청나라 때 소설로 오경재(吳敬宰 : 1701~54)가 지은 것이다. 과거제도의 모순을 비롯한 각종 사회관계의 본질과 인간생활의 근원적 상태를 있는 그대로 드러낸 현실주의의 걸작으로 꼽는다. 오경재는 관리·유학자·승려·명사·서민 등 각 계층의 사람들을 다양하게 등장시켜 일상생활 속의 이야기와 결합시키고 있다.

112 《경화연(鏡花緣)》은 청대의 소설가 이여진(李汝珍 : 1763~1830)이 지

은 작품으로 풍자와 유머가 풍부하여 여성의 사회적 지위를 주장하는 등 당시로서는 보기 드문 진보적인 작품으로 평가된다. 작품의 예술적인 면에서는 풍부한 상상력과 은유법, 새로운 사상 등 참신한 면이 돋보이나, 지나치게 지식을 뽐내는 약점도 보이고 있다. 이야기는 당나라 때 측천무후 시대를 배경으로 하늘에서 지상으로 온 온갖 꽃의 요정들을 불러들이기 위해 아버지와 딸이 해외의 여러 나라를 순방한다는 것이다. 마치 스위프트의 《걸리버 여행기》를 연상시킨다.

113 《노잔유기(老殘遊記)》은 근대 소설가 유악(劉鶚 : 1857~1909)의 소설이다. 유악은 자가 철운(鐵雲)으로 흔히 유철운으로 부른다. 유악은 쓰러져가는 봉건 왕조의 정치 상황과 사회적 불안에 강한 불만을 나타냈으며, 동시에 혁명에 대해서도 반대하는 사고방식을 드러낸 인물이었다. 소설 《노잔유기》는 청나라 말기의 '4대 견책소설(譴責小說)'의 하나로 꼽힌다. 견책소설이란 청 말기에 부패한 관리나 암울한 사회상을 신랄한 필치로 규탄하고 풍자한 소설을 말한다.

114 이 이야기는 송나라를 세운 태조 조광윤(趙光胤)이 후주(後周 : 951~960)의 세종 밑에서 벼슬살이를 하다가 세종이 죽고 난 다음 어린 아들 종훈(宗訓)이 즉위한 틈을 타서 후주를 무너뜨리고 송나라를 세운 과정을 말한다.

115 여기에서 말하는 〈논어(論語)〉는 임어당이 1932년 상해에서 창간한 잡지를 말한다. 1937년 117호 때 항일전쟁으로 정간되었다가 1941년 12월에 복간되었고, 1949년 177호로 끝났다. 임어당은 이 잡지를 통해 유머를 제창했다. 임어당은 이와 함께 〈인간세〉(1934~35)와 〈우주풍〉(1935~47)도 창간하여 자아를 중심으로 하고 한적(閑寂)함을 격조로 하는 '소품문'을 주장하기도 했다. 대체로 이들 잡지를 중심으로 활동한 사람들을 '논어파'라 부른다. 이에 대한 좀더 상세한 설명은 이 책의 부록에 실린 '임어당의 문학 생애'를 참고하기 바란다.

116 이 이야기는 사마천 《사기》 열전 중 권126 '골계열전' 첫 부분에 보인다.

117 카이저링(Keyserling, Hermann : 1880~1946)은 독일 태생의 사회철
학자다. 러시아 귀족 출신으로 러시아혁명 후 독일로 이주하여 하이델베르
크 대학과 빈 대학에서 공부했다. 체임벌린의 영향을 받아 슈펭글러와 마
찬가지로 철학을 학문이 아닌 생활술로 전환시키려 노력했다. 유럽의 합리
주의에 불만을 품고 동양사상을 연구하여 1920년 다름슈타트에서 '지혜
의 학교'를 세워 철학을 강의했는데, 주로 상류계급의 호응을 많이 얻었다.
셸러, 프로베니우스와 함께 인간학 연구지인 〈인간과 토지〉를 편집했다.

118 로저스(Rogers, Will : 1879~1935)는 미국의 배우이자 유머 문학가다.
1905년 뉴욕 무대에 출연했고, 1912년에는 자신이 각본을 쓰고 연출한
연극을 상연하여 성공했다. 〈뉴욕타임스〉에 시사 문제를 취급한 경쾌한 풍
자의 글을 싣기도 했다. 저서에《우리는 무엇 때문에 웃나?》가 있다.

119 리콕(Leacock, Stephen : 1869~1944)는 영국 출생 캐나다 문학가다.
1876년 캐나다로 이주한 후 토론토 대학을 마친 후 몬트리올 맥길 대학에
서 정치학을 강의했는데, 사회 비평적인 유머 작가로도 아주 유명하다. 저
서에《말도 안 되는 소설》(Nonsense Novels),《마크 트웨인》등이 있다.

120 체스터턴(Chesterton, Gilbert Keith : 1874~1936)은 영국의 소설가
이자 평론가이다. 기발한 착상과 역설을 구사한 문명 비평으로 유명하며,
가톨릭 신부가 탐정으로 활약하는 연재소설《브라운 신부》로도 이름을 날
렸다. 평론《로버트 브라우닝론》《찰스 디킨스론》등이 있다.

12. 풍자에서 유머로

121 이 말은《시경》소아(小雅) 중 '기부'(祈父)라는 시 "대장이여, 이래봬도
이 몸은 왕의 근위병이거늘"이라는 구절에서 나왔다.

122 중국 청나라 때 일어난 여러 가지 필화 사건을 통틀어 가리키는 말. 이민족

왕조인 청나라에 반항하는 한인 문필가들을 가차 없이 탄압했던 사건으로 강희·옹정·건륭 연간인 1662년에서 1776년 사이에 가장 심했다.

13. 유머에서 성실로

123 1933년 1월 1일 북평(北平. 베이징)에서 스케이트 대회가 열렸는데, 이때 어떤 사람이 폭탄을 던진 사건을 말한다. 대회가 있기 전 '민족 반역자를 처단하는 구국단'이란 이름으로 남녀 학생들에게 국난을 망각하고 놀기만 하지 말라는 경고도 나왔다.

124 〈신아세아월간(新亞細亞月刊)〉제5권 1·2호 합본호(1933년 1월)에 실린 '문덕(文德)과 문품(文品)'에 나오는, "입만 벌리면 남을 욕하고 비꼬는 말을 하는데 …… 이는 모두 문명화된 사람으로 할 짓이 못 된다"는 구절을 말한다. 이 글은 국민당 정객 대계도(戴季陶. 손문의 삼민주의를 대표하는 이론가)가 발표했다.

125 진숙보(陳叔寶)는 남조시대(429~589) 진(陳)의 후주(后主) 진숙보를 말한다. 수문제에게 후한 대접을 받던 진숙보의 위선이 탄로 나자 수문제가 "양심이 전혀 없는 진숙보로다"라고 한 말에서 비롯되었다. 《남사(南史) 진본기(陳本紀)》

15. 임어당의 문학 생애 _만평근(萬平近)의 주

126 임어당, 《팔십자서(八十自敍)》, 대만원경출판사업공사(臺灣遠景出版事業公社), 1980년 초판, p. 11.

127 《팔십자서》, p. 7.

128 《회억동년(回憶童年)》,《전기문학(傳記文學)》9권 2기, 대만.

129 《팔십자서》, p. 11.

130 'Jena'는《임어당자전(林語堂自傳)》에서는 '殷內'로 한역되어 있다.

131 《팔십자서》, p. 46.

132 《팔십자서》, p. 55.

133 〈임어당자전〉,《일경(逸經)》제17기.

134 《노신전집(魯迅全集)》제1권, p. 227 주3 참고.

135 《양지서(兩地書)·오팔(五八)》

136 〈임어당자전〉

137 〈임어당자전〉

138 《전불집》, p. 114.

139 〈'자견남자'에 관하여(關于'子見南子')〉는 원래 〈어사〉 5권 24기
    (1924년 8월 19일)에 실렸다가《집외집습유보편(集外集拾遺補編)》에
    수록되었다.《대황집》에도 수록되어 있다.

140 〈사십자서(四十自敍)〉,〈논어(論語)〉49기.

141 주140과 같음.

142 〈노신을 애도하며(悼魯迅)〉,〈우주풍〉제32기, 1937년 1월 1일.

143 〈풍자에서 유머로(從諷刺到幽默)〉,《노신전집》제5권, p. 43.

144 〈논어〉제40기,《나의 말(我的話)》중《피형집(披荊集)》에 수록.

145 〈사십자서〉

146 〈임어당자전〉,《일경》제19기.

147 《생활의 예술》, p. 1, 황가덕 번역본.

148 〈사빙형에게 보내는 편지(給謝冰瑩的信)〉. 사빙형(謝冰瑩),〈임어당
    선생을 회상하며(憶林語堂先生)〉, 대만《전기문학》32권 1기에서.

149 《팔십자서》

150 〈여성들에게 한번 해보게 하자(讓娘兒們干一下吧)〉,《나의 말》상편,
    p. 167.

151 《측천무후》, p. 213, 대만 원경출판사업공사(遠景出版事業公社)
    1979년판.(송벽운[宋碧雲] 번역)

152 〈임어당 선생을 생각하며(追思林語堂先生)〉, 대만, 《전기문학》 31권 6기.

153 황조연(黃肇衍), 〈임어당의 귀국과 은둔생활(林語堂的歸隱生活)〉, 《무
    소불담합집(無所不談合集)》, p. 776.

154 〈대만에 온 뒤 가지는 스물네 가지 즐거운 일(來臺後二十四快事)〉, 《무소
    불담합집》, p. 654.

155 《팔십자서》, p. 73.

156 《못할 말 없다》(합집), p. 675.

157 〈중외의 국민성〉, 《못할 말 없다》(합집), p. 75.

158 〈동서 사상의 차이〉, 《못할 말 없다》(합집), p. 89.

159 〈새로 발견한 조설근이 손수 정정한 120회 홍루몽본〉, 《못할 말 없다》(합
    집), p. 525.

160 황조연, 〈임어당과 그의 모순(林語堂和他的一捆矛盾)〉, 《못할 말 없다》
    (합집), p. 654.

161 《이교도에서 기독교로》 서언(緒言), 대만 금란문화출판사(金蘭文化出版
    社), 1984년판.

162 노신, 〈나래주의(拿來主義)〉.